DIFENDERE EVERLY

Mercenari di Montagna, Libro 5

SUSAN STOKER

Also by Susan Stoker

Mercenari di Montagna
Difendere Allye
Difendere Chloe
Difendere Morgan
Difendere Harlow
Difendere Everly
Difendere Zara
Difendere Raven

Ace Security *(Prossimamente)*
Il riscatto di Grace
Il riscatto di Alexis
Il riscatto di Bailey
Il riscatto di Felicity
Il riscatto di Sarah

Delta Force Heroes
Salvare Rayne
Salvare Emily
Salvare Harley
Il Matrimonio di Emily
Salvare Kassie
Salvare Bryn
Salvare Casey
Salvare Sadie
Salvare Wendy
Salvare Mary
Salvare Macie
Salvare Annie

Armi e Amori

Proteggere Caroline
Proteggere Alabama
Proteggere Fiona
Il Matrimonio di Caroline
Proteggere Summer
Proteggere Cheyenne
Proteggere Jessyka
Proteggere Julie
Proteggere Melody
Proteggere il Futuro
Proteggere Kiera
Proteggere i figli di Alabama
Proteggere Dakota

CAPITOLO UNO

Kannon "Ball" Black bussò alla porta dell'appartamento di fronte a lui e attese con impazienza che si aprisse.

Non era felice.

L'unica cosa che lo calmava in quel momento era sapere che anche la donna dall'altra parte della porta non era contenta.

Era stato uno stronzo quando si erano conosciuti, Everly Adams aveva tutto il diritto di essere incazzata con lui. In sua difesa, mentre la notte in questione era stata una grande serata per i suoi amici, lui aveva sofferto vedendo tutti loro impegnati con donne incredibilmente fantastiche, mentre lui era da solo. E per come si stavano mettendo le cose, probabilmente sarebbe rimasto sempre solo. Non è che non gli piacessero le loro fidanzate, anzi. Adorava le donne dei suoi amici e avrebbe fatto qualsiasi cosa per loro.

Ma era stato scottato gravemente. Prima dalla sua ex partner. Poi, più tardi, durante uno dei momenti peggiori della sua vita, quando la sua ragazza avrebbe dovuto esserci per lui, Holly l'aveva deluso profondamente. Era un colpo da cui non era sicuro che si sarebbe mai ripreso.

Così, la notte in cui i suoi amici avevano festeggiato il fidanzamento di Gray e quello di Arrow, Ball era andato fuori di testa. Per pura sfortuna, quella stessa notte avevano ricevuto notizie della loro nuova missione, in cui un civile sarebbe stato molto coinvolto.

Quel civile era una *donna*.

Lui si era messo a imprecare, dicendo che era sicuro che lei avrebbe incasinato tutto e che avrebbero dovuto farle da babysitter. Ma poi si era reso conto che la donna era dietro di lui per tutto il tempo e che aveva sentito tutto quello che lui diceva. Una classica figuraccia.

Da allora era stata dura, dato che lei aveva passato molto tempo con i Mercenari di Montagna, esaminando le informazioni che avevano (che non erano molte), cercando di scoprire dove fosse la sorella scomparsa di Everly.

Una sera avevano stabilito che qualcuno avrebbe dovuto recarsi a Los Angeles per ottenere maggiori informazioni. Everly ci andava di sicuro. Come ufficiale della polizia di Colorado Springs e agente della SWAT, le forze speciali della polizia, in realtà aveva già qualche collegamento con gli agenti della polizia di Los Angeles. Poiché si trattava di una missione di accertamento dei fatti, non c'era bisogno di tutta la squadra, e in qualche modo Ball si trovò costretto a viaggiare a Los Angeles con Everly.

Non voleva andare, in realtà.

Ma non era giusto separare Gray, Ro, Arrow e Black dalle loro donne solo perché Ball aveva dei dubbi sul fatto di lavorare a così stretto contatto con Everly. Meat poteva andare, ma stava aiutando Rex, il loro capo, con un altro caso.

Quindi era rimasto solo lui.

Ball non aveva dubbi sul fatto che Everly fosse una brava poliziotta. Ma anche la sua ex-partner Riley aveva il potenziale per essere una buona guardia costiera, e con lei era successo un disastro...

La porta di fronte a Ball si aprì, ma tutto ciò che vide fu il sedere di Everly, mentre lei si voltò immediatamente e si allontanò da lui senza rivolgergli alcun tipo di saluto.

Più confuso che infastidito, Ball spinse la porta aperta e mise piede nell'appartamento di Everly. Il complesso in sé era bello. Le auto all'esterno erano tutte di prezzo medio-alto, tutte le luci funzionavano, sia nel parcheggio che all'interno del complesso stesso. I corridoi profumavano di eucalipto, c'erano fiori freschi nell'atrio. Non era sorpreso che una poliziotta vivesse in un complesso di appartamenti sicuro e pulito, ma l'appartamento di lei sì che lo sorprese.

Ball sapeva di aver giudicato Everly duramente fin dal primo momento in cui aveva saputo della sua esistenza, ma vedere il suo appartamento gli fece rivalutare anche quel poco che pensava di sapere. Non era sicuro di cosa aspettarsi dallo spazio vitale di lei, ma non certo la casa comoda e rilassata che aveva messo insieme.

Lui aveva vissuto in un numero di appartamenti sufficiente per sapere quanto fosse difficile renderli propri. Le pareti erano sempre bianche, sembrava sempre che ci fosse una sensazione di sterilità. Ma non l'appartamento di Everly. Era riuscita a rendere il suo spazio accogliente e ci viveva senza riempirlo di cianfrusaglie.

La porta dava su una grande zona giorno. Aveva un divano di pelle scamosciata marrone chiaro, con cuscini sparsi a caso, e una coperta grigia sfocata ficcata in un angolo. Al posto di un tavolino da caffè aveva un grande pouf quadrato con alcuni telecomandi e qualche soprammobile. Nell'angolo c'era una libreria, traboccante di libri. La sua TV era enorme e occupava quasi tutta una parete. C'erano anche immagini sulle pareti, foto di Everly e di una giovane ragazza, sicuramente la sorella scomparsa.

La cucina era piccola ma funzionale. Aveva una macchina per il caffè su un bancone per lo più ordinato, Ball vide una tazza e un cucchiaio nel lavandino, i resti della colazione. C'era un tavolino con spazio sufficiente per due persone, tra la cucina e la zona giorno. Per qualche ragione, quel tavolino rendeva triste Ball. Immaginava Everly seduta lì da sola a mangiare. Anche se viveva da solo, lui aveva comunque un tavolo che poteva ospitare almeno sei persone. Si era seduto lì molte notti con i suoi amici, ridendo e parlando.

Nel complesso, quello spazio era ordinato, ma non *ossessivamente* ordinato. Esattamente come quello di Ball.

"Hai intenzione di startene lì tutto il giorno a giudicarmi per come vivo, o ci muoviamo?" chiese lei, con una mano sul fianco.

Ball non si sentì in colpa per aver esaminato il posto. Più tempo passava con lei, più diventava curioso. Voleva scoprire di più, non solo sul suo modo di vivere, ma voleva saperne di più su di lei. No, Everly Adams era l'ultima persona con cui sarebbe uscito. Non era affatto il suo tipo. Sicuramente non voleva uscire con una donna che lavorava in un campo simile al suo.

Non voleva nemmeno lavorare con una donna. E se mai si fosse sposato o avesse avuto una relazione seria, sarebbe stato con una persona che gli piaceva e che rispettava, ma di cui non sarebbe stato follemente innamorato. Il suo cuore sarebbe stato più sicuro, in quel modo.

Anche se, guardando Everly mentre lei lo fissava con impazienza, non poteva negare che fosse bella. I capelli rossi le cadevano sulle spalle in disordine, il che gli fece venir voglia di sistemarglieli. Gli occhi verdi gli sparavano scintille di irritazione. Lei era alta, secondo le sue stime, li dividevano forse una ventina di centimetri. Everly era anche muscolosa, ma comunque sempre femminile. Ball ebbe la sensazione che, con la sua uniforme da poliziotta, avrebbe fatto una figura piuttosto sorprendente.

"Ball?" chiese di nuovo lei. "Mi stai ascoltando?"

Si risvegliò. La sua ex compagna della Guardia Costiera, Riley Foster, gli chiedeva sempre la stessa cosa. L'aveva trovato divertente, prima dell'incidente. Ma in quel momento, la cosa lo infastidiva.

"Ho scelta?" chiese lui, un po' più duramente di quanto avesse voluto.

Fece finta di non vedere il cipiglio sul viso di lei, prima che si allontanasse. Non era lì per fare amicizia. Doveva lavorare con Everly su quel caso, ma una volta trovata la sorella, sperava che le loro strade non si sarebbero mai più incrociate.

"Giusto," disse Everly mentre prendeva un borsone da viaggio che stava sul pavimento della cucina. Senza dire altro, si diresse verso la porta d'ingresso, senza guardarsi indietro per vedere se Ball la seguiva.

Sapendo che stava già mandando tutto all'aria con lei, Ball sospirò. Non è che non la rispettasse, era una poliziotta e voleva trovare sua sorella. Avrebbe preferito solo non essere lui a dover andare a Los Angeles per aiutarla.

Everly attese che Ball uscisse dall'appartamento, poi chiuse la porta a chiave dietro di lui. Camminarono senza dire una parola verso la Ford Mustang nera di Ball. Lui amava la sua auto. Si guidava con gran facilità, era splendida. Everly non sembrava affatto turbata o eccessivamente impressionata. Ball premette il pulsante della chiave per aprire il baule e fece per prendere la borsa della donna, ma immaginò che probabilmente non avrebbe apprezzato il suo tentativo di aiutarla.

Lei chiuse il baule dopo aver sistemato la borsa e si diresse verso il lato passeggero. Una volta allacciate le cinture, Ball uscì dal parcheggio e si diresse verso il piccolo aeroporto di Colorado Springs. Da lì avrebbero volato verso Denver e poi verso Los Angeles.

"Hai sentito i tuoi nonni oggi?" le chiese, una volta che erano in viaggio.

"Sì, ma non hanno ancora avuto notizie di Elise."

Elise era la sorellastra quindicenne scomparsa di Everly. Il motivo per cui erano nell'auto di Ball, diretta all'aeroporto. "I tuoi contatti alla polizia di Los Angeles hanno qualche nuova informazione?"

Sempre sospirando, lei si strofinò la fronte. "No, stanno facendo del loro meglio, ma credo che sospettino che sia solo un'altra fuggiasca, che si farà viva a un certo punto. Sono oberati di lavoro, naturalmente; fanno del loro meglio per aiutare, ma in realtà non succede niente. Siamo tutti stressati, ma nonna Me-Maw e nonno Pop la stanno prendendo particolarmente male, visto che Elise viveva con loro."

Ball pensò che fosse carina a chiamare i nonni con quei vezzeggiativi, ma non glielo avrebbe mai detto. "Hanno già analizzato il computer?"

"Non che io sappia. Il detective a cui è stato assegnato il caso ha richiesto i suoi tabulati telefonici, ma ci vorrà un po' di tempo per avere risposta dalla compagnia telefonica. La nonna ha detto che il detective è venuto a casa loro ieri, ma non ha fatto altro che guardarsi un po' intorno. Aveva già provato a rintracciare il suo telefono, ma non ha avuto fortuna, probabilmente perché se è spento, i ripetitori non ricevono il segnale."

"Cosa pensi che sia successo?" le chiese Ball. Nei loro incontri con gli altri Mercenari di Montagna avevano ripetuto più e più volte i fatti del caso, ma non si era fatta alcuna ipotesi di scenario, su ciò che probabilmente era successo a quell'adolescente.

Era andata a scuola come al solito, ma non era tornata a casa. Dopo aver chiesto ai suoi amici e aver parlato con i suoi insegnanti, avevano scoperto che era stata a scuola e che tutto sembrava andare bene, quel giorno. Ma una volta lasciato l'edificio per tornare a casa a piedi, come ogni giorno, nessuno l'aveva più vista.

"Credo che abbia incontrato la persona sbagliata e che sia

stata rapita. Elise non è come me," disse Everly. "Siccome è sorda, ha sempre preso tutto a cuore, molto più di quanto abbia mai fatto io. È sensibile, è difficile per lei farsi degli amici, questo è uno dei motivi per cui vive ancora a Los Angeles. Non volevo portarla via dai pochi amici che ha, e francamente neanche Elise voleva andarsene. Ogni minima cosa la stressa, e di conseguenza può rimanere in crisi per settimane."

"E tu non sei così?" chiese Ball.

"Non proprio. Ho visto troppe cose al lavoro per stressarmi per le piccole cose, e sicuramente non ho malumori che durano settimane. In parte è dovuto all'età. È un'adolescente, lo capisco. Ma a volte mi fa impazzire. Non sopporto nemmeno i drammi, e se qualcuno non riesce a prendermi per quello che sono, allora io taglio ogni rapporto."

Ball intuì che c'era una storia, dietro quell'affermazione, ma non indagò oltre. "Allora, di recente è successo qualcosa che potrebbe stressare Elise?"

"Sinceramente non ne sono sicura. Elise mi diceva sempre tutto, ma nell'ultimo anno o giù di lì non si è più fatta sentire, e quando lo faceva, diceva che va tutto bene."

"E tua madre?"

"E mia madre?" ripeté lei.

"Potrebbe far parte di tutto questo?"

"Non credo proprio. Mia madre è una stronza, dopo che mi sono trasferita da Me-Maw e Pop, non ho avuto molto a che fare con lei. Credo che neanche Elise l'abbia più sentita. Ma il suo scenario è diverso. Ha sempre preso tutto quello che fa la mamma sul personale."

"Davvero?"

"Sì. Incolpa se stessa per il rapporto tra la mamma e il padre, che si sono lasciati... il che è una stronzata. Forse se la mamma smettesse di drogarsi, potrebbe avere un rapporto normale per una volta nella sua vita. Con le sue figlie, con i suoi genitori... con qualcuno."

"Ed è per questo che Elise è andata a vivere con i nonni, giusto?"

"Giusto. Mia madre è scomparsa per una settimana e alla fine Elise ha preso l'autobus per andare dalla nonna. Nonno era incazzato, è andato subito a casa della mamma per lamentarsi, ma siccome lei non c'era, si è dovuto accontentare di prendere tutte le cose di Elise e portarla a casa."

"Quando è stato?"

"Circa quattro anni fa."

"E da allora non ha più visto tua madre?" chiese Ball. Era difficile, per lui, capire come si potesse lasciare un bambino da solo in casa per giorni, come aveva fatto Ella Adams.

"Non che io sappia, ma non posso garantirlo. Conoscendo mia madre, probabilmente ha mandato sms o e-mail a Elise. Le avrà fatto venire i sensi di colpa, o qualcosa del genere."

"Forse Elise è tornata a vivere con tua madre," suggerì Ball.

Everly scosse la testa, ma sembrava preoccupata. "No."

"Non puoi dirlo con certezza."

Lei si mosse, mettendosi dritta per fissare Ball. "Ella Adams non si preoccupa di nessuno se non di se stessa. Elise lo sa. Abbiamo avuto lunghe conversazioni al riguardo. Sa che sta meglio a casa dei nonni."

"Ma è possibile" insistette Ball, frustrato dal fatto che Everly non prendesse nemmeno in considerazione la sua ipotesi.

Lei si mise a sussurrare. "Bene. Hai ragione. Era una possibilità."

"Era?" chiese Ball inarcando un sopracciglio.

"Sì, *era*. Ne ho parlato con il detective Ramirez. Lui è andato a parlare con la mamma. L'ha trovata in una stanza di un motel di merda, camere a ore, con un tizio. L'ha interrogata e ha detto che sembrava molto sorpresa di sapere che Elise era scomparsa. Ha anche tirato fuori qualche lacrima o qualcosa del genere. Era fatta, e come ho detto prima, le importa davvero solo di se stessa. Ramirez ha detto che l'avrebbe tenuta d'occhio, per vedere se l'avesse condotto in un appartamento o in un posto dove Elise potesse essere trattenuta, ma dopo un giorno e mezzo di sorveglianza, non aveva lasciato il motel dove lui l'aveva trovata. So che pensi che io venga dalla feccia, che sia un topo di fogna, Ball, ma solo perché mia madre è una drogata non significa che abbia passato il suo stupido gene a me e a mia sorella."

"Non credo che tu venga dalla feccia," esclamò Ball, sinceramente scioccato dal fatto che lei lo avesse pensato.

Everly sospirò a fondo e si rifiutò di guardarlo negli occhi.

"Ti dico di no," insistette Ball. "So che non siamo partiti esattamente con il piede giusto..."

Lei sbuffò.

"... ma questo non significa che non rispetti quello che fai."

Everly alzò di nuovo lo sguardo su di lui. "Ma tu non vuoi lavorare con me."

Ball fece spallucce. "Non è una questione personale. Non mi piace lavorare con le donne."

"Perché?"

"Non importa."

Lei fece una risata sprezzante. "Credo di sì, visto che lavoreremo a stretto contatto per la prossima settimana, o giù di lì."

"Quindi se Elise non è tornata a vivere con tua madre, starà con qualcun altro?" chiese Ball.

Per un secondo, Ball non pensò che lei avrebbe lasciato perdere la domanda sul perché non gli piacesse lavorare con le donne, ma alla fine lei sospirò.

"Non lo so. Volevo che Elise venisse a stare da me, ma la scuola in cui si trova ora è fantastica, e tutti i suoi amici sono lì. Così ogni mese mando dei soldi per aiutare i nonni, ed

Elise sa che quando si diplomerà al liceo sarà più che benvenuta a venire a vivere con me a Colorado Springs."

"Hai qualche obiezione al fatto che Meat si colleghi al suo computer in remoto, quando arriviamo a Los Angeles?" chiese Ball. Ne avevano già discusso, ma lui voleva essere sicuro.

"No. Nessuna obiezione."

Ball fece un cenno con la testa. Cercò di pensare a cos'altro avrebbero potuto dirsi, ma non gli venne nulla in mente.

Non si era mai stato così... strano... con una donna, prima di quel momento. Sapeva che era perché non riusciva a capire esattamente cosa provava per Everly. La ammirava perché eccelleva in un lavoro tipicamente maschile, anche se non sopportava di dover lavorare a stretto contatto con lei. Gli dispiaceva per lei, perché sua sorella era scomparsa e lei era molto preoccupata... ma aveva anche la sensazione che forse i poliziotti di Los Angeles avevano ragione, magari la ragazzina si stava facendo un po' gli affari suoi.

I suoi sentimenti nei confronti sia dell'ex partner che della sua ex fidanzata erano stati portati in primo piano grazie a quel caso, e lui se ne era occupato negli ultimi giorni, anche cercando di rimediare alle stronzate che aveva detto su Everly, quando aveva saputo che lei avrebbe partecipato alla missione.

Per fortuna arrivarono all'aeroporto in fretta, così Ball non dovette intrattenere nessuna conversazione. Parcheggiarono e si diressero alla macchinetta dei biglietti elettronici. Nel giro di un'ora, erano seduti sull'aereo per Denver. Naturalmente Rex li aveva messi in posti vicini, sull'aereo. Ball avrebbe preferito prendersi una pausa da lei, invece condividevano un bracciolo.

Volendo alleviare l'imbarazzante silenzio tra loro, mentre l'aereo rollava verso la pista, Ball guardò Everly, appoggiata sul sedile vicino al finestrino. Aveva gli occhi chiusi ed era seduta in modo composto. Teneva le mani strette insieme in grembo, era più che evidente che non le piaceva volare.

Portava anche un anello al dito indice destro, un dettaglio che lui non aveva notato prima. Era una sottile fascia d'oro che avrebbe potuto passare per una fede nuziale, se fosse stata sull'altra mano.

I pensieri sui gioielli furono rapidamente sostituiti ancora una volta dai ricordi della sua ex.

Neanche ad Holly piaceva volare. Odiava la sensazione dell'aereo che si staccava da terra e pensava sempre che si sarebbero schiantati. Non avevano volato insieme molto spesso, ma Ball le metteva sempre il braccio intorno alle spalle, dicendole di aggrapparsi a lui, promettendole di tenerla al sicuro.

Allontanando i pensieri della sua ex, Ball guardò il finestrino opposto, dall'altra parte del corridoio, per non vedere Everly alle prese con le sue paure. Le sue dita si agitavano per l'impulso di coprirle le mani con le proprie, per rassicurarla. Era un'idea stupida. Essere in compagnia l'uno dell'altra era sicuramente sgradevole per entrambi.

Per fortuna il decollo fu tranquillo, volarono senza ulteriori intoppi verso Denver. Everly tirò fuori degli auricolari, li inserì nel suo telefono, se li mise nelle orecchie e poi si girò leggermente verso il finestrino, dandogli le spalle.

Ball sospirò. Sarebbe stato un lungo viaggio.

CAPITOLO DUE

Everly si mise gli auricolari nelle orecchie, ma non si preoccupò di accendere la musica. Aveva bisogno di poter sentire, in caso di emergenza. Detestava volare. Lo *odiava*. Di solito andava in macchina a Los Angeles, quando voleva andare a trovare la sorella o i nonni, ma agire velocemente era essenziale in quel momento. Doveva andare a Los Angeles e trovare Elise.

Ogni volta che pensava a dove potesse essere sua sorella, il terrore minacciava di sopraffarla, ma lei resisteva ogni volta. L'avrebbe trovata. Doveva trovarla. L'alternativa era impensabile.

Lei e sua sorella non avevano avuto una vita facile. Avevano dovuto darsi da fare e combattere fin da quando erano piccole. La loro madre era in lizza per la peggiore madre di sempre, ma almeno avevano avuto i nonni, Me-Maw e Pop.

Everly non si era sorpresa quando sua madre era rimasta incinta di Elise. Onestamente, era rimasta scioccata dal fatto che non fosse successo prima. Ella Adams era una tossicodipendente che era stata più volte in riabilitazione, fin dall'adolescenza, ma il punto è che non voleva mollare. Le piaceva troppo lo sballo provocato dalla droga, le piaceva fare festa. Era anche carina, nonostante tutti gli anni di abuso di sé. Everly e la sorella avevano ereditato i suoi capelli rossi, ma Ella sembrava avere quel qualcosa in più che attirava sempre gli uomini.

Il punto cruciale del problema era che ad Ella non importava di nessuno, se non di se stessa. Né dei padri delle sue figlie, né delle sue figlie. Non le importava di aver causato ai suoi genitori ore e ore di preoccupazione, o di aver dimenticato a volte di dare da mangiare alle figlie. Ella voleva solo che il suo prossimo trip... la portasse ad essere al centro dell'attenzione. Era egoista ed egocentrica.

Ball aveva chiesto come Everly sapesse che la sorella non era andata dalla madre. Il motivo era che Elise odiava quella donna tanto quanto Everly. Non sarebbe mai tornata a vivere con lei, neanche in un milione di anni. Ma ciò non significava che Elise non stesse attraversando una crisi adolescenziale. Pensava che i suoi nonni fossero troppo severi e anelava a una maggiore indipendenza.

Everly capiva perché Elise non fosse andata a Colorado Springs per vivere con lei, anche se non significava che Everly fosse completamente soddisfatta di quella decisione.

Sapeva che Elise non era disposta a rinunciare alla scuola e agli amici, anche se ciò significava andarsene da Los Angeles, Everly voleva solo il meglio per la sua sorellina. Era una delle persone più intelligenti che conosceva. Era l'unica certezza che manteneva Everly calma in quel momento. Sapeva che se le fosse successo qualcosa, Elise sarebbe stata in grado di mantenere la calma fino al suo arrivo.

Poi c'era l'uomo accanto a lei...

Ball l'aveva odiata prima ancora di averla conosciuta, e questo l'aveva ferita. Non era esattamente Miss Simpatia, ma non aveva mai avuto qualcuno che la prendesse immediatamente in antipatia solo perché era una donna. Everly sapeva bene che lavorava in un campo dominato dagli uomini, ma la maggior parte dei maschi che incontrava almeno nascondeva la convinzione che fosse inadatta a svolgere il suo lavoro, e lo diceva solo alle sue spalle.

Da un lato, rispettava a malincuore Ball per aver detto quello che pensava, ma dall'altro la faceva incazzare. Come osava giudicarla senza nemmeno conoscerla? Come aveva osato decidere che solo perché aveva le tette, non poteva portare a termine il lavoro?

Dopo aver passato qualche giorno vicino a lui, aveva capito che i problemi di Ball derivavano dalla sua storia e non avevano nulla a che fare con lei in particolare. Ma non riusciva ancora a scrollarsi di dosso il dolore che le parole del Mercenario di Montagna le avevano causato, il primo giorno in cui si erano incontrati.

Era stressata, preoccupata e doveva affrontare ben due voli prima di poter abbracciare i suoi adorati nonnini. Volare non aiutava il suo stress. Decolli e atterraggi erano le parti peggiori, secondo lei. Le statistiche erano chiare: la maggior parte degli incidenti aerei avvenivano durante i pochi minuti dopo il decollo dell'aereo o subito prima dell'atterraggio. Così, ogni volta che volava, faceva del suo meglio per sopportare quei dieci minuti circa, all'inizio e alla fine di ogni volo.

Oltre a tutto il resto, negli ultimi giorni aveva dormito per un totale di circa sei ore. Ogni volta che chiudeva gli occhi, le immagini del ritrovamento del cadavere di Elise la perseguitavano. Era una poliziotta. Sapeva che le prime quarantotto ore erano le più cruciali per trovare una persona scomparsa. Quei due giorni erano passati da tempo. I poliziotti locali pensavano che fosse scappata di casa, ma Everly sapeva che si sbagliavano.

Sì, Elise si sentiva giù ultimamente, ma non sarebbe mai sparita senza dire una parola a nessuno. Qualcuno l'aveva rapita, Everly lo sentiva nel profondo. Avevano solo bisogno di scoprire chi l'avesse rapita e dove diavolo la avesse portata.

Everly pregò che il rapimento non fosse legato a quello che sospettava uno dei detective di Los Angeles, ovvero traffico di esseri umani. La maggior parte dei suoi colleghi stava ancora operando con il presupposto che Elise fosse una fuggitiva, ma quel detective si era preoccupato della possibilità di un traffico di esseri umani, abbastanza da parlarne con Everly, e lei non riusciva a toglierselo dalla testa.

Il traffico di esseri umani era diffuso molto più di quanto si pensasse. A quanto pare, a Los Angeles erano aumentati i casi di rapimenti e sparizioni. A causa dell'età di Elise, e del numero di altre ragazze e donne come lei scomparse di recente senza lasciare traccia, il detective di Los Angeles sospettava che si trattasse di un altro rapimento riconducibile alla tratta.

Everly non voleva crederci, ma aveva svolto la sua parte di indagini in cui qualcuno era scomparso; il sospetto era incentrato sul fatto che le vittime fossero state portate in una rete clandestina di prostitute. Ma come ogni singola persona che aveva intervistato nel corso degli anni, non aveva mai pensato che potesse succedere a qualcuno che conosceva e amava. Impossibile.

O forse no.

In ogni caso, Elise era sparita.

Everly aveva già sentito parlare dei Mercenari di Montagna ed era riuscita a mettersi in contatto con il loro inafferrabile leader, Rex. Dopo avergli presentato il caso, lui aveva fatto delle ricerche e aveva accettato di occuparsene. Rex odiava il traffico sessuale. Sembrava che porvi fine, una vittima alla volta, fosse la sua ragione di vita. Quando seppe dal detective di Los Angeles che si trattava di un caso di sospetto rapimento a scopo di traffico sessuale, Rex fu ancora più disposto ad aiutarla, permettendo a Everly di venire persino coinvolta... ma sospettava che ciò avesse più a che fare con il fatto che Rex lavorava a stretto contatto con il dipartimento di polizia di Colorado Springs, e voleva che quella relazione continuasse a prosperare.

Elise non era esattamente indifesa: si era presa il tempo di imparare le sue tecniche di autodifesa di base, ma aveva solo quindici anni. E poi era sorda, eredità paterna. Non era abbastanza forte per affrontare un uomo adulto.

Come molte ragazze della sua età, Elise amava i social media. Parlava costantemente con i suoi amici, inviava foto stupide e si faceva i selfie. Se Everly avesse dovuto tirare a indovinare, avrebbe sospettato che sua sorella avesse attirato l'attenzione di qualcuno a cui piaceva il suo aspetto: capelli rossi e occhi verdi. Forse aveva parlato online con la persona sbagliata ed era andata a incontrarla.

Se così fosse, Everly non pensava che Elise lo avrebbe fatto con l'intenzione di stare via così a lungo. Non aveva preso nessuna delle sue cose per passare una notte fuori, senza dire niente a nessuno. Sua sorella era una ragazza responsabile... ma era pur sempre un'adolescente. Non pensava alle conseguenze delle sue azioni.

Everly aveva fatto del suo meglio per essere un buon esempio per Elise, ma era difficile farlo da un'altra città. Prima Everly era andata al college, poi aveva ottenuto un lavoro al Dipartimento di Polizia di Phoenix. Si era fatta il culo e non era riuscita a tornare a casa tutte le volte che avrebbe voluto. Poi aveva ricevuto l'offerta di lavoro dal dipartimento di polizia di Colorado Springs e si era stabilita lì.

Andava a Los Angeles per farle visita il più possibile, ma alla fine il compito di crescere Elise era ricaduto su Me-Maw e Pop.

Proprio in quel momento, l'assistente di volo comunicò qualcosa attraverso gli altoparlanti. Everly si sollevò dallo schienale e tolse un auricolare dall'orecchio, ma si era persa l'annuncio. "Che cosa ha detto?" chiese con un accenno di trepidazione nel suo tono.

"Solo che presto inizieremo la nostra discesa," disse Ball.

Merda. Odiava l'atterraggio, tanto quanto odiava il decollo.

Senza esitare, Ball le afferrò una mano. Intrecciò le dita con le sue e poggiò le loro mani sul bracciolo tra loro.

Everly non lo guardò, ma gli intravide le rughe sulla fronte: aveva capito che Ball faceva così ogni volta che si sentiva stressato o infastidito, ma al momento non le importava. Il semplice fatto di essere stretta a qualcuno la aiutava a rendere la sua paura più gestibile.

Ripetendosi che Ball le teneva la mano solo perché era molto spaventata e non aveva dormito abbastanza negli ultimi giorni, Everly chiuse gli occhi e appoggiò nuovamente la testa al sedile. Era sicura che, una volta atterrati, Ball sarebbe tornato ad essere il solito fastidioso, ma per il momento accettò di buon grado la sua compagnia.

Ore dopo, atterrati finalmente a Los Angeles, Everly gli era più che grata.

Ball non le aveva tenuto la mano sul volo diretto a Los Angeles, perché Everly si era offerta volontaria per scambiare il posto con una donna che era stata separata dal marito, quando erano stati assegnati i posti. Così Everly si sedette sei file dietro Ball, cercando di dimenticare quanto fosse stata rassicurante la sensazione della mano di lui intrecciata alla propria, e come avesse tenuto a bada il suo panico con quel semplice gesto.

L'unica cosa che voleva era vedere Me-Maw e Pop. Era passato troppo tempo dalla sua ultima visita. I nonni erano sulla settantina, ma sembravano più sulla cinquantina. Allison Adams aveva gli stessi capelli rossi della figlia e delle nipoti. Anche se l'età aveva attenuato il rossore, era comunque ovvio che era una rossa naturale, ed era minuta come Elise. Landen Adams era alto circa un metro e ottanta, Everly aveva sempre amato come sorrideva indulgente alla moglie, quando lei si comportava da pazza... cosa che accadeva spesso. Non sembrava mai imbarazzato dalle sue buffonate, la toccava sempre. Le toccava la schiena. Le teneva la mano. Le metteva le gambe sulle proprie. Le faceva scorrere le dita tra i capelli.

La loro relazione era stata una delle ragioni per cui Everly era ancora single. Non aveva mai incontrato un uomo che la guardasse come il nonno guardava la nonna.

Era straziante che due persone così straordinarie avessero una figlia che era diventata come Ella.

Non appena lei e Ball uscirono dalla zona sicura dell'aeroporto, Everly intravide Me-Maw e Pop. Senza preoccuparsi se Ball la seguisse o meno, si diresse dritta verso di loro. Le avevano detto che l'avrebbero incontrata all'aeroporto, ma Everly aveva detto loro di non preoccuparsi, che lei e Ball avrebbero noleggiato un'auto e che sarebbe andata a casa loro.

Naturalmente i nonni l'avevano ignorata ed erano andati comunque.

Non curandosi di nulla, se non di sentire le braccia della nonna intorno a sé, Everly fece cadere la sua borsa da viaggio e si tuffò nell'abbraccio affettuoso che la stava aspettando.

Per la prima volta da quando aveva saputo della scomparsa di Elise, Everly si lasciò andare.

Sentendo il profumo familiare di Me-Maw e vedendo quanto fosse fragile, Everly si perse. Ci vollero diversi minuti, ma alla fine si riprese e guardò Pop. Lui era in piedi dietro la moglie, come sempre, e le aveva messo una mano sulla schiena mentre lei abbracciava Everly.

Everly fece per abbracciare il nonno e sentì qualcuno che la toccava. Per un attimo si era dimenticata di Ball. Girando la testa, lo vide fare un passo indietro, si rese conto solo allora che lui le aveva messo la mano sulla schiena per tutto il tempo in cui lei aveva abbracciato Me-Maw, dandole un sostegno silenzioso.

Prima che potesse elaborare la cosa, Pop la avvolse in un caloroso abbraccio. Anche lui aveva sempre lo stesso odore... quello dei sigari che gli piaceva tanto fumare, anche se la moglie lo rimproverava.

"Ehi, Pop," disse Everly.

"Ehi, bambina. Stai bene?" le chiese.

Everly fece un respiro profondo e annuì. Non era vero, ma doveva essere forte. I suoi nonni avrebbero dovuto godersi la pensione. Invece erano stati impegnati a crescere la loro seconda nipote, pieni di sensi di colpa, sentendosi responsabili per la sua scomparsa.

"La troveremo," disse al nonno, con più sicurezza di quanta ne avesse. Non sapeva se avrebbero trovato Elise, ma con i Mercenari di Montagna alle spalle, sperava che ci fosse una possibilità. Anche una minima possibilità era meglio di niente.

"Avete guidato fino a qui?" continuò a chiedere, mentre si piegava a prendere il borsone. Non era ai suoi piedi, alzò lo sguardo per vederlo appeso sulla spalla di Ball. Voleva insistere per poter portare la propria borsa, ma sapeva che la nonna l'avrebbe rimproverata e le avrebbe detto di lasciare che il "simpatico giovanotto" portasse le sue cose.

"Siamo venuti con Uber," disse Pop con orgoglio.

Everly ridacchiò. "Davvero?"

"Non volevamo guidare fino a qui e sapevamo che avevi noleggiato un'auto, così abbiamo pensato di tornare con te," disse la nonna. "Ora... presentaci il tuo amico."

"Giusto. Me-Maw, Pop, questo è Kannon Black. Fa parte di un gruppo speciale che mi aiuterà a trovare Elise. Questa è mia nonna, Allison Adams."

Allison gli tese una mano in segno di saluto. "È un vero piacere conoscerti, Kannon."

"Lo stesso vale per me. Vorrei solo che fosse in circostanze migliori. E per favore, mi chiami Ball," le disse, stringendole la mano.

"Ball... è insolito," mormorò la nonna. "Fammi indovinare...Palla di cannone?[1]"

"Mi scusi?" chiese Ball.

Allison ridacchiò. "Dico, è così che hai ottenuto quel soprannome? Per via del tuo nome di battesimo? Kannon. Ball?"

Ball sorrise. "In realtà, no. Ma è molto appropriato."

Everly non riuscì a trattenere un sorriso per le parole della nonna. "E questo è mio nonno, Landen," disse, indicando Pop. Ball strinse la mano anche al nonno.

"Grazie per il tuo servizio," disse Pop.

Everly sbatté le palpebre, sorpresa. "Come sapevi che era nell'esercito?"

"Me ne accorgo subito," disse Pop, poi si rivolse a Ball. "Di quale ramo?"

"Guardia Costiera, signore."

"Chiamami Pop. O Landen, se vuoi. Niente stronzate da ufficiali."

"Mi dispiace," disse Ball. "Ma è una cosa che mi porto dietro da sempre. Sono cresciuto al sud. Mia madre mi avrebbe dato una botta in testa, se non le avessi mostrato il mio rispetto chiamandola 'signore'."

Pop ridacchiò. "Bene. Mi hai mostrato rispetto. Ora basta. Per te sono Pop o Landen."

"Andiamo," disse Everly. "Prendiamo la macchina. Non vedo l'ora di tornare a casa e di arrivare al computer di Elise."

Le sue parole funsero da promemoria sul perché si trovasse lì, Everly avrebbe voluto prendersi a calci da sola quando vide Pop accigliarsi e le rughe preoccupate sulla fronte di Me-Maw. Prese la nonna a braccetto e la condusse verso la zona del noleggio auto dell'aeroporto. "La troveremo, Me-Maw," le disse dolcemente. "Giuro che non mi arrenderò finché non sarà a casa."

"Non sono un idiota," rispose Allison. "Conosco le statistiche bene quanto te e so tutto sul traffico sessuale. Elise è bella, come te, e ho il terrore che non la rivedremo mai più."

Ball rispose ancora prima che Everly potesse dire qualcosa. "Da quello che mi dice Everly, Elise è intelligente. Sa che sua sorella farà tutto il necessario per trovarla. Abbia fede, Allison. Cercheremo sotto ogni roccia, in ogni pertugio... troveremo sua nipote."

"Grazie," disse la nonna tirando su con il naso. Poi fece un respiro profondo e sembrò tirarsi su. "Ho un arrosto nella pentola elettrica," disse a Everly. "Sei troppo magra. Devi mantenerti in forze. Hai dormito?"

Everly sorrise. Alcune cose non sarebbero mai cambiate. Sua nonna cercava sempre di darle da mangiare, si preoccupava sempre del fatto che dormisse abbastanza. "Mi dispiace di averci messo tanto a venire a trovarvi," le rispose. "Cercherò di fare meglio, in futuro."

Pop avvolse un braccio intorno alla vita della moglie e i tre camminarono fianco a fianco. "Non c'è bisogno che tu venga a trovarci, per farci sapere che ci vuoi bene."

"È vero, ma mi mancate," disse Everly.

La nonna diede una gomitata nelle costole al marito. "Smettila di dirle che va bene se non torna a casa."

"Non ho detto questo!" si difese Pop.

"Sì invece!"

Mentre i suoi nonni continuavano a prendersi in giro, Everly si voltò per assicurarsi di non aver perso Ball. Incontrò il suo sguardo per una frazione di secondo e quello che vide lì la sorprese. Invece delle espressioni ciniche o diffidenti a cui si era abituata, lui sembrava più rilassato di quanto lei non l'avesse mai visto.

———

Per fortuna, non c'era una lunga fila al noleggio auto, e Ball riuscì a sbrigarsela abbastanza velocemente. Modificò la sua prenotazione scegliendo un SUV, dal momento che i nonni di Everly viaggiavano con loro.

Gli piacevano i nonni di Everly. Sembravano sottotono, erano sconvolti per la scomparsa della nipote, ma lo stretto legame tra i due era più saldo che mai. Landen teneva la mano sulla schiena o sul braccio della moglie mentre parlavano, il modo in cui la guardava faceva capire che era ancora molto innamorato di sua moglie.

Non solo, ma la nonna di Everly era divertente nei suoi tentativi di spingere lui e sua nipote a mettersi insieme. A un certo punto aveva anche sorpreso Allison che gli guardava il sedere, e questo lo aveva fatto ridere.

Per la prima volta da quando aveva saputo di dover lavorare con Everly, l'aveva vista abbassare la guardia. La sua reazione nel vedere i nonni era stata decisamente genuina.

Odiava quando le donne piangevano fiumi di lacrime. Holly, la sua ex, lo faceva sempre. Si metteva a frignare sempre quando non riusciva a fare a modo suo. La sua ex partner Riley aveva pianto a dirotto durante l'indagine su quello che era successo a Ball. Anche se non poteva provarlo, aveva una buona idea che le sue lacrime avessero influenzato alcuni degli agenti incaricati del suo destino.

Ma le lacrime di Everly erano state autentiche, inevitabili... provenienti dall'anima. Sospettava un misto di sollievo, per essere tra le braccia della nonna, e di disperazione, per la scomparsa della sorella. Durante i loro discorsi degli ultimi giorni, Everly non aveva mostrato nemmeno la metà dell'emozione che aveva provato nel vedere la nonna. Ciò gli fece capire che quello per lei non era solo "un altro lavoro". Per niente.

Forse non era molto vicina a sua madre, o addirittura non le piaceva molto, ma era molto legata ai nonni e alla sua sorellastra. Vedere la loro riunione risvegliò in Ball un senso di urgenza che non aveva mai provato prima di quel momento.

In precedenza, per lui Elise era solo un'altra ragazza scomparsa. Ma in quel momento vide che c'era molto di più.

Ball non era ancora molto contento di dover lavorare con Everly, ma vederla con i nonni aveva già cambiato qualcosa in lui. Doveva solo capire cosa.

Everly insistette di far viaggiare la nonna davanti, trascorrendo così la maggior parte del viaggio verso casa a parlare con il nonno sul retro. Nel frattempo, Allison Adams passò tutto il viaggio a torchiare Ball. Iniziò a fargli domande personali su quanti anni aveva, dove viveva, se voleva dei figli, fino a quando Everly non le disse di darci un taglio.

Più si avvicinavano alla casa dei nonni, più Ball iniziò a prestare maggiore attenzione a tutto ciò che lo circondava. Il quartiere in cui vivevano gli Adams era bello. Non era super costoso, ma non era nemmeno in mezzo a una zona malfamata della città. I prati erano tutti curati, c'erano tanti fiori lungo molti passaggi pedonali.

"Vent'anni fa, questo posto era pieno di bambini," disse Allison. "Ma ora sono tutti cresciuti e si sono trasferiti. Siamo rimasti solo noi vecchi."

"Non siete vecchi," disse Everly dal sedile posteriore.

"Sono solo stagionata," rispose tranquillamente Allison, come se fosse una battuta ricorrente tra lei e la nipote.

"È un bel quartiere," disse Ball.

"È così. Ma purtroppo, ogni anno che passa, diventa sempre meno bello," disse Pop. "C'è sempre più criminalità, le bande si stanno facendo strada, lentamente e costantemente."

"Credete che Elise sia in qualche modo coinvolta in una gang?" chiese di nuovo Ball.

"Ma d'altronde, come già diversi giorni fa, avrei detto che non sarebbe mai scomparsa senza lasciare traccia," rispose Pop.

Non aveva tutti i torti.

Dopo aver parcheggiato nel vialetto, Ball spense il motore. "Ci penso io," disse ad Allison.

"Non c'è bisogno," gli disse lei con un piccolo sorriso. Suo marito era già uscito dal sedile posteriore e le aveva aperto la porta, allungando una mano e aiutandola a uscire dal SUV come se lo avesse fatto ogni giorno della sua vita... probabilmente era proprio così. Cominciò ad accompagnarla alla porta d'ingresso, lasciando Ball e Everly dietro di loro.

Ball si girò per aprire la portiera di Everly, ma lei era già fuori e sul retro del SUV, apriva il bagagliaio per prendere la sua borsa. Correndo là dietro, Ball cercò di prendere la sua borsa insieme alla propria.

"Faccio io," disse lei, strappandogli la maniglia dalla mano.

"Cerco solo di essere educato," le disse.

"Beh, smettila. Questo non è un appuntamento. Sono ben consapevole di quello che pensi di me."

"Everly..."

"Non dire niente," gli disse. "Ti ho sentito forte e chiaro il giorno che ci siamo incontrati, quando parlavi alle mie spalle. Non vuoi lavorare con me, sono sicuro che sei arrabbiato perché sei rimasto bloccato a Los Angeles. Lo capisco. Pensi che io non lo capisca? Io lavoro sempre con uomini come *te*."

"Uomini come me?" chiese Ball.

"Sì. Uomini che non pensano che una donna possa fare un lavoro ben fatto."

"Non è..."

"Sì invece," disse lei, interrompendolo ancora una volta. "Ma sai che ti dico? Non solo posso fare il lavoro come te, posso farlo addirittura meglio. Non mi importa di essere più bassa, di essere più esile della maggior parte degli uomini. Ho imparato a combattere nel modo più efficace per la mia corporatura. Posso giocare sporco, quando ne ho bisogno. Posso correre veloce come qualsiasi uomo, anche più veloce di molti poliziotti di Colorado Springs. So anche sparare con una pistola e perquisire un edificio. Quando indosso il mio equipaggiamento SWAT, non si capisce nemmeno che sono una donna."

"Non so quale sia il tuo problema con le donne, Ball, e non mi interessa. Puoi trattarmi di merda, e non batterò ciglio. Ma non pensare nemmeno per un secondo di poter trattare Me-Maw e Pop con mancanza di rispetto. Non lo sopporterò. Mi hai sentito?"

"Ho fatto qualcosa di diverso dal mostrare loro rispetto, finora?" chiese Ball. Non aspettò la risposta di Everly. "No, ovvio che no. Sembrano fantastici, e sei fottutamente fortunata ad averli. Vorrei aver conosciuto i miei nonni, ma sono morti quando ero piccolo e non me li ricordo. E forse è vero che non mi piace lavorare con le donne, ma non ha niente a che vedere con te. Ho avuto una brutta esperienza. È colpa mia, e sto facendo del mio meglio per non lasciare che influisca su questo caso. So di essere stato uno stronzo, quando ho saputo che saresti stata coinvolta, mi dispiace. Ma tua sorella ha bisogno che lavoriamo insieme, quindi è quello che sto cercando di fare. Ok?"

Lei lo fissò per un attimo, poi annuì e si diresse verso la porta senza dire una parola.

Ball la seguì e nel momento in cui mise piede nella casetta, si sentì subito tranquillo. L'odore del brasato permeava l'aria, facendo brontolare lo stomaco di Ball. Il soggiorno era un po' in disordine, ma dimostrava che Allison e Landen ci vivevano da molto tempo.

C'erano immagini su ogni superficie disponibile e sulla maggior parte delle pareti, Ball le osservò brevemente prima di prendere un appunto mentale per controllarle tutte più tardi. Dagli scatti che aveva già esaminato, Everly sembrava felice da piccola, ma col passare del tempo le foto catturavano qualcuno sempre più serio. Era incuriosito dal dolore che vedeva nei suoi occhi, nelle foto più recenti. Dolore che riusciva a nascondere bene di persona, ma che ogni tanto continuava a trasparire.

Sapeva di non aver nascosto il suo atteggiamento riguardo al lavoro con lei, ma non sospettava nemmeno che a lei importasse molto di ciò che pensava lui. Ovviamente si era sbagliato. Nonostante le parole e il suo atteggiamento, le importava molto. Ciò lo sorprese.

Ball fece voto mentale di cercare di mettere da parte i suoi pregiudizi. Elise meritava ogni briciola della sua professionalità e competenza. Se lui e Everly si stuzzicavano continuamente, il loro contrasto li avrebbe distolti dalla ricerca.

Il piano era di alloggiare in un hotel nelle vicinanze e di far stare Everly con i nonni, ma quando Me-Maw venne a saperlo, alzò le mani.

"Ho già preparato la stanza," disse loro.

"Quale stanza?" chiese Everly.

"La tua stanza. Tua e del tuo uomo."

Ball serrò le labbra per non ridere dello sguardo di orrore che apparve sul volto di Everly.

"Non stiamo insieme, Me-Maw. Te l'ho detto."

La nonna incrociò le braccia e mantenne uno sguardo ostinato sul viso. Pop alzò gli occhi al cielo.

"Davvero? Pensavo che cercassi solo di essere educata," disse un po' tristemente la nonna. "Voglio dire, hai trentaquattro anni, sei abbastanza grande da portare a casa un ragazzo. E poi, in che altro modo potrei avere dei bisnipoti?"

Ball si soffocò con il sorso d'acqua che aveva appena bevuto.

"Me-Maw!" si lamentò Everly.

"Cosa?"

"Non stiamo uscendo insieme. Non gli piaccio nemmeno!"

"Mi piaci," rispose immediatamente Ball, sorpreso di rendersi conto in quel momento che non solo gli piaceva davvero quella donna, ma la rispettava. Non era contento che lei lavorasse con la sua squadra, ma ciò non toglieva che più tempo passava con lei, più la conosceva, più gli piaceva... a malincuore.

"No, non è vero," esclamò Everly.

"Sì invece."

"No, non è vero!" insistette lei.

Ball le sorrise.

"E smettila di sorridere!"

Ciò aumentò ancora di più il suo sorriso. Ball vide Me-Maw in piedi in cucina, che sorrideva a entrambi. Si voltò dunque verso di lei. "Apprezzo l'offerta di alloggio. Davvero. Ma credo che Everly abbia bisogno di un po' di tempo di qualità da sola, con i suoi nonni. Ho anche molte ricerche da fare, parlerò molto con gli altri uomini della mia squadra a Colorado Springs."

"Non pensare di nascondermi qualcosa," disse Everly, mettendo le mani sui fianchi.

Lo faceva spesso, e Ball non poté fare a meno di notare come la sua camicia si stendeva sul petto. Accidenti, aveva un bel davanzale... e lui era un coglione a notarlo ogni volta. "Non l'avrei fatto," le disse.

"Bene, può restare," disse Everly, rivolgendosi alla nonna.

"Seriamente, mi va benissimo..."

"Dormirò qui fuori, e lui può avere la stanza degli ospiti," disse Everly, interrompendolo di nuovo.

"Qualche mese fa ci abbiamo fatto mettere un lettone," disse Pop, intervenendo per la prima volta nella conversazione. "Il divano qui fuori puzza. Fidati, lo so. Mi ci sono addormentato più volte di quante ne possa contare."

Everly fissò il nonno con incredulità. "Ti ci metti anche tu?"

"Sono sicuro di non sapere di cosa stai parlando," disse l'uomo anziano, con un sorriso compiaciuto. "Dico solo che se Ball farà delle ricerche durante la notte, immagino che dovrai discuterne con lui, e sarà più facile se sarete nella stessa stanza. Io e la nonna non dormiamo molto bene, e se tu fossi qui fuori in salotto, finiremmo per sentirti."

Ball non poté fare a meno di essere impressionato dal modo in cui la coppia manipolò così facilmente la nipote. Non moriva dalla voglia di dormire nella stessa stanza con Everly, ma di sicuro era divertente vederla agitarsi. Pensò che fosse strano che i suoi nonni fossero così disposti a spingerla in una situazione intima con un uomo con cui non usciva... ma poi Ball osservò la coppia più da vicino.

La fronte di Allison era solcata dalle rughe, le sue mani si stringevano leggermente ma costantemente. Anche se in quel momento Landen prendeva in giro Everly, Ball percepì una nota di preoccupazione nel suo tono.

Probabilmente stavano usando la mancanza di vita amorosa della loro nipote come mezzo di distrazione dalla situazione con Elise. Ball sapeva già che si sentivano tremendamente in colpa. Non avevano alcun indizio su dove Elise fosse in quel momento, o su cosa le stesse succedendo... ma potevano controllare dove dormiva Everly, forse anche aiutarla a trovare qualcuno con cui passare il resto della sua vita.

Prendere in giro lui ed Everly era qualcosa su cui potevano

concentrarsi, invece della preoccupazione che aveva pesato sulle loro spalle nell'ultima settimana.

"Va bene," disse Ball, tirando Everly fuori dai guai. "Posso stare in albergo come avevamo pianificato. Prometto di dirti quello che scoprirò."

"No," disse lei. "Non mi fido di te. Resteremo entrambi qui."

Quella risposta lo sorprese e lo infastidì. Aveva bisogno di un po' di tempo lontano da lei. Non poteva stare con lei ogni minuto. Impossibile. "Ho già prenotato la camera d'albergo. Rimarrò lì."

"E se Elise chiama? Non avrai bisogno di essere qui? E se chiama chi l'ha rapita? Non possiamo prenderci otto o dieci ore di pausa ogni sera solo perché sei troppo strano per lavorare con una ragazza."

Ball digrignò i denti. Aveva ragione. Dannazione. "Bene."

"Bene," ripeté lei. "Ma..." (si rivolse a sua nonna) "posso dormire nella stanza di Elise. Lì c'è un letto perfetto. In questo modo, Ball può ancora fare le sue ricerche nella relativa tranquillità della stanza degli ospiti, e se ha bisogno di chiedermi qualcosa o di un consulto, sarò pronta."

All'accenno alla scomparsa della nipote, Allison sospirò pesantemente, le sue spalle si abbassarono come se il peso del mondo stesse di nuovo gravando su di lei, la momentanea giocosità con Everly era già stata dimenticata. "Ok, tesoro."

Pensando che fosse arrivato il momento di togliersi di mezzo, lasciando tranquilli i nonni e mettendosi al lavoro, Ball disse: "Se qualcuno mi indicherà la stanza di Elise, darò un'occhiata in giro, se non è un problema."

"Te la mostro," disse Landen. Si diresse lungo un breve corridoio e Ball lo seguì. Prima di lasciare il soggiorno, vide Everly dirigersi verso la cucina per confortare la nonna.

"Eccola qui," disse Landen, mentre spingeva una delle

porte. "Se hai delle domande, non esitare a farle." Detto ciò, tornò da sua moglie e sua nipote.

Ball entrò nella stanza di Elise e rimase immobile, cercando di entrare nella testa della quindicenne scomparsa. Non sembrava che gli Adams avessero toccato qualcosa in quella stanza, da quando era andata a scuola quasi una settimana prima.

Il piumone sul letto era stato gettato indietro, come se la ragazzina si fosse appena alzata dal letto e non si fosse guardata indietro. Sul letto c'erano lenzuola rosa, anche il piumone era rosa con grandi fiori bianchi. Sulle pareti c'erano i poster di Beyoncé e Drake, così come di Thor e Wonder Woman. C'era anche un poster di un giovane attore che lui non conosceva. Prendendo un appunto mentale per chiederlo a Everly più tardi, continuò a guardarsi intorno.

La scrivania era un vero disastro. C'erano carte e libri sparsi su tutta la superficie. C'era una bacheca appesa al muro. Ball si avvicinò per poterla vedere meglio. C'erano tanti bigliettini, alcune foto di Elise con altre ragazze, una poesia e altri ricordi, esposti per essere visti tutti i giorni.

C'erano dei vestiti sporchi in un angolo, vicino a un cestino già pieno, altri vestiti sparsi per la stanza.

Ball si avvicinò alla finestra e provò ad aprirla. Bloccata. Sbirciò fuori, vide che sarebbe stato facile aprire la finestra e sgattaiolare fuori di casa, dato che la stanza era al primo piano, ma all'esterno non c'erano impronte visibili, sotto la finestra. Inoltre, Elise era andata a scuola il giorno in cui era scomparsa. Non era uscita di nascosto da casa per incontrare qualcuno.

"Sembra la stanza di una normale adolescente, vero?"

Ball non fu sorpreso dall'improvvisa apparizione di Everly. L'aveva sentita entrare qualche secondo prima.

"Sì. Ma manca qualcosa," le rispose.

"Cosa?"

"Un computer." Si voltò a guardare Everly.

"Non le è permesso di usarlo nella sua stanza, detestava questa cosa. La nonna e il nonno gliene hanno lasciato uno, ma lei deve usarlo in soggiorno, con loro presenti. Non volevano che stesse sveglia tutta la notte a chattare con i suoi amici o cose del genere."

"Hmmm."

"A cosa stai pensando?" chiese Everly.

"Ancora niente," disse Ball. "Ho solo la sensazione che mentre i tuoi nonni avevano il cuore in pace, ed è stata un'idea intelligente, forse non sono stati così attenti come pensavano, quando si trattava del computer. Chi è quello?" chiese, usando il mento per indicare il poster.

Everly guardò il poster del giovane e disse: "Sean Berdy. Perché pensi che non siano stati attenti?"

Camminando verso il poster, Ball sollevò il bordo inferiore, che non era attaccato al muro, e guardò dietro.

"Ball? Hai intenzione di rispondermi?"

"Chi è Sean Berdy?" chiese ancora, ignorando per la sua domanda.

Everly sospirò. "È un attore sordo. Era nel film "Il ritorno dei ragazzi vincenti", ultimamente ha partecipato al programma televisivo *Switched at Birth*... è impegnato nel sensibilizzare verso la cultura dei sordi. Elise ama quello show, ed è anche piuttosto innamorata di Sean."

Ball sollevò il bordo inferiore del poster, fino a quando Everly riuscì a vedere il retro.

Ansimando dolcemente, Everly si avvicinò a Ball. Gli tolse il poster dalla mano e inclinò la testa per leggere meglio ciò che Elise aveva scritto sul retro.

La scritta Elise Berdy appariva di continuo, c'erano cuori scarabocchiati ovunque. "Wow," esclamò Everly.

"Dovrei essere d'accordo con la tua valutazione che lei era innamorata di Sean," disse Ball con una risata.

Everly non rispose, ma sollevò il poster ancora di più. Sopra i cuori e il nome che Elise aveva scarabocchiato c'erano linee e linee di scrittura estremamente minuscole. Strizzò gli occhi mentre li leggeva.

Ball si acciglò mentre si avvicinava e leggeva dietro di lei.

La nonna è così cattiva! Non mi porta a Hollywood per incontrare Sean.

So che se mi vedesse, lui si innamorerebbe di me. Non sono troppo giovane. Saremmo perfetti insieme. Odio questo posto. Odio Me-Maw, odio mia sorella, odio mia madre. Odio tutti!

Oggi mi sono svegliata e i fiori fuori sul portico erano sbocciati durante la notte. Sono così belli.

Oggi ho avuto modo di parlare con Ev e, per quanto sia felice per lei, sono triste per me. Odio Los Angeles e non vedo l'ora di andarmene.

Ho preso 10 per un tema libero. Spacco!

Vorrei essere morta.

Carrie è una stronza! Ha detto a Rick che ero vergine e tutti hanno riso di me. Che razza di amica.

· · ·

Gli appunti erano chiaramente una specie di diario. Le parole erano sicuramente state scritte in tempi diversi, in quanto erano in colori diversi e scarabocchiate a caso sul retro del poster. A volte in orizzontale, a volte in diagonale, altre volte sottosopra.

"Non spaventarti," disse Ball con dolcezza, volendo mettere la mano sulle spalle improvvisamente rigide di Everly per confortarla, ma volendo anche mettere distanza tra di loro, per proteggersi.

"Non ti spaventare?" boccheggiò lei. "Come potrei non farlo? Ha scritto che vorrebbe essere morta! Che mi odia!"

"È un'adolescente," osservò Ball. "I suoi ormoni sono fuori controllo, sente letteralmente ogni emozione dieci volte più forte di noi. Sembra il suo modo di sfogarsi."

Guardò Everly che faceva un respiro profondo. "Hai ragione." Poi lasciò cadere il poster e si voltò verso di lui. "Come sapevi di dover guardare qui?"

Ball sollevò le spalle. "Ogni altro poster nella stanza ha delle puntine da disegno in ogni angolo. Questo le ha solo negli angoli superiori, per tenerlo al muro. Inoltre è anche molto più vissuto degli altri... come se fosse stato maneggiato ripetutamente."

Everly voltò lo sguardo al poster e lo esaminò per un momento. Poi annuì.

"Dovrò fare delle foto a quello che ha scritto e inviarle agli altri, in modo che possano aiutarci a capire chi sono le persone che ha menzionato, e fare dei controlli," le disse Ball con delicatezza.

Everly sospirò. "Lo so. Non mi piace, ma lo so."

"Ed è un bene che non avesse un computer nella sua stanza, probabilmente le ha impedito di stare alzata fino a tardi a chattare con i suoi amici... ma che mi dici del suo telefono? So che hai detto che il detective ha cercato di rintracciarlo senza fortuna, e che stanno aspettando che mandino i tabulati. Probabilmente l'ha usato per mandare messaggi a qualcuno. I nonni hanno controllato il suo telefono, o il computer, dopo ogni utilizzo? Hanno controllato con chi parlava e su quali siti navigava?"

Everly scosse la testa. "Ne dubito. Sono fantastici e piuttosto giovanili, ma non credo che saprebbero come farlo."

"Bene, inizieremo da qui. Andremo a vedere chi erano gli amici con cui parlava di più, daremo un'occhiata a quel computer. Domani andrò nella sua scuola e parlerò con i suoi insegnanti e i suoi amici, oltre a controllare le telecamere di sorveglianza. Potrai controllare con il detective e vedere se ha recuperato qualcosa, e magari fargli pressione per mettergli ancora più fretta."

"Non funzionerà," disse Everly.

Leggermente infastidito dal fatto che lei lo stesse già screditando, Ball chiese: "Perché?"

"Perché non conosci il linguaggio dei segni. Non puoi parlare con la gente che lavora nella scuola di Elise."

Ma certo. Ball aveva dimenticato che Elise era sorda. In realtà non l'aveva dimenticato; però stare vicino a Everly gli aveva fatto temporaneamente perdere di vista quel piccolo dettaglio. "Giusto. Certo. Allora andremo entrambi alla sua scuola, poi andremo al dipartimento di polizia."

Lei lo fissò con uno sguardo strano in faccia.

"Cosa?"

"Tutto qua?"

"Tutto qua, cosa?" le chiese, confuso.

"Cambio di programma, tutto qua?" chiese lei.

"Sì, Everly. Ma che diavolo?"

"Immaginavo che avresti cercato di trovare un modo per parlare con loro, o che saresti stato in grado di gestirlo, o che saresti rimasto sveglio tutta la notte e avresti imparato il linguaggio dei segni o qualcosa del genere. Sono sicura che ti dà fastidio affidarti a me per qualsiasi cosa, visto che non vuoi lavorare con me."

Quei continui richiami al suo precedente atteggiamento cominciavano a farlo incazzare, ma Ball cercò di mantenere la calma. "Non è con *te*, nello specifico, che non voglio lavorare."

"Giusto."

"L'ultima donna con cui ho fatto coppia mi ha quasi fatto ammazzare," disse velocemente Ball.

Everly non si lasciò scomporre. "Io non sono lei."

Sospirando, Ball si passò una mano tra i capelli. "Lo so."

"Ma davvero? Perché dal mio punto di vista, da quando ci siamo conosciuti, mi è sembrato di essere stata punita per il crimine di qualcun altro. Non so cosa sia successo, mi dispiace che sia successo a te, ma è successo davvero solo perché era una donna? O il genere, nella tua mente, è solo la cosa più facile da biasimare per quello che è successo?"

In piedi nel mezzo della camera da letto di un'adolescente, Ball sentì il suo mondo capovolgersi.

Era forse stato ingiusto con Riley? Non lo aveva mai pensato, prima di quel momento, ma le parole di Everly lo avevano fatto riflettere. Ma lei aveva sicuramente ragione su una cosa: stava lasciando che il suo pregiudizio personale intralciasse la sua missione. Non intendeva mettersi subito a saltare su e giù di gioia per il fatto di dover lavorare con Everly, ma al momento aveva bisogno di lei.

"Mi dispiace che le mie esperienze passate mi abbiano reso un tizio con cui non è facile lavorare. Farò del mio meglio per lasciarmele alle spalle, così potremo trovare tua sorella."

"Grazie."

"Suppongo che non tu non voglia farti una bella dormita, prima di affrontare questo problema," le chiese, indicando il manifesto.

"Assolutamente no. Tanto non riesco a dormire bene. Se sono sveglia, tanto vale che faccia qualcosa per trovare Elise."

A Ball non piacque sentire che Everly non dormiva bene, ma non era esattamente sorpreso. Le occhiaie sotto gli occhi verdi erano una prova più che evidente. Voleva dirle che se si fosse ammalata, non avrebbe potuto aiutare sua sorella, ma pensò che quel ragionamento ovvio avrebbe potuto farla arrabbiare. Così lasciò perdere. "Tu prendi il poster e io vado a chiedere ai nonni di vedere il computer."

Everly fece un cenno verso la porta.

Facendo un respiro profondo, Ball uscì dalla stanza.

Lavorare con Everly si stava rivelando più difficile di quanto avesse pensato... ma non per le ragioni iniziali.

Gli piaceva.

Ammirava la sua forza.

Ammirava il modo in cui si difendeva e non sopportava le sue stronzate.

Non era affatto come la sua vecchia compagna della Guardia Costiera. Riley Foster era ansiosa di fare un buon lavoro, ma non era molto sicura di sé. In quel giorno fatidico aveva pilotato la barca solo perché era più facile, rispetto ad armeggiare con il fucile a prua.

Ball sospettò che Everly avrebbe apprezzato la possibilità di essere l'artigliere su quella barca. Non avrebbe esitato a offrirsi volontaria per il posto e nel farlo si sarebbe divertita da matti.

Non volendo più pensare a Riley, Ball si diresse in cucina. Aveva bisogno di quel computer per poter contattare Meat e farlo lavorare, per cercare di capire dove diavolo fosse sparita Elise Adams.

———

Elise Adams era seduta sul freddo pavimento del seminterrato dove era stata nascosta. Le sue labbra erano secche, non aveva mangiato più di qualche boccone del cibo che il suo sequestratore le aveva portato negli ultimi due giorni. Probabilmente la drogava e l'avrebbe aggredita una volta vulnerabile. La stanza era buia, non importava quante volte sforzasse o strizzasse gli occhi, l'oscurità non si schiariva, non che se lo aspettasse davvero.

L'uomo che l'aveva portata a casa le aveva parlato, ma lei era riuscita a cogliere frammenti delle sue parole solo leggendogli le labbra, perché si guardava sempre intorno, come se avesse paura che qualcuno li vedesse.

Non aveva idea di dove fosse, ma era spaventata e infelice. Desiderava poter tornare indietro e cambiare la decisione presa alla fine di quella fatidica giornata di scuola. Non avrebbe mai immaginato che accettare di incontrare il ragazzo con cui aveva parlato per mesi potesse portarla ad essere incatenata ad un palo nel seminterrato di una casa malandata.

Una luce si accese in cima alle scale, Elise sbatté le palpebre. I suoi occhi si rifiutarono di adattarsi alla luce, dopo essere stati al buio per così tanto tempo; dovette distogliere lo sguardo. Quando si voltò, c'era un uomo davanti a lei.

Era molto più alto di lei, aveva capelli castani di media lunghezza. Se l'avesse incrociato per strada, non l'avrebbe guardato due volte, perché aveva un aspetto del tutto ordinario. *Molto* normale. Era vecchio, molto più vecchio di lei... aveva almeno quarant'anni... indossava un paio di jeans e una maglietta nera.

Era lo stesso uomo che era andato a prenderla dopo la scuola. Aveva tirato fuori il telefono, aveva scritto sull'applicazione degli appunti di essere il padre di Rob, lei gli aveva stupidamente creduto. Si sentiva po' nervosa ma si era fidata di Rob, quindi si era fidata anche di suo "padre".

Dio, come aveva potuto essere così stupida?

Lei fissò l'uomo, ma lui si mise a gesticolare verso il basso.

Elise abbassò lo sguardo e vide che aveva in mano un sacchetto proveniente da un fast-food. Iniziò a sentire subito l'acquolina. Era molto affamata. Non sapeva se quell'uomo avesse drogato il cibo che aveva in mano, ma era arrivata al punto che non le importava più. Stava morendo di fame. Avrebbe dovuto rischiare di essere drogata.

Senza pensarci, Elise si alzò per prendere il sacchetto, ma l'uomo fece un passo indietro, tenendola fuori dalla sua portata. Lo mise su un tavolo, dall'altra parte della stanza. Poi tornò verso di lei.

Elise gli fissò le labbra mentre lui iniziava a parlare. Colse solo alcune delle sue parole, a causa della scarsa illuminazione della stanza e perché stava ancora lavorando per imparare a leggere bene le labbra. Riusciva a percepire che lui parlava lentamente, come per aiutarla a capirlo meglio. Non sapeva perché non avesse un biglietto pronto da mostrarle, come quando l'aveva incontrata.

"Cibo... tranquilla... vai a casa... carina con me..."

Poi l'uomo la fissò, come in attesa di una risposta.

Non sapendo cos'altro fare e non volendo provocare l'uomo, Elise annuì.

Allora lui sorrise ed Elise si fece subito prendere dal panico. Che cosa aveva accettato?

Lei scosse la testa, ma l'uomo non se ne accorse, si stava già togliendo la maglietta.

Elise cercò di andare indietro, ma si era dimenticata delle catene intorno alle caviglie. Cadde con il culo sul duro pavimento di cemento, guardò in alto, incrociando lo sguardo del male puro. L'uomo le sorrise mentre si piegava e cercava di prendere i bottoni della bella camicetta che Elise aveva scelto di indossare quel fatidico giorno.

Ansimando in preda all'orrore, lei colpì la mano e si allontanò il più possibile da lui.

Quando lui si avvicinò di nuovo a lei, Elise urlò terrorizzata.

L'uomo si fermò e inclinò la testa, con espressione interrogativa.

Elise non aveva idea di cosa stesse pensando in quel momento. Non era ingenua; sapeva quello che lui voleva, ma non c'era modo che lei se ne stesse lì docilmente sdraiata a farsi aggredire. Sapeva che lui poteva sopraffarla, ma Everly le aveva insegnato a combattere. Gli avrebbe ficcato le dita negli occhi, gli avrebbe dato un calcio nelle palle e, in pratica, avrebbe fatto di tutto e di più per impedirgli di toccarla.

Lei fletté le dita, pronta a fargli tutto il male che poteva, quando l'uomo si mise a sorridere.

Ma non era un sorriso felice. Era malizioso. Quel ghigno, unito allo sguardo perfido nei suoi occhi, fece rabbrividire Elise di paura.

L'uomo si rimise la maglietta, tirandola indietro sopra la testa. Elise voleva sentirsi sollevata, ma non riusciva a dimenticare quello sguardo maligno. Aveva in mente qualcosa, ma la domanda era: *cosa?*

L'odore del fast food, che prima le aveva fatto venire l'acquolina in bocca con trepidazione, ora le provocava la nausea. Voleva piangere. Invece pregò con tutto il cuore che Everly la trovasse. Doveva farlo. Era un'agente di polizia, Elise sapeva che era bravissima. L'avrebbe rintracciata. Sicuramente.

Fissò l'uomo, che parlava ancora una volta lentamente e con calma, come se volesse assicurarsi che Elise potesse leggergli le labbra.

"Tu... brava ragazza. Pura. In attesa... Meglio. Se tu... mangi, ti comporti bene."

Poi l'uomo si avvicinò al tavolo dove aveva messo il

sacchetto di cibo e lo raccolse. Lo portò verso di lei e glielo fece cadere davanti.

"Bene... a casa... presto."

Poi si girò e salì le scale. Prima che Elise potesse anche solo guardare nella borsa, per vedere cosa le aveva fatto guadagnare la sua apparente purezza, la luce si spense, e fu immersa di nuovo nel buio pesto.

Pensò di rifiutarsi di nuovo di mangiare, ma sarebbe stato stupido. Aveva bisogno di tenersi in forze. Se era stato drogato, pazienza. Se lui fosse tornato per finire quello che ovviamente voleva fare, e lei fosse stata messa KO da qualche droga, sarebbe stato un bene, no?

Elise tremò al pensiero dell'uomo che la toccava.

A un certo punto, in realtà, aveva sperato che Rob potesse essere il ragazzo a cui avrebbe regalato la sua verginità, ma sembrava che non sarebbe mai successo. Non c'era nessun Rob.

Doveva fare tutto ciò che serviva per restare in vita, incluso mantenere il suo corpo forte mangiando, fino a quando Everly non l'avesse trovata. Elise non aveva dubbi che l'avrebbe fatto.

Stringendo l'anello al dito indice destro, pregò più di quanto avesse mai pregato in vita sua.

Non riuscì ad assaporare il cibo, ma lo mangiò comunque.

Poi scoppiò a piangere.

CAPITOLO TRE

Lo stomaco di Everly si contrasse per la frustrazione. Avevano chiamato Meat, lui li aveva guidati per impostare il computer in modo da potervi accedere a distanza. Aveva ordinato loro di lasciarlo esattamente com'era e di lasciarlo fare. Avevano fatto come aveva richiesto, poi un pasto veloce in compagnia dei nonni, infine avevano iniziato a esaminare il diario improvvisato sul retro del poster, riga per riga.

Me-Maw e Pop avevano fatto capolino nella stanza per dar loro la buonanotte, poi erano andati a letto.

Erano ormai le due del mattino, Ball disse che era meglio andare a dormire.

"Starò sveglia ancora un po'," disse Everly.

"No. Siamo entrambi frustrati. Penso che dovremmo dormire un po', poi iniziare domani quando saremo freschi," suggerì Ball.

"Sto bene. Se vuoi andare a dormire, puoi farlo," disse Everly in modo assente, senza togliere gli occhi dallo schermo del computer.

Senza dire una parola, Ball le afferrò una mano e la tirò fisicamente su dalla sedia in cui si trovava, trascinandola nella sala da pranzo e poi in fondo al corridoio. Everly non protestò troppo forte, sapeva che i nonni dormivano nella stanza lì vicino.

Pensò di assecondare Ball per poi sgusciare via, dopo essersi assicurata che si fosse addormentato, per continuare a esaminare il poster della sorella, alla ricerca di qualsiasi tipo di indizio. Andò dunque nel bagno di fronte alla stanza della sorella e si cambiò, indossando una maglietta e dei leggings, a mo' di pigiama. Non degnò Ball di uno sguardo quando lui le passò accanto per andare in bagno, dopo che lei aveva finito.

Si infilò nel letto della sorella e si girò su un fianco.

Sembrava strano stare nella stanza di Elise. Era triste e straziante. Everly non doveva essere lì. Doveva esserci sua sorella, sotto quel soffice piumone. Dov'era in quel momento? Aveva un posto caldo per dormire? Un letto?

Facendo del suo meglio per allontanare i suoi pensieri morbosi su quello che sua sorella avrebbe potuto passare in quel momento, Everly si chiese brevemente cosa sarebbe successo, se avesse seguito il suggerimento di Me-Maw e avesse dormito nella stanza degli ospiti con Ball.

Era passato molto tempo da quando aveva condiviso il letto con qualcuno, anche solo per dormire. Aveva avuto alcune relazioni, ma si trattava soprattutto di alleviare la tensione e non di stabilire un legame profondo con un uomo. Faceva sesso, si coccolavano per circa due o tre secondi, poi lei o il ragazzo di turno si alzavano e andavano a casa.

Ma stare a casa dei nonni, nel letto della sorella, e pensare a Ball... era davvero *tutto* troppo strano.

Soprattutto perché Everly provava sentimenti così contrastanti nei confronti dell'uomo nell'altra stanza. Lei era ben consapevole del fatto che lui non voleva stare lì; quando lei lo aveva chiamato, invece di raccontarle delle stronzate, lui aveva ammesso di non voler lavorare con una donna. Si era persino scusato per come l'aveva trattata, cosa che l'aveva sconvolta.

Ball non le sembrava il tipo d'uomo che dicesse spesso di essere dispiaciuto, semplicemente perché probabilmente non aveva l'abitudine di fare cose di cui doveva scusarsi. Certo, era un idiota, ma doveva anche ammettere che era stato sempre coscienzioso con lei, esclusa la gaffe del giorno in cui si erano conosciuti. Era stato anche rispettoso e gentile con i suoi nonni.

Non lo conosceva da molto tempo, ma più scopriva cose su di lui e più quasi le piaceva. Quasi. Ovviamente lui rispettava anche i suoi compagni di squadra, lei lo aveva visto interagire brevemente con le fidanzate degli altri uomini. Sembrava molto gentile con loro.

Inizialmente la reticenza di Ball non aveva alcun senso, per lei, ma sentire che era quasi morto per mano di una donna con cui aveva lavorato... rese tutto molto più chiaro.

Giochicchiando con l'anello al dito, Everly chiuse gli occhi e rivolse la sua attenzione a Elise. Quell'anello le era familiare come il respiro. Era una delle cose più preziose che Everly possedesse. Non se l'era mai tolto da quando se l'era infilato, non se lo sarebbe mai tolto.

Tornando a pensare ad Elise, non poté impedire ad alcuni dei suoi pensieri più oscuri di manifestarsi. Sua sorella aveva fame? Mangiava? Era ancora viva?

Aveva così tante domande e nemmeno una risposta. Everly odiava non avere risposte.

Era talmente persa nei pensieri che non sentì Ball aprire la porta della stanza di Elise. Saltò dallo spavento quando lo sentì seduto sul letto dietro di lei, rimase scioccata quando lui sollevò le coperte e si ficcò nel letto dietro di lei, le avvolse un braccio attorno alla pancia e l'altro sotto il collo.

Everly poteva sentire l'odore della menta del suo dentifricio, per quanto le stava vicino, così deglutì con vigore. "Che diavolo stai facendo?" chiese lei, lottando leggermente per uscire dal suo abbraccio.

"Dormi," le disse con calma. "Se ti dimeni, non puoi dormire."

"Mi dimeno?" sibilò lei. "Lasciami andare!"

"No. Ora silenzio e dormi."

"Seriamente, Ball. Non è divertente. Dovresti dormire nell'altra stanza. Lasciami andare."

Lui strinse la presa sulla pancia di lei, Everly lo percepì ancora più vicino. Le sfiorò l'orecchio con le labbra, mentre parlava. "Hai dormito di merda ultimamente. In questo momento non possiamo fare nulla per tua sorella. Meat probabilmente starà sveglio tutta la notte a lavorare al computer e ci chiamerà non appena troverà qualcosa. Domani avremo una lunga giornata e abbiamo entrambi bisogno di qualche ora di riposo."

"Posso dormire benissimo anche se stai nell'altra stanza," gli disse Everly.

"Nel momento in cui mi addormento, tu ti alzerai e uscirai da questo letto, rileggendo quel dannato poster per la centesima volta. Non c'è niente che ci possa aiutare. Era solo il suo modo di sfogarsi. Ora di nuovo... silenzio."

Come diavolo faceva a sapere cosa aveva pianificato? Everly voleva proprio sgattaiolare in sala da pranzo per vedere se riusciva a trovare qualcosa sul computer di Elise.

"Non lo farò," mentì lei. "E comunque non posso dormire con te che mi tocchi così."

"Provaci," fu la risposta di lui.

"Ball..."

"Shhhhh. Sono esausto," le disse.

"Allora scendi da questo cazzo di letto e vai a dormire nella stanza degli ospiti," sibilò di nuovo lei.

Ball inspirò profondamente. "Hai un buon odore,"

sussurrò lui, così dolcemente che Everly non era sicura di averlo sentito bene.

"Cosa?"

"Dormi adesso," le disse Ball un po' più forte. "Provaci. Se dopo un po' non riesci ancora a dormire, me ne vado."

"E va bene," sbuffò Everly. Qualsiasi cosa, pur di farlo smettere. Avere quel bell'uomo così vicino a lei che la stringeva saldamente le fece improvvisamente desiderare cose che non poteva avere. Almeno, non con lui. Lei e Ball erano come l'olio e l'acqua. Non avrebbero mai legato.

Ma non poté negare che essere incastrati insieme su quel materasso... Le piaceva. Stava davvero bene.

Non era sicura che dormire con Ball nel letto di sua sorella fosse appropriato, ma non riusciva a raccogliere le proprie energie per cacciarlo via.

"Sono preoccupata per lei," gli disse tranquillamente, dopo un silenzio carico di tensione.

Ball strinse le braccia intorno a lei e le sfiorò dolcemente il collo con la bocca. Le fece un po' di solletico, ma le tolse la sorella dalla mente per un breve secondo.

Passarono alcuni minuti, poi Ball sussurrò: "La troveremo. Te lo prometto, cazzo."

Fu un grande sforzo, ma Everly ricacciò le lacrime che minacciavano di uscirle dagli occhi.

Le piaceva quel Ball gentile e attento. Davvero tanto.

Per tutta la vita, si era sentita come da sola contro il mondo. Ma per un momento, proprio in quel momento, sentì di avere davvero qualcuno dalla sua parte.

Ball sapeva che stava sfidando la fortuna, ma aveva visto Everly diventare sempre più stressata, man mano che la serata proseguiva. Quando non si era nemmeno arrabbiata, dopo che la nonna aveva fatto un commento un po' troppo colorito su loro due, aveva capito che era ufficialmente sfinita.

Dopo che i nonni erano andati a letto e lei si era preoccupata da morire, analizzando eccessivamente ogni parola che la sorella aveva scritto sul retro del poster, lui l'aveva fisicamente trascinata via e le aveva detto senza mezzi termini che dovevano dormire.

Mentre lei andava in bagno a prepararsi per andare a letto, lui sapeva che lei lo stava solo assecondando e che, non appena si fosse addormentato, sarebbe sgattaiolata fuori e sarebbe tornata subito ad ossessionarsi con il poster. Così, una volta finito di prepararsi per andare a letto, Ball decise di fare qualcosa che non aveva mai fatto prima.

Oh, era andato a letto con altre donne, ovviamente. Ma in genere per ottenere del sesso, e subito dopo si rotolava per dormire su un lato del letto mentre, loro stavano sull'altro. Ball *non* era un coccolone.

Tuttavia, nel momento in cui era entrato nella stanza di Elise e si era ficcato sotto le coperte con Everly, l'aveva avvolta con le forti braccia, intrappolandola in un certo senso. All'inizio lo aveva fatto soprattutto perché il letto era molto piccolo (e perché infastidirla era un bonus divertente), ma nel momento in cui aveva percepito il calore del corpo di Everly, Ball aveva capito di aver commesso un errore di giudizio. Gli piaceva un po' troppo.

Rimase sorpreso da quanto fosse bello, da quanto si sentisse bene. Cercò di non soffermarsi su quel fatto, ma riusciva a sentire ogni centimetro del corpo di lei contro il proprio. Non era eccitato, ma si sentiva... soddisfatto. Era anche esausto. Aveva consumato un sacco di energie a causa dello stress di lavorare con una donna, per cercare di capire dove fosse finita Elise. Ball era in una città nuova, in una casa che non era la sua, aveva ricevuto tanta gentilezza e cortesia. Voleva solo rilassarsi e dormire un po'.

In qualche modo, tenere Everly tra le braccia sembrava far svanire tutto lo stress che aveva provato fino a quel momento. All'inizio anche lei era tesa e rigida, ma più a lungo stavano lì, più anche lei si rilassava.

Ball fece un respiro profondo, il profumo dello shampoo usato da Everly, qualunque fosse, lo aiutò ad allentare ulteriormente la sua tensione.

Dopo che lei ammise di aver paura, Ball le sussurrò: "La troveremo. Te lo prometto, cazzo."

Sentì Everly di nuovo tesa, con il respiro un po' affannato, ma lei si controllò e si rilassò ancora una volta. Dopo dieci minuti, il ritmo del respiro di lei era inequivocabile: si era addormentata.

Ciò lo fece sentire bene, finalmente Everly era riuscita a rilassarsi abbastanza da potersi riposare un po'. Ball non aveva dubbi che si sarebbe alzata e sarebbe stata pronta a muoversi nel giro di poche ore. Lo sarebbe stato anche lui, se avesse smarrito la propria sorellina.

Ma per il momento assaporava la quiete della casa con il solo secco ticchettio di un orologio da qualche parte che rompeva il silenzio, assaporava la sensazione di avere Everly incastrata con lui, sembrava fatta apposta per stare tra le sue braccia possenti.

Chiudendo gli occhi, Ball passò il pollice sull'anello di lei, sulla mano destra. Non aveva idea di quale fosse il suo significato, ma l'aveva vista girarlo e rigirarlo tutta la notte. Come se il semplice atto di toccarlo la calmasse.

Si addormentò con il profumo di lei nelle narici e quella bella sensazione di calore tra le braccia... si fece una meravigliosa dormita.

―――――

"Ho cattive notizie," disse Meat la mattina dopo, quando Ball e Everly si sedettero a tavola dopo aver fatto colazione. Everly aveva cercato di dire a Me-Maw che avrebbero preso qualcosa da mangiare mentre andavano a scuola, ma la nonna non ne voleva sapere, aveva insistito per fare loro uova, pancetta e pancake.

"Hai bisogno di un buon pasto per iniziare la giornata. Ti conosco, Ev, mangerai qualche schifezza e alla fine della giornata sarai crollata. Se tu e il tuo uomo cominciate con la pancia piena, sarete in grado di pensare meglio."

Non poteva controbattere la cosa della "pancia piena". Lasciò perdere la storia del "suo uomo".

Everly si era svegliata sentendosi più riposata che mai. Si ricordò immediatamente dove si trovava e di chi erano le braccia che la circondavano. A un certo punto della notte, Ball si era girato sulla schiena e lei si era svegliata appoggiata al suo petto come a un cuscino. Aveva ancora il suo braccio intorno alle spalle, si era rannicchiata contro di lui. Era sconcertante quanto si fosse trovata a suo agio.

Era scivolata fuori dal letto, aveva preso la sua roba e si era diretta in bagno, contenta che Ball non fosse sveglio. Si era fatta una rapida doccia, pensando per un attimo se anche Elise poteva farsi la doccia. Quando era arrivata in cucina, Ball era già lì. Vestito e con lo sguardo sveglio come sempre... maledizione.

Everly sperò solo che la nonna non l'avesse visto uscire dalla stanza di Elise. Sperava che fosse stato abbastanza intelligente da stropicciare il letto degli ospiti per non far sapere dove aveva dormito. La nonna le avrebbe fatto una testa tanta, se avesse saputo che Everly e Ball avevano condiviso il letto, quella notte.

Chiacchierarono, evitando l'argomento che opprimeva i loro pensieri, mentre mangiavano. Appena Me-Maw tornò dalla cucina con i piatti, Ball chiamò il suo compagno di squadra.

"Non farci aspettare," disse, rimproverando Meat. "Sputa il rospo."

Meat era in vivavoce. Anche se Everly voleva risparmiare i dettagli a Me-Maw, voleva sentire in prima persona ciò che aveva scoperto Meat.

"Sono riuscito a entrare nel suo account Facebook, ma non lo usa molto. Ci sono alcuni messaggi, ma niente di eccitante."

"E?" chiese Everly con impazienza.

"Aspetta, ci sto arrivando. C'erano un sacco di altre applicazioni sul computer, però. Instagram, Snapchat, Sarahah, Yubo, Musical.ly, Kik, WhatsApp... quelle sono le principali che ha usato di recente."

"Non ne ho mai sentito parlare," disse Everly, sbalordita.

"I ragazzini sono pieni di risorse, useranno qualsiasi cosa i loro amici stiano usando. Comunque, il fatto è che molte di queste app sono così attraenti perché non tengono un registro delle conversazioni tra due persone, o sono addirittura totalmente anonime."

"Anche se sono anonime, ci sono comunque gli indirizzi IP e cose da seguire, giusto?" chiese Ball.

"Beh, sì, ma non sembra che Elise abbia davvero usato il computer per parlare con i suoi amici," disse Meat.

"Ha usato il cellulare," disse Allison.

Everly si voltò a guardare sua nonna. Era in piedi in fondo alla cucina, più vicina a loro, ad ascoltare.

"Questa è la mia ipotesi, sì," disse Meat.

"Beh, sì. Lo faceva sempre," disse tristemente Allison. "Diceva che parlava con i suoi amici, e non ci siamo soffermati troppo a controllare. Non pensavamo che potesse mentire o altro. Le abbiamo detto che non le era permesso di usarlo a tavola e abbiamo insistito perché finisse prima i compiti, ma nel momento in finiva, si fiondava subito su quell'affare."

Senza nemmeno pensarci, Everly comunicò a gesti con la nonna: *Non è colpa tua.*

No? accennò la nonna.

No. Credimi, ogni adolescente è ossessionato dal proprio telefono. Non significa che tu sia una cattiva tutrice, continuò Everly.

Scommetto che non sarebbe successo, se fosse stata con te. Le saresti stata addosso. Le avresti fatto molte domande, rispose Me-Maw.

Smettila, continuò Everly.

"Che succede?" la voce di Meat uscì dall'altoparlante del telefono di Ball.

"Everly e la nonna stanno discutendo," disse Ball al suo amico.

"Ma... non le sento parlare," rispose Meat.

"Oh, ma stanno comunicando," disse Ball.

Everly non riuscì a decifrare il suo tono. "Mi dispiace. Sono stata scortese. Non mi sono nemmeno resa conto che lo stavo facendo. Meat, stavo parlando con Me-Maw nel linguaggio dei segni. Pensa che sia colpa sua."

"Non lo è," disse subito Ball.

"E io dicevo a mia nipote che lei sarebbe stata più severa con Elise. Everly non l'avrebbe lasciata parlare con degli estranei su internet."

"Me-Maw, sai che non è vero, e non sai nemmeno che stava parlando con degli estranei. Perché pensi che queste app esistano? Perché gli adolescenti vogliono un modo per aggirare i loro genitori. Se Elise avesse voluto chattare online, avrebbe trovato un modo. Smettila di prendertela con te stessa. Meat?"

"Sì?"

"Quindi non ci sono informazioni sul computer?"

"Non ho detto esattamente questo. Ho trovato alcune conversazioni che ha avuto con qualcuno su WhatsApp sul computer e le foto che ha postato sulla sua storia su Snapchat. Per qualche ragione, probabilmente per motivi di compatibilità, nessuna conversazione dal suo telefono ha portato alle app sul suo portatile. Quindi mi servirà il suo telefono per rintracciare tutte le conversazioni che ha avuto lì. E se ha usato Kik, sarà molto difficile scoprire con chi stava parlando. La più grande attrattiva di quel sito è quanto siano private e anonime le cose."

"Ma puoi capirci qualcosa?" chiese Everly.

"Se ho abbastanza tempo, sì."

Lei capì cosa intendesse Meat. Potevano non avere il tempo necessario per rintracciare i compagni di conversazione della sorella... ma, peggio ancora, se non avessero recuperato il telefono, potevano anche non aver alcuna possibilità di provarci. "Possiamo chiedere a un giudice di acquisire i suoi tabulati telefonici e ottenere i dati in questo modo?"

"Sì e no," rispose Meat. "Possiamo ottenere i numeri di telefono che ha scritto e chiamato, ma le applicazioni sono diverse. Probabilmente potremmo citare in giudizio ognuna delle app che sappiamo che ha usato, ma ci vorrà un'eternità per ottenere le informazioni."

Everly sospirò, anche se in realtà voleva solo urlare. Ad ogni modo, annuì. Aveva capito. Avevano bisogno del telefono, ma probabilmente era impossibile. La polizia aveva già tentato di rintracciarlo, ormai era spento o distrutto.

"Stamattina andiamo a scuola di Elise," disse Ball a Meat. "Poi andremo a parlare con i contatti di Everly alla polizia. Ne sapremo di più dopo aver parlato con loro e scopriremo cosa hanno fatto per indagare ulteriormente."

Meat disse: "Mi terrò in contatto se scoprirò qualcosa di più dal computer. Signora Adams?"

Everly guardò la nonna. Era ancora lì vicino, in piedi, ad ascoltare.

"Sì?"

"Non conosco sua nipote così bene, ma tra lei, Ball, e il resto di noi qui in Colorado, stiamo facendo tutto il possibile per trovare Elise."

"Grazie."

"Se riuscite, per favore, non usate il computer oggi. Non ho ancora finito di clonare il disco rigido."

"Non lo faremo," disse la nonna.

"Grazie," disse Meat.

"Chiamerò più tardi," disse Ball al suo amico.

"Va bene. Ciao."

"Ciao."

Ball chiuse la chiamata.

"Quindi gli altri tuoi amici sono in Colorado?" chiese Allison, anche se Everly intuì che non era proprio una domanda innocente, come se Ball glielo avesse già detto. "Per favore, dimmi che non sei con la mafia o qualcosa del genere."

Ball ridacchiò. "No, signora. Siamo solo un'organizzazione che aiuta a trovare le persone scomparse."

"Ok." Poi si rivolse a Everly. *Stai bene?*

Sto bene.

Hai un aspetto migliore. Come se avessi dormito un po'.

L'ho fatto.

Probabilmente voi due dormireste ancora meglio nel lettone della camera degli ospiti, piuttosto che in quello singolo in cui avete dormito la scorsa notte.

Everly scosse la testa, sapeva che stava arrossendo. Naturalmente sua nonna aveva visto che Ball non aveva dormito nella stanza degli ospiti. Sospirò, non poteva negare di aver dormito bene la notte prima. Era esausta, sì, ma aveva la sensazione che gran parte del merito fosse dell'uomo che l'aveva tenuta tra le braccia tutta la notte.

Forse quella sera si sarebbe arresa, avrebbe potuto cercare conforto apertamente nella stanza degli ospiti, dopotutto. La cosa non sarebbe dispiaciuta né a lei, né alla nonna. E ovviamente neanche a Ball.

Chiedendosi a cosa stesse pensando, distolse lo sguardo dalla nonna e guardò Ball.

"Ho davvero bisogno di imparare il linguaggio dei segni," disse lui. "Pagherei per sapere cosa ti ha fatto arrossire."

"Niente." Everly guardò il suo orologio. "La scuola sta per aprire. Il nostro appuntamento con il preside è tra quaranta minuti. Dovremmo andare."

Ball annuì e si alzò in piedi. Everly abbracciò Me-Maw e le disse di dire a Pop che gli voleva bene, poi lei e Ball se ne andarono.

Sulla strada per la scuola di Elise, Everly disse a Ball tutto quello che sapeva di quel posto. Quando era stata fondata, quanti studenti c'erano, i loro voti, il fatto che erano tutti acusticamente disabili, e come i punteggi dei test degli studenti fossero tra i più alti dello stato.

Una volta arrivati, si fermarono in un parcheggio ed Everly saltò fuori, senza aspettare che Ball arrivasse ad aprirle la portiera. Era cresciuta guardando Pop che lo faceva alla nonna, e in passato aveva desiderato un uomo che facesse la stessa cosa per lei. Forse lo desiderava ancora. Ma desiderava anche un uomo che fosse orgoglioso di lei e del lavoro che faceva, che non insistesse a trattarla come se non fosse in grado di prendersi cura di se stessa.

"Non offenderti se ti fissano," disse a Ball, mentre si dirigevano verso la porta d'ingresso della scuola.

"Perché dovrebbero fissarmi?"

Decidendo di essere schietta, lei rispose: "Uno, perché sei sexy. Sono sicuro che lo sai, quindi non pensare che sia io a provarci con te. Secondo, perché nel loro mondo sei tu l'emarginato. Parleranno di te, sapendo che non puoi capirli. Non prenderla sul personale."

"Non lo farò." Tacque un attimo, poi disse: "Sono sexy?"

Everly alzò gli occhi al cielo. "Sapevo che avresti detto qualcosa. Dai, sicuramente sai di esserlo."

Lui fece spallucce. "Credo di non pensarci molto. Io sono quello che sono."

Everly si fermò davanti alla porta d'ingresso e lo fissò. "Ball, sei alto e muscoloso. I tuoi capelli biondi e gli occhi azzurri sono mozzafiato. Hai la mascella squadrata, e una spavalderia nel tuo passo che trasuda sicurezza. Potrai anche essere un "vecchio" per queste adolescenti, ma hai anche un'aura che dice: 'Non prendermi per il culo'. Se sposassi una delle loro madri, saresti un DILF totale. Quindi sì, sei sexy."

"Cosa diavolo è un DILF?"

Lei si mise a ridere. "Non lo sai?"

"No."

"Allora dovrai scoprirlo da solo," gli disse con un sorriso, poi aprì la porta. Sentì Ball che si precipitava dietro di lei, sorrise ancora di più per avere il sopravvento su di lui, per una volta.

Giunsero nel bel mezzo di un cambio di classe, ma il sorriso scomparve dal viso di Everly non appena colse frammenti di conversazioni tra gruppi di studenti. Si era sbagliata. Non parlavano affatto di Ball.

Parlavano di sua sorella. Del fatto che Elise era scomparsa.

Molti pensavano che fosse scappata.

Vergognandosi di essersi lasciata andare anche solo un minuto della sua giornata, quando Elise era là fuori da qualche parte, probabilmente terrorizzata, Everly serrò le labbra e si rifiutò di guardare i ragazzini, mentre si recava in segreteria.

"Cosa c'è che non va? Che cosa dicono?" chiese Ball, mettendole una mano sul braccio per fermarla.

"Niente."

"Everly, dimmelo. Non me ne frega un cazzo se parlano di me, ma considerando come hai smesso di sorridere, penso che sia qualcos'altro, giusto?"

Sentendosi sul punto di perdere la testa, Everly chiuse gli occhi e fece un respiro profondo. Ball la tirò in disparte, ma lei non aprì gli occhi. Quando sentì un muro sulla schiena, finalmente li aprì, alzò lo sguardo per vedere Ball in piedi tra lei e il corridoio. Lui aveva la mano sul muro, di fianco al volto di Everly.

"Parlami. Chi devo prendere a calci nel sedere?" chiese.

Everly non riuscì a trattenere una risatina. "Non puoi fare a botte con un ragazzino, Ball."

"Perché no?"

"Perché no!" disse lei con esasperazione.

"Questa non è una risposta. Dimmi cosa stavano dicendo."

Everly scosse la testa. Non poteva parlarne in quel momento. "Dobbiamo andare a incontrare il preside," disse lei.

"Everly," ripeté Ball, mettendole una mano sotto il mento, "dimmelo."

"Non è niente. Stanno solo parlando di Elise. Si chiedono chi sei e perché sono qui. Sanno che sono sua sorella, e a quanto pare alcuni pensano che io l'abbia abbandonata. Stavano solo spettegolando, Ball... dicendo che probabilmente è scappata perché nessuno le voleva bene."

Ball si voltò di scatto, fulminando con lo sguardo i pochi studenti che ancora razzolavano nel corridoio. "Chi? Li prenderò a calci in culo."

Everly lo prese per un braccio. "Ball! Smettila!"

Ball si voltò verso di lei. "Non hai abbandonato tua sorella. Non lasciare che quella merda ti entri in testa, neanche per un secondo. Hai abbandonato tutto per essere qui per lei ora. E non credere che non sappia che ti stai prendendo un congedo non retribuito dal tuo lavoro per essere qui."

"Come fai a saperlo?"

"So tutto," disse, ed Everly ebbe la strana sensazione che stesse dicendo la verità. "Ev, non lasciare che questi stronzetti ti buttino giù. Troveremo Elise."

"E se non la troviamo?"

"La troveremo."

"Ball, non puoi saperlo."

"Sì invece. Non so come, ma ne sono sicuro. Una persona bella come tua sorella (e intendo dire sia di aspetto che di carattere) non può finire la sua vita così presto."

"Non sai com'è di carattere."

"Mi hai parlato di lei. Ho letto i suoi pensieri scritti sul retro di quel poster. Si sente una dura. Con tutti. Ma se si preoccupasse solo di se stessa, non sarebbe così emotiva. Ho incontrato la nonna e il nonno, ho visto la sua stanza, ho visto quanto le vuoi bene. Come potrebbe essere cattiva?"

Everly si limitò a fissarlo. Non era sicura che le piacesse Ball, ma dopo quelle parole, si ammorbidì. "Ho paura," sussurrò.

"Anch'io," ammise Ball. "Ma questo non ci fermerà, vero? Elise ha bisogno di noi. Lei conta su di te per trovarla. E dannazione, è quello che faremo, non importa cosa dicono questi adolescenti pettegoli sulla situazione. Va bene?"

"Va bene."

"Bene." Poi la prese per mano, non in modo romantico, con impazienza, e la condusse lungo il corridoio. Apparentemente l'espressione sul volto di Ball faceva paura, perché i pochi ragazzini in circolazione si sbrigarono a farsi da parte.

Ball era seduto accanto a Everly, nell'ufficio del preside, li guardava mentre comunicavano.

Everly traduceva mentre comunicava con il preside, in modo che Ball potesse capire ciò che veniva detto. Ball si sentiva strano in quella situazione, in quel momento capì perfettamente il motivo per cui Rex aveva insistito affinché Everly fosse coinvolta nell'indagine. Lui non sarebbe stato in grado di parlare così con il preside. Avrebbe dovuto ricorrere a scrivere le cose su carta e a far fare al preside la stessa cosa.

Sarebbe stato imbarazzante, non c'era modo che il preside si aprisse con lui come stava facendo con Everly. Era ovvio che i due si conoscevano, avevano avuto senz'altro molte chiacchierate in passato su sua sorella.

Il preside era preoccupato per Elise, disse a Everly che nessuno aveva riferito di averla vista turbata l'ultimo giorno di scuola. Aveva parlato con tutti i suoi insegnanti, tutti dicevano la stessa cosa, che era stato un giorno normale. Aveva fatto una verifica di storia e aveva preso un otto. Era stata vista chiacchierare allegramente a pranzo con un gruppo di amiche, non aveva detto a nessuno dove stesse andando o chi avrebbe potuto incontrare dopo la scuola.

L'unica cosa utile uscita dalla conversazione fu quando il preside disse che uno dei sorveglianti dell'autobus aveva visto Elise camminare nella direzione opposta, rispetto a quella dei nonni.

Quella era una novità, Everly la colse subito.

"Perché nessuno l'ha detto ai poliziotti?" chiese Ball.

Penso che l'abbiano fatto. Sono stati qui ieri e hanno parlato con una manciata di amici di Elise, riferì il preside, per poi far tradurre a Everly.

Dopo aver comunicato per altri venti minuti senza aver ottenuto altre informazioni rilevanti, Everly ringraziò il preside. Questi diede loro il permesso di parlare con gli studenti, se lo ritenevano necessario.

"Dobbiamo rintracciare i suoi amici e vedere se ci parleranno?" chiese Everly, di nuovo fuori nel corridoio.

Ball scosse la testa. "Non so se servirà a qualcosa. Ho creduto al preside quando ha detto che nessuno aveva visto niente di insolito. Tua sorella è una persona piuttosto riservata, vero?"

"Sì, non sapevo nemmeno che avesse una cotta per quel Sean Berdy. Una volta mi ha fatto vedere quel film di Sandlot mentre ero in visita, ma non ci ho pensato."

"Giusto. E ha un'amica che frequenta sempre? La sua migliore amica?"

"Non proprio."

"Sto pensando che se stava parlando con qualcuno in una di quelle app, forse se lo teneva per sé. L'hai detto ieri, è sensibile. Se avesse detto di avere un cyber-fidanzato, forse aveva paura che qualcuno potesse dissuaderla dal farlo, o la prendesse in giro, o le dicesse che quella persona non era... chi diceva di essere. Forse era più grande, lei aveva paura che qualcuno lo dicesse ai nonni."

Everly pensò a quanto detto. "Probabilmente hai ragione. Ma ora che si fa?"

"Facciamo una passeggiata."

"Una passeggiata? Sei pazzo?"

"No. Andiamo. Fidati di me."

Stranamente, Everly si fidò di lui. Uscirono dalla scuola nel modo in cui erano entrati e svoltarono a sinistra... lontano dalla direzione che Elise avrebbe preso, se fosse andata a casa a piedi.

———

Ball si sentiva instabile. E non solo per il caso.

Più tempo passava con Everly, più gli piaceva.

Lei non era incline all'isteria, in effetti era stata molto più stoica di quanto lui potesse immaginare, date le circostanze.

Everly non si aspettava che lui facesse le cose per lei, solo perché lui era un uomo e lei una donna. Si ricordava chiaramente di Riley, che si allontanava e gli lasciava avvolgere la corda sulla barca che avevano manovrato insieme. Lei gli lasciava anche pompare il gas, risolvere i problemi al motore e ripulire la barca alla fine della giornata.

D'altra parte, Ball aveva fatto tutte quelle cose senza pensarci o esitare.

Forse anche lui si era solo adeguato agli stereotipi di genere, sui compiti maschili e quelli femminili. Era sempre fin troppo ansioso di essere il primo a entrare su qualsiasi barca si fossero fermati, di stare davanti a lei quando succedeva qualche casino.

Era sempre stato così? Onestamente, Ball non riusciva a ricordare.

Ma aveva la sensazione che se avesse provato a fare una qualsiasi di quelle cose con Everly, lei lo avrebbe messo da parte e avrebbe fatto tutto ciò che doveva essere fatto, da sola.

Non era certo facile pensare che forse, e solo forse, aveva reso un cattivo servizio a Riley, nel corso degli anni.

Non le aveva lasciato fare molte cose, perché pensava che lei non volesse farle. E se invece avesse voluto farle? Poteva essere una guardia costiera migliore, se lui non l'avesse coccolata, o tenuta sempre al sicuro?

E se fosse stato lui, con le sue azioni, a causare l'incidente che gli era costato la carriera?

Merda.

Ma c'era dell'altro. Sì, stando con Everly stava lentamente cambiando idea sul lavorare con le donne (il che era pazzesco, visto che la conosceva davvero solo da qualche giorno), ma stava anche lentamente abbassando lo scudo che aveva eretto intorno al cuore. Holly gliel'aveva strappato dal petto nel momento in cui lo aveva lasciato, mentre si stava riprendendo in ospedale, ma vedendo la devozione di Everly per la sorella e i nonni, anche se lei non viveva nella stessa città, Ball sapeva senza dubbio che Everly non avrebbe mai voltato le spalle a un uomo, amandolo.

"Cosa stiamo cercando?" chiese lei, dissipando le riflessioni di Ball.

"Non ne sono sicuro. Ma qualcuno ha visto tua sorella camminare da questa parte. È un indizio, uno dei pochi che abbiamo avuto da quando abbiamo iniziato a indagare."

Lei annuì, con la testa costantemente rivolta verso l'alto, mentre teneva gli occhi aperti per qualsiasi cosa che potesse avere a che fare con Elise.

"Quando stamattina ti stavi preparando ad andare, Gray mi ha mandato un'e-mail," buttò lì Ball.

"Sì?"

Era un progresso. Non l'aveva aggredito per non avverglielo detto prima. "Già. Ha contattato l'ufficio dell'FBI, qui a Los Angeles, e ha ottenuto informazioni sul traffico sessuale."

Le sue parole sembravano aleggiare tra di loro, come il proverbiale elefante nel negozio di cristalli. Era un rischio, tirare fuori quell'informazione così all'improvviso, e forse qualche giorno prima sarebbe stato fuori luogo, ma dopo aver passato le ultime ventiquattr'ore con Everly, Ball pensò che avrebbe potuto sopportarla e che lei avrebbe preferito che lui fosse schietto. Aveva ragione.

"E?"

Everly non sembrava ostile. C'era del dolore nel suo tono, ma era ovviamente curiosa.

"Hanno indagato su un gruppo molto aggressivo che sembra avere sede qui a Los Angeles e che usa i social media e varie applicazioni per attirare le adolescenti vulnerabili nella loro rete. Gray li ha informati della scomparsa di Elise e l'hanno inserita nei loro radar. Hanno la sua foto e la sua descrizione, e la cercheranno in ogni futuro raid."

"Hanno qualche indizio su chi potrebbe essere coinvolto? Quando è prevista la prossima incursione?" chiese lei.

"Purtroppo, come sai, il traffico sessuale non è opera di una sola persona. Ci sono strati su strati di stronzi, il che rende quasi impossibile trovare la testa del serpente. I ragazzi sono riusciti a salvare alcune donne e a fare alcuni arresti nei bordelli, dove i papponi costringevano donne e ragazze a lavorare senza consenso, ma trovare la persona o le persone dietro l'operazione può richiedere anni."

Everly fece cadere le spalle. "Dio, non riesco nemmeno a immaginare cosa possano provare quelle povere donne."

"Lo so." Ball non era sicuro di cos'altro poter dire. Everly sapeva bene quanto lui che le possibilità di trovare Elise diventavano sempre più scarse ogni ora che passava. Se fosse stata ingannata da qualcuno nel mondo del traffico di esseri umani, poteva essere nel retro di un semirimorchio o nelle viscere di una nave che lasciava gli Stati Uniti in quel momento. Dato che erano così vicini al Messico, non sarebbe stato assurdo pensare che Elise fosse già lontana, oltre il confine.

Proprio in quel momento, Everly inspirò forte e iniziò a correre.

Ball la seguì subito, preoccupato, perché non aveva idea di quello verso cui stava correndo o da cui stava scappando. Everly non andò lontano, fermandosi a circa venti metri da dove era partita.

Rimase immobile sul bordo del marciapiede, fissando l'erba lungo la strada.

C'era una piccola borsa nera tra i mucchi di spazzatura e l'erba alta.

Per fortuna Everly non l'aveva toccata... naturalmente non l'avrebbe fatto. Era un'agente di polizia. Conosceva l'importanza delle prove, sapeva quanto fosse fondamentale non contaminarle.

"È di Elise?" chiese Ball.

Everly fece un cenno con il mento. Si inginocchiò per vedere meglio, Ball tirò fuori il telefono per fare una foto.

"La tracolla è rotta," osservò Everly.

"Forse c'è stata una colluttazione," tirò a indovinare Ball.

Everly annuì e si alzò in piedi. Si mise a camminare in tondo, cercando di farsi un'idea della situazione.

Dall'altra parte della strada c'era una stazione di servizio. Non si trovavano nella zona migliore della città, ma non era neanche la peggiore. Ball sapeva che c'era la possibilità che ci fossero delle telecamere di sicurezza, alla stazione di servizio. Se c'erano, avrebbero potuto registrare quello che era successo. Se Elise fosse stata presa e messa su una macchina, forse il veicolo sarebbe stato filmato.

Non c'erano semafori in giro, quindi sfortunatamente non c'erano le telecamere del traffico da cui Meat potesse ottenere filmati, ma se sapevano che tipo di auto stavano cercando, poteva assolutamente lavorare con l'FBI e vedere se potevano rintracciarla dalle telecamere del traffico più vicine a quelle successive.

"Andiamo," disse Ball. "Andiamo a parlare con i dipendenti della stazione di servizio. Vediamo se hanno visto qualcosa di sospetto, nell'ultima settimana. Possiamo controllare anche le telecamere."

Everly annuì, ma poi esitò. "La sua borsa..."

"Chiameremo la polizia dopo aver parlato con quelli della stazione di servizio. La sua borsa è qui da quando è scomparsa. Penso che resterà qui per un altro quarto d'ora. Saremo proprio dall'altra parte della strada. Se vediamo qualcuno qui, uno di noi può tornare indietro, ok?"

Lei annuì. "Hai ragione."

Era facile vedere che Everly era scossa dalla scoperta, ma era anche il primo grande indizio che avevano trovato. Attraversarono in fretta la strada e si diressero verso il minimarket.

"Vuoi dare un'occhiata in giro o parlare con chi sta alla

cassa?" chiese Ball, facendo del suo meglio per lavorare con lei senza darle ordini.

Lei lo guardò, con un sopracciglio inarcato.

Lui scrollò le spalle. "Ci sto provando."

Ovviamente Everly capì a cosa si stesse riferendo, perché gli disse semplicemente: "Parlerò con chi sta alla cassa. Se si tratta di una donna, potrebbe essere meno intimorita a parlare con un'altra donna. E se è un uomo, potrei riuscire a flirtare con lui."

"Flirtare con lui?" chiese Ball, sorpreso. "Davvero?"

"So di non essere esattamente una modella, ma ho fatto la mia parte di flirt per ottenere informazioni, e non me ne vergogno nemmeno un po'."

"Sicuramente non stavo mettendo in dubbio il tuo aspetto fisico," le disse Ball in tutta onestà. "Sei bellissima. Stavo solo mettendo in dubbio la frase."

Everly apparve turbata, come se non fosse abituata a ricevere complimenti. Era un peccato, davvero, perché più a lungo stava intorno a Everly, più Ball si sentiva attratto da lei. Tutti si giravano a guardarla, Ball se n'era accorto.

"Come vuoi. Andiamo, facciamolo, così possiamo chiamare la polizia e far prendere la borsa per guardare dentro e vedere se ci sono altri indizi." Detto ciò, lei gli voltò le spalle e aprì la porta del minimarket.

Ball vide attraverso il vetro che l'andatura di Everly passò dalla modalità "camminata da poliziotta" a una più seducente. I suoi fianchi erano attraenti, il modo in cui i jeans le mettevano in risalto il culo avrebbe dovuto essere illegale.

Scuotendo la testa e sorridendo a se stesso, Ball si voltò per dare un'occhiata all'esterno dell'edificio e si imbatté in qualcuno che gli stava troppo vicino.

Un uomo gli diede subito una brutta ginocchiata all'inguine, Ball si piegò in avanti, attraversato subito da un dolore lancinante.

Approfittando della sua momentanea incapacità, l'uomo lo prese per un braccio e lo costrinse a fare il giro, portandosi sul lato dell'edificio.

Ball faceva fatica a respirare. Lo stronzo che lo aveva colpito lo spinse, così cadde in ginocchio, nel parcheggio di ghiaia. Fu di nuovo in piedi, ma non prima che altri due uomini lo afferrassero per le braccia e lo tenessero fermo.

Ball era più alto dei tre uomini, ma le onde di dolore tra le gambe lo rendevano ancora inerme, l'uomo che lo aveva attaccato per primo era riuscito a sganciargli anche due pugni, prima che Ball tornasse in sé. In un certo senso, i colpi al viso lo aiutarono a riorientare il dolore che sentiva, dalle palle verso la testa.

Usando alcune delle mosse che aveva imparato nel suo periodo di servizio nella Guardia Costiera, così come quelle che gli avevano insegnato i suoi compagni Mercenari di Montagna, Ball reagì.

Ma dopo un minuto, rimase costernato nel rendersi conto che stava ancora perdendo la lotta. Tre contro uno non era esattamente un combattimento equilibrato, ma a quegli uomini di merda non importava. Non gli avevano chiesto nulla, Ball non aveva idea del perché l'avessero preso di mira.

Finché uno degli uomini che aspettavano dietro l'angolo del negozio disse: "Mettilo giù al tappeto, così possiamo prendere la ragazza!"

Fanculo. Nessuno avrebbe messo le mani su Everly.

"Fottiti!" disse una voce femminile da vicino, e prima che Ball potesse avvertirla, Everly era già nel bel mezzo del gruppo.

Dal momento che non stava più combattendo da solo contro tre uomini, non passò molto tempo prima che Ball avesse messo al tappeto uno degli stronzi.

Si voltò ad assistere Everly, ma non poté fare altro che guardare. L'uomo che gli aveva dato un calcio all'inguine gemeva di dolore al suolo, Everly teneva l'altro tizio in una morsa dietro la testa. Lei era più bassa di lui di due o tre centimetri, eppure lui era ancora piegato all'indietro, totalmente sotto il suo controllo.

Un uomo che indossava dei pantaloni color kaki, una polo con il nome del distributore di benzina e un cappellino da baseball corse dietro l'angolo. "I poliziotti stanno arrivando... Porca puttana!"

Ball fissò confuso il ragazzo, che poi disse: "Ho della corda nel retro!" Poi sparì per un attimo, presumibilmente per prendere la corda, in modo che potessero legare i teppisti che li avevano attaccati.

Ball non riuscì a resistere. Si avvicinò al primo uomo; era in ginocchio, ma fece per alzarsi, così lui gli diede un calcio nelle palle, proprio come quel tipo aveva fatto con lui.

L'uomo cadde sul fianco, urlando di dolore.

Soddisfatto, Ball si girò verso Everly. Aveva effettivamente tolto abbastanza ossigeno al teppistello per metterlo fuori combattimento. Lo stava adagiando al suolo.

Tanti sentimenti e pensieri gli attraversarono la mente in quel momento.

"Stai bene?" gli chiese lei.

Ball annuì, ma non disse nulla.

Lei strinse gli occhi. "Sei sicuro?"

"Sì." disse, dopo un po' di tempo. "Grazie."

Everly annuì, poi si voltò per assicurarsi che gli uomini che aveva messo fuori gioco non andassero da nessuna parte.

Ball non riusciva a credere alla velocità con cui lei aveva fatto fuori quei due uomini. Non aveva nemmeno esitato. Si era lanciata nella zuffa e aveva fatto il suo dovere. Gli aveva coperto le spalle. Non importava che fosse una donna. L'aveva fatto anche in modo abbastanza efficace.

Come colpito da un fulmine, o come se avesse preso uno scappellotto da Gibbs nella serie NCIS, Ball si rese conto che non faceva fatica a lavorare con le donne in generale... ma solo con Riley. Era più giovane di lui di quasi dieci anni, una volta aveva ammesso di essersi arruolata nell'esercito solo per i vantaggi del posto fisso. Non metteva il cuore nel lavoro... lui se n'era accorto. Beh, non che gli interessasse, ma forse era stato abbastanza presuntuoso da pensare di poterle far cambiare idea.

Ma mentre stava lì, con il sangue che gli colava dal labbro spaccato, mentre continuava a fissare Everly, che non sembrava nemmeno avere un segno, si rese conto di aver sempre saputo che non era il genere a fare di qualcuno un buon partner. Era la passione. Passione per il lavoro. E il cuore di Everly bruciava di passione.

Le doveva delle scuse. Grandi, fottute scuse. Ma non era il momento, visto che avevano le mani sporche del sudore di quegli stronzi, dovevano occuparsi della borsa di Elise e vedere se c'era qualche altra informazione che potevano raccogliere alla stazione di servizio sulla scomparsa di Elise.

Ma Ball capì una cosa. Si era sbagliato a non voler lavorare con Everly. Lei era una partner fantastica, lui non avrebbe esitato a farle sapere che lei poteva coprirgli le spalle e che lui l'avrebbe protetta in qualunque momento.

CAPITOLO QUATTRO

EVERLY ERA ESAUSTA. Dopo l'incontro con i ladruncoli (che non avevano nulla a che fare con la sorella scomparsa, volevano solo fare soldi facili) erano rimasti sul posto, impazienti, mentre un agente li accompagnava dall'altra parte della strada a prendere la borsa di Elise, sul bordo del marciapiede. Entrambi erano rimasti scioccati nel vedere il suo cellulare all'interno. Era spento, ma era lì.

Ball voleva prenderlo e darlo subito a Meat, ma il poliziotto insistette per portarlo ai tecnici forensi della polizia di Los Angeles. Everly sapeva che Ball era sconvolto, francamente lo era anche lei. Aveva la sensazione che Meat sarebbe stato in grado di ottenere risultati molto più velocemente, rispetto alla polizia di Los Angeles.

Andarono alla stazione di polizia con l'agente che era intervenuto sulla scena del crimine e parlarono con il detective Diego Ramirez, che era stato assegnato al caso di Elise. Ramirez parlò con loro delle centinaia di adolescenti di cui veniva denunciata la scomparsa ogni settimana... e di come la maggior parte di loro non fosse effettivamente scomparsa.

Ball stava esaurendo la sua pazienza.

"Non mi interessa cosa dicono le statistiche, Elise Adams è scomparsa. Fine. Ho capito, non si vogliono sprecare risorse cercando qualcuno che non sia effettivamente nei guai, ma Elise non si droga. Non sta recitando. È scomparsa, cazzo. Una fuggitiva non avrebbe fatto cadere la sua borsa con dentro i soldi e il suo telefono. Non se ne parla. Ora, può aiutarci a cercarla, oppure può restituirci la sua borsa, con il suo telefono, e lasciare che la troviamo da soli."

Il detective Ramirez fissò Ball in silenzio per attimo, poi annuì. "Vi credo; ho fatto del mio meglio per seguire tutte le piste possibili, ma non ci sono piste da seguire al momento. La borsa è la prima."

Ball non distolse lo sguardo. "Allora qual è il piano? Come troveremo Elise?"

Continuarono a parlare per un'altra ora e mezza. Fecero un resoconto molto più completo della situazione del traffico sessuale nella zona, spaventando a morte Everly. Se la sua amata sorellina fosse stata presa da uno dei reclutatori, probabilmente non l'avrebbero mai più trovata. Avrebbe vissuto il resto della sua vita come un giocattolo per chiunque volesse pagare per usarla, molto probabilmente le avrebbero iniettato della droga per renderla più accondiscendente e docile.

Era uno scenario terrificante. Come se potesse percepire tutti gli orribili scenari che le attraversavano la mente, Ball le mise una mano sul ginocchio e strinse la presa.

Quel piccolo tocco fu sufficiente a risvegliarla dai suoi oscuri pensieri, le fece capire che non era sola. Ball aveva promesso di fare tutto il necessario per trovare sua sorella.

Fin dalla precedente rissa al minimarket, le cose erano... diverse. Era una sensazione lieve, eppure presente. Everly sentiva lo sguardo di Ball sempre su di lei, ma quando si girava per vedere cosa voleva, lui distoglieva lo sguardo. All'inizio lei pensava che fosse arrabbiato perché era corsa in suo aiuto, ma non era così. Non riusciva a capire, ma siccome non avevano ancora avuto il tempo di parlare dell'attacco subito, doveva solo aspettare di vedere a cosa stesse pensando quel gigante buono.

Così promisero di tornare alla stazione di polizia dopo qualche giorno, per contattare il detective sul caso. Everly non voleva ancora tornare a casa dei nonni. Le sembrava di dover fare qualcosa. Non solo stare seduta a sparare cazzate.

"Andiamo," disse Ball, una volta usciti dall'ufficio di Ramirez.

"Dove?"

"Ho fame, penso lo stesso valga per te."

"Probabilmente la nonna ha cucinato tutto il giorno," lo avvertì Everly.

Ball sorrise. "Fantastico. Ho la sensazione che dovrò allenarmi molto di più, per non mettere su i chili della nonna."

"I chili della nonna?" chiese Everly con un piccolo sorriso.

"Sì. Me-Maw è un'ottima cuoca, se quel pasto di ieri sera è stato un indizio."

"Ah, sì?"

"In cucina me la cavo bene, ma il mio punto debole è la cucina casalinga. Diventerò un ciccione, sarai imbarazzata quando dovrò slacciare il bottone dei jeans per poter respirare. Qualche pasto come quello di ieri ed ecco i chili della nonna."

Everly ridacchiò. Ball non aveva torto, ma secondo lei non aveva nulla di cui preoccuparsi. Era sodo come una casa di mattoni. Non c'era modo che finisse fuori forma. Era troppo impegnato con i Mercenari di Montagna. "Quando stavi salutando Ramirez, uno degli altri ufficiali mi ha parlato di alcuni furgoncini che vendono cibo parcheggiati a pochi isolati di distanza. Potremmo buttare giù qualcosa che ci faccia resistere fino alla cena di stasera."

"Sì, va bene," disse Ball. Tenne aperta la porta della

stazione per lei e uscirono nell'aria calda e umida del pomeriggio.

Nessuno dei due disse nulla per un po' di tempo, mentre camminavano, alla fine Everly non riuscì più a trattenersi. "Non hai detto niente di quello che è successo."

Non c'era bisogno che lei aggiungesse altro; Ball sapeva di cosa stava parlando.

"Lo so."

Lei rimase in silenzio, ma lui non aggiunse altro. Decidendo di lasciar perdere, ma sentendosi delusa allo stesso tempo, Everly camminò accanto a Ball verso i furgoncini. Lui si prese un kebab e lei si prese una ciotola di sushi. C'erano alcune panchine sotto degli alberi nelle vicinanze, così si sedettero lì.

Mangiarono in silenzio per un po', poi Ball disse: "Sono stato un coglione."

Vista l'uscita così improvvisa, Everly fu sorpresa. "Cosa? Quando?"

Lui non stava neanche mangiando, si limitava a fissare il suo kebab come se non lo vedesse neanche. "In generale. Ti ho giudicata prima ancora di conoscerti, e peggio ancora ho lasciato che le mie esperienze precedenti mettessero in ombra quello che tutti i miei amici, compreso Rex, mi dicevano di te." Allora alzò lo sguardo; l'emozione nei suoi occhi fece congelare Everly. "Grazie per quello che hai fatto oggi. Sapevo che eri una poliziotta e che lavoravi nelle forze speciali, gli SWAT, ma ti vedevo ancora come una semplice donna."

Lei si rifiutò di abbassare lo sguardo o di interromperlo. *Solo una donna?* Che diavolo voleva dire? "Vai avanti," gli disse tranquillamente, dimenticando il suo stesso pranzo, per la serietà della loro conversazione.

"Quando ero nella Guardia Costiera, facevo coppia con Riley. Era appena uscita dall'accademia ed era molto entusiasta di essere stata assegnata alla pattuglia. Ero più grande di lei di tipo dieci anni, ero felice di insegnarle tutto. Dopo un po' abbiamo stabilito la nostra routine, ma non eravamo alla pari. Ero il suo mentore e mi divertivo in quel ruolo. Ma pensandoci bene, so di averla trattata in modo diverso perché era una donna. Non sono stato duro con lei come lo sarei stata con un altro collega. Ho fatto troppo per lei. Ma lei non si lamentava. Faceva il suo lavoro, ma quando le cose si facevano difficili, e credimi, accadeva spesso, faceva un passo indietro e mi lasciava prendere il comando."

Fece una pausa, tutto in Everly voleva dirgli di continuare ad andare avanti, di dirle cosa gli era successo, per renderlo così amareggiato e contrario a lavorare di nuovo con una donna. Ma lei rimase in silenzio. Cogliendo l'occasione, gli si avvicinò e mise una mano sulla sua.

Il suo incoraggiamento sembrò essere d'aiuto, dato che Ball fece un grande respiro e continuò. Ma non la stava più guardando, stava fissando lo spazio davanti a sé come se stesse rivivendo gli eventi che descriveva.

"Eravamo nel Golfo del Messico con la nostra barca, classe Defender. Eravamo di pattuglia, quando abbiamo ricevuto una chiamata per una barca sospetta nella nostra zona. Riley era in cabina, come al solito, mentre io ero in piedi a prua, impugnavo il mio M240."

Everly immaginava la scena descritta, sapeva senza dubbio che Ball probabilmente offriva un'immagine molto imponente. Con quelle gambe di granito, i bicipiti sporgenti, attaccato alla mitragliatrice e pronto a fare tutto il necessario per difendere il suo paese. Si appuntò mentalmente di chiedergli di vedere una sua foto in uniforme, più avanti. "Che cosa è successo?" chiese.

"Non so cosa sai di nautica, ma a quanto pare Riley ha creduto di aver visto qualcosa davanti a noi e ha eseguito una manovra ad alta velocità nota come *power turn*, senza avvertirmi. Non ero pronto e quindi sono stato scaraventato in acqua... ma il mio braccio si è impigliato in una delle corde sul fianco della barca, mentre cercavo di non cadere."

Everly iniziò a boccheggiare.

"Sì," ridacchiò Ball, senza il minimo divertimento. "Sono stato trascinato di fianco alla barca per almeno duecento metri prima che Riley la facesse rallentare. Mi sono strappato la spalla, quasi tutti i muscoli e i legamenti. L'ironia è che in realtà sono stato fortunato. C'era stato un caso, tempo fa, in cui qualcuno è morto, era successa la stessa cosa. Le eliche lo hanno colpito alla testa quando è caduto in mare."

"Riley non voleva mettersi in mostra, non cercava di essere troppo aggressiva nelle manovre per cercare di intimidire qualcuno. Stava semplicemente reagendo a qualcosa che pensava di aver visto. E il bello è che aveva effettivamente visto qualcosa. C'era una barca senza luci in agguato nella zona. Sono riuscito a tornare sulla barca e, per quanto mi facesse male il braccio, avevamo un lavoro da fare."

"Era una barca che trasportava droga. Riley doveva perquisire gli uomini, dato che io avevo la spalla fuori uso. Li avevo sotto tiro, ma quando è andata ad ammanettarli, uno degli uomini ha tirato fuori una pistola e mi ha sparato."

Everly inspirò in modo brusco.

Ball fece un cenno con la testa. "Ho sparato e ucciso entrambi gli uomini nella barca della droga, Riley ha dato di matto. Aveva fatto così tanti casini quella notte. Era isterica e non riusciva a pilotare la barca, così ho dovuto agganciare io stesso la barca della droga e portarci tutti dentro. Riley è stata rimproverata e ridotta di rango, ma le hanno permesso di tenersi il suo lavoro. Il suo avvocato ha sostenuto che non era stata addestrata in modo adeguato e che lo stress della situazione l'ha fatta agire in modo strano. Quello che mi ha davvero colpito è stato il modo in cui, durante l'udienza, il suo avvocato ha stravolto le cose, sostenendo che il fatto che mi avessero sparato era in qualche modo colpa mia."

"Stai scherzando?"

"Purtroppo no," disse Ball. "Pensavo che fossimo partner, ma quando le cose si sono fatte serie, non mi ha mostrato assolutamente alcuna lealtà. Non si è mai nemmeno scusata. La spalla ci ha messo una vita a guarire, con il colpo di pistola sopra i legamenti strappati. Alla fine, la Guardia Costiera mi ha sbolognato per motivi medici. Sono rimasto amareggiato per molto tempo."

"Non posso dire di biasimarti. Ma, Ball, non lo farei mai a te, né a nessuno con cui ho lavorato."

"Lo so," disse lui a voce bassa.

"Lo sai?" chiese Everly.

Allora si voltò a guardarla. "Sì, è quello che sto cercando di spiegare, anche se male. Quando quei ragazzi mi stavano menando, non pensavo proprio che saresti venuta ad aiutarmi. Non mi è nemmeno passato per la testa. Se fossi stato con uno dei miei compagni di squadra, sarebbe stata la prima cosa che mi sarei aspettato. Ma c'eri tu, a spaccare culi e a prendere nomi. Giuro su Dio, non hai nemmeno sudato. Mi vergogno di me stesso, Everly. E mi dispiace tanto."

Everly non provò più alcuna rabbia per il fatto che precedentemente Ball si fosse lamentato, dicendo di non volere una donna in missione. "Va tutto bene, Ball."

"Grazie per avermi perdonato così facilmente. Ma temo che mi ci vorrà più tempo per perdonarmi sul serio. Le donne sono brave quanto gli uomini. Lo so, l'ho visto in prima persona, ma in qualche modo sono rimasto scottato dall'esperienza con Riley. Pensavo comunque che fossero capaci, ma non volevo lavorare con loro. Che stupidata."

"Quanti anni hai?" chiese Everly.

"Sono abbastanza vecchio da saperlo."

Lei sollevò le sopracciglia.

"Quaranta."

"Giusto. Quindi ti mancano ancora vent'anni alla pensione per compensare il tuo atteggiamento da cavernicolo."

Ball sorrise, facendo rilassare Everly. Era contenta di poterlo prendere in giro per il suo cattivo umore.

"Seriamente, oggi hai spaccato di brutto."

"Vero?" chiese Everly. "Anche se devo ammettere che è molto più facile combattere corpo a corpo senza tutta la mia attrezzatura. Non dovevo preoccuparmi che uno dei due mi prendesse l'arma o le manette. E poi tu li avevi già feriti."

Lui scosse la testa. "No. Non sminuire quello che hai fatto. Sei come la mia Wonder Woman personale."

"Accetto questo paragone," gli disse Everly con un sorriso.

Entrambi tornarono ai loro pranzi e mangiarono in silenzio. Poi Ball disse: "Meat deve avere accesso a quel telefono."

Quel commento fu un brusco cambiamento di argomento, ma Everly seguì la pista. "Come?"

"Non ne sono sicuro. Ma scommetto che Rex avrà un'idea."

"Chiamalo."

"Ora? Sei sicura? Ci stavamo prendendo una pausa."

Everly gli lanciò uno sguardo incredulo.

"Giusto," disse Ball, e tirò fuori il telefono. Cliccò sul pulsante per avviare la chiamata e attese. Nel giro di pochi secondi, sentirono la voce elettronicamente distorta del capo di Ball al telefono.

"Che c'è?"

Ball passò qualche minuto ad aggiornarlo sugli eventi di quel giorno, poi giunse al motivo della sua chiamata. "Meat sta ancora lavorando al computer di Elise, ma abbiamo la sensazione che, se è stata presa di mira da un trafficante, la maggior parte della sua comunicazione con lui sarà sul suo telefono. Ma ora ce l'hanno i poliziotti, hanno detto di non sapere quanto tempo ci vorrà alla scientifica per indagare."

"Come si chiama il detective?"

"Ramirez. Diego Ramirez."

"Dammi un po' di tempo per parlare con lui. Non lo conosco personalmente, ma conosco alcune altre persone laggiù. C'è Everly?"

"Sono qui," disse lei.

"Non perdere la speranza," le ordinò Rex. "Finché non sapete con certezza cosa è successo, non date per scontato nulla. Va bene?"

"Ok," disse lei tranquillamente.

"Mi terrò in contatto," disse Rex, poi riagganciò.

"Di cosa si trattava?" chiese subito Everly, non appena Ball mise via il telefono. "Voglio dire, è stato carino da parte sua e tutto il resto, ma qualcosa nel suo tono sembrava... spento. Quasi disperato."

Ball rimase un attimo in silenzio, come a pensare a cosa dirle. Poi rispose: "Non è qualcosa di cui Rex parla. Lo so solo perché Arrow l'ha detto al resto della squadra. Lo dico anche a te perché, dopo quello che hai fatto per me oggi, sento che forse siamo andati oltre l'essere solo due estranei che cercano di risolvere un caso. La moglie di Rex è scomparsa un giorno all'improvviso, proprio come Elise. Una mattina è andata al lavoro e non è mai più tornata a casa. Non c'erano molti indizi, sono passati dieci anni e non ci sono stati avvistamenti confermati."

"Confermati?"

Ball le fece un cenno. "La ragione per cui Rex ha fondato i Mercenari di Montagna è per aiutare a trovare altre donne e bambini scomparsi. Nel corso degli anni, ha trovato alcuni indizi e soffiate su sua moglie, nessuno è mai riuscita a trovarla, anche se è stato in grado di aiutare molti altri. Ma non smetterà mai di cercarla, finché non la troverà, o finché i suoi resti non saranno trovati e identificati."

Everly guardò Ball incredulo, scuotendo la testa. "Dieci anni?"

"Sì."

Sentì il sushi che minacciava di tornarle in gola. "Non posso passare dieci anni senza sapere cosa è successo a Elise. Avrebbe venticinque anni... No. Non posso..."

Ball mise da parte il suo kebab smangiucchiato e le prese una mano. "Shhh. Non volevo farti arrabbiare. Sono un idiota."

"Davvero, non posso farlo," rispose Everly a voce bassa.

"Ascoltami," ordinò Ball, mettendole le mani sulle spalle e facendola girare verso di lui, sulla panchina. "Siamo vicini. Lo sento. Te lo direi subito, se pensassi che non c'è alcuna speranza. Lo farei. Ma qualcosa mi dice che è ancora qui... da qualche parte. Mi senti?"

Everly annuì leggermente. Voleva credergli. Davvero *tanto*.

"Bene." Poi si alzò e le tese una mano. "Andiamo. Ramirez ha detto che quando ci sarebbe servito un passaggio per tornare a scuola, ci avrebbe portato lui. Prendiamo l'auto a noleggio e torniamo da Me-Maw. Chiameremo Meat e vedremo cosa è riuscito a prendere dal computer. E se conosco Rex, avrà accesso a quel telefono il prima possibile."

"Ok." Everly si lasciò aiutare da Ball per alzarsi in piedi, rimase solo un po' sorpresa quando lui la tirò a sé, in un abbraccio. La scintilla che si creò tra loro fu intensa. La tenne stretta per alcuni istanti, poi la tirò indietro. Raccolse ciò che rimaneva del loro pranzo e lo gettò in un bidone della spazzatura lì vicino, poi fece un gesto per farla andare prima di lui. Lei lo fece, sentì i polpastrelli di lui contro la parte bassa della schiena.

Le venne in mente un'immagine improvvisa di Pop che faceva la stessa cosa con la nonna e si fermò bruscamente.

"Cosa? Cosa c'è che non va?" chiese Ball.

"Niente. Tutto bene," cercò di rassicurarlo Everly. Non sapeva se anche lui sentisse la chimica inarrestabile tra di loro, proprio come lei, ma sicuramente non gliel'avrebbe chiesto. Era appena arrivato alla conclusione che lei poteva essere una buon partner. Non c'era modo che lei buttasse anche il sesso nel calderone.

———

Ball si sedette nella comoda poltrona con un sorriso sul viso. Se qualcuno gli avesse detto che avrebbe avuto qualcosa per cui sorridere, prima di partire per Los Angeles, gli avrebbe detto che era pazzo. Lavorava con una donna, c'era una ragazzina scomparsa, senza la sua squadra a coprirgli le spalle. Era un potenziale disastro in corso d'opera.

Ma anche se la giornata era stata lunga, Ball aveva avuto delle rivelazioni piuttosto serie su se stesso. Al momento era satollo del polpettone di carne fatto in casa di Me-Maw e la ascoltava prendere in giro Everly.

A proposito di Everly, era stata estremamente magnanima, perdonandolo per essere stato uno stronzo. Quel giorno non gli aveva esattamente salvato la vita, o forse sì. Sicuramente gli aveva impedito di ricevere un pestaggio peggiore di quello che aveva ricevuto.

"Ho messo in ordine dopo la tua partenza di stamattina e ho notato che non hai portato molto," disse la nonna. "Vuoi che ti faccia il bucato? Hai portato abbastanza mutandine?"

"Me-Maw!" esclamò Everly, diventando rossa come un peperone.

"Cosa? Oh, non vuoi che dica mutandine davanti a Kannon? Non ti dispiace, vero?" chiese lei, voltandosi verso di lui.

"No, signora."

"Probabilmente anche tu hai della biancheria intima da lavare. Posso lavare la tua roba con quella di Everly."

"Uccidetemi ora," borbottò Everly.

Ball fece del suo meglio per non ridere. "Per ora non ne ho bisogno," disse alla nonna. "Ma grazie lo stesso."

"Quanto tempo pensi di rimanere qui?" chiese Me-Maw.

Quella era la domanda più difficile a cui rispondere. "Spero che quando i miei amici metteranno le mani sui dati del telefono di Elise, questo acceleri le cose," rispose Ball, essendo diplomatico.

"Oh, sarebbe un tale sollievo," disse l'anziana signora.

Ball vedeva chiaramente quanto fosse stressante la situazione per loro. Nonostante la loro giocosità, sia Allison che Landen stavano lottando duramente con il dolore per la scomparsa della nipote. Ball avrebbe voluto dire che non era colpa loro, che Elise era vulnerabile non solo per via della madre, ma anche per la sua disabilità. Ma non voleva abbattere l'attuale umore apparentemente spensierato di Me-Maw.

"Oh! Everly, ho un'idea. Vai a prendere le tue foto, così posso mostrarle a Kannon."

"Oh, diavolo, no!"

"Everly Adams! Le parole!" la sgridò la nonna.

Ball non riusciva a smettere di sorridere.

"Non è divertente," sibilò Everly.

"Un po' sì, devo ammetterlo," rispose lui.

"Ball non è interessato a vedere gli articoli di giornale su di me, dei tempi del liceo. Dai, sono passati secoli."

"In realtà mi interessano," disse Ball.

"Vedi?" cinguettò la nonna maliziosamente. "Ora vai, vai a prenderli. Se non lo fai, tirerò fuori i vecchi album di foto di quando eri alle elementari."

In quel momento Everly si alzò e uscì dalla stanza senza dire una parola.

Me-Maw sorrise, ma non appena Everly lasciò la stanza, si

girò verso Ball con uno sguardo serio sul viso. Si chinò in avanti e disse: "Sii sincero con noi, Kannon. Pensi che la nostra Elise sia ancora viva?"

Preso alla sprovvista dalla domanda e dal rapido cambiamento di comportamento, lui annuì immediatamente. "Sì. So che non dovrei dirlo davvero, però, soprattutto non alla famiglia. Ma trovare il suo telefono è stato un bel colpo. Non ci aiuterà a capire dove si trova ora, ma ci darà un'idea di quello che è successo. Con chi stava parlando."

Allison Adams annuì.

Poi parlò Landen. Aveva lasciato che fosse sua moglie a parlare per la maggior parte della serata, contento di sedersi accanto a lei. "Dio sa che abbiamo fatto qualche errore, sia con nostra figlia che ora con nostra nipote, ma vogliamo tanto bene a Elise, e faremo di tutto per riportarla a casa sana e salva. Se c'è bisogno di soldi, abbiamo dei conti pensione da cui possiamo attingere; se necessario, possiamo avviare un'ipoteca sulla casa. Tutto ciò che vogliamo è che Elise torni a casa."

Ball non poté fare a meno di essere impressionato dal sentimento, ma il denaro non avrebbe aiutato Elise in quel momento, purtroppo. "Non credo che sarà necessario, ma se non riusciamo a trovare nulla e il caso si blocca, potrebbe valere la pena di assumere un investigatore privato."

Landen annuì. Sembrava addolorato, ma non devastato.

Poi cambiò argomento... iniziando a parlare dell'altra nipote.

"Devi sapere che Everly ha un cuore molto tenero, sotto il suo aspetto sfacciato. Non ha avuto una vita facile, ha avuto troppe responsabilità sulle spalle per troppo tempo. Nostra figlia è stata una madre terribile. Non si è mai preoccupata di nessuno, se non di se stessa. È ancora così. Everly si preparava la cena da sola, se aveva la fortuna di trovare da mangiare in casa, all'età di sei anni. Anche quando si è trasferita da noi, cercava di prendersi cura di Allison e di me e di minimizzare la merda che succedeva in casa di sua madre. Ci siamo disperati perché non trovava mai un uomo che potesse capire che, pur essendo perfettamente in grado di prendersi cura di se stessa, a volte ha bisogno di qualcuno su cui appoggiarsi."

Ball si sentiva a disagio a parlare di Everly alle sue spalle, ma non voleva nemmeno ingannare i nonni. "Mi piace sua nipote, signore, ma non usciamo insieme," spiegò con delicatezza.

"Perché no?" chiese Allison, più curiosa che ostile.

"Ci siamo conosciuti meno di una settimana fa," rispose Ball. "E fino ad oggi non mi piaceva molto lavorare con una donna."

"Ma Everly è un'agente di polizia," disse indignato Pop.

"Lei è più di questo," intervenne la nonna, dando una leggera gomitata al marito. "Everly è bellissima. Intelligente. Gentile. Coraggiosa. Saresti pazzo a non voler uscire con lei. Cosa c'è che non va in te, figliolo?"

Ball serrò le labbra.

"Inoltre, una settimana è un sacco di tempo. Landen mi ha baciata il giorno dopo il nostro incontro. Mi ha chiesto di sposarlo un mese dopo; da allora siamo sempre stati insieme. Quando lo sai, è così e basta."

"Mi piace la vostra storia, ma..."

"Non sei attratto da lei? Sei gay? Va bene se lo sei, avrebbe senso se non vuoi uscire con lei," disse nonna.

Ball quasi si strozzò con la saliva. "Non sono gay, penso che sua nipote sia bellissima."

"Allora perché non vuoi uscire con lei? O conoscerla meglio?" chiese ancora Me-Maw.

"Non ho detto questo." Ball cercò di fare retromarcia, iniziando a sudare. Merda, la nonna di Everly era brava a interrogare, più di Black, il che era tutto dire.

"Allora *vuoi* uscire con lei! Lo sapevo. Bene. Sono

contenta di avervi messo nella stessa stanza, allora. Puoi conoscerla meglio, magari darle qualche bacio. Ai nostri tempi, quando stavamo a casa dei miei, dovevamo sgattaiolare di nascosto. Non volevo che uno di voi due dovesse andare in giro in piena notte. A volte ci alziamo per prendere un bicchiere d'acqua o qualcosa del genere, sarebbe imbarazzante se ci incontraste."

Lui aprì la bocca per rispondere (anche se non sapeva nemmeno da dove cominciare), ma fortunatamente Everly tornò, salvandolo. Aveva un grande taccuino tra le mani e glielo porse con un gesto rapido, poi si sedette sul pavimento davanti al divano dove erano seduti i suoi nonni.

"No, cara, devi sederti vicino a Kannon e spiegare cosa sta guardando," disse la nonna in modo malizioso.

Everly la guardò come se fosse impazzita. "Sedersi accanto a lui? Me-Maw, è sulla poltrona."

"E allora?"

"Non c'è spazio!"

"Certo che c'è. Guarda, se lui si sposta un po'..."

Ball fece come aveva detto la nonna, lasciando un minuscolo spazio tra il centro della poltrona e il bracciolo.

"Ecco. Vedi?"

Come se fosse abituata alla prepotenza della nonna e sapesse che la donna non avrebbe chiuso la bocca finché non avesse fatto come le era stato ordinato, Everly si alzò lentamente in piedi e si avvicinò al suo posto. Aveva un'espressione rassegnata sul viso e gli disse: "Mi dispiace."

Ball sollevò un braccio, per accoglierla. Con un sospiro, Everly si sedette nel minuscolo spazio.

Avvolgendole una mano intorno alla vita, Ball la fece sistemare più comodamente, prendendola quasi in braccio. Lei gli mise una mano sulla coscia per mantenere l'equilibrio, con l'altra che si librava in aria davanti a lei. Entrambi potevano sentire il calore del corpo dell'altro.

Ball alzò il braccio, avvolgendolo comodamente intorno alle spalle di lei, Everly cadde più profondamente contro di lui. I capelli di lei gli sfiorarono la mascella, quell'odore familiare si diffuse fino a diventare l'unica cosa che Ball riusciva a respirare. Si sentì circondato da lei e, sorprendentemente, non ne fu minimamente infastidito.

Vide il sorrisetto sulla faccia di Me-Maw prima che lei si girasse per nasconderlo.

Odiando comunque il fatto che Everly era imbarazzata (era chiaramente a disagio, a giudicare dal colore rosa delle sue guance) aprì l'album dei ritagli.

La prima foto era un ritaglio di giornale di una Everly molto più giovane che indossava un costume da scheletro comprato in un negozio e un enorme sorriso con due denti mancanti. "Carina," disse con un sorriso.

Everly alzò gli occhi al cielo. "C'era una festa di Halloween nel quartiere. Mia madre si era dimenticata di prendermi un costume, ma la nonna ne ha trovato uno in un negozio in fondo alla strada. Naturalmente c'era un fotografo del giornale per catturare la mia stupidaggine."

"Non è stupido, è carino," le disse Ball. La sentì rilassarsi un po' contro di lui mentre girava la pagina.

Passarono l'ora successiva a vedere scorci del passato di Everly. C'erano anche alcune immagini, ma la maggior parte erano articoli su vari concorsi in cui Everly aveva brillato. C'erano alcune poesie che aveva scritto e alcuni saggi delle elementari. Era più che ovvio quanto i suoi nonni fossero orgogliosi di lei.

Quando arrivarono alla fine dell'album, Everly si era completamente rilassata e stava appoggiando la maggior parte del suo peso su di lui. Era incastrata in un piccolo angolo della sedia, doveva forse era scomoda, ma non si mosse per alzarsi, quando finì il tour virtuale del suo passato.

"Andiamo a letto," disse tranquillamente Pop. "Allison è sfinita."

Ball alzò lo sguardo e vide che la nonna di Everly si era addormentata contro il fianco del marito.

"Serve aiuto?" chiese.

"No. Ci sono abituato. Lo fa quasi tutte le sere. Prima potevo prenderla in braccio e portarla a letto, ma ora zoppichiamo insieme. Ci vediamo domani mattina." Detto ciò, Landen scosse dolcemente la moglie e, proprio come aveva detto, camminarono con le braccia l'uno intorno alla vita dell'altro lungo il corridoio fino alla loro camera da letto.

"Ne hanno passate così tante nella loro vita, e odio il fatto che ora abbiano a che fare anche con questo. Non è giusto."

"Come ha fatto tua madre a diventare la persona che è?" chiese Ball. "Voglio dire, i tuoi nonni sono fantastici. Non lo capisco."

"Non pensare che loro non si siano chiesti la stessa cosa," disse Everly. "E la risposta breve è: non lo so. Immagino che sia quella vecchia domanda sulla natura e sull'educazione. Mia madre è nata per diventare una tossicodipendente, o è stato un fattore ambientale? Dovrei dire la seconda. Nonna dice di non aver visto alcun segno che indicasse una qualche tendenza alla dipendenza, prima del liceo. Poi si è messa con la gente sbagliata, e il resto è storia. Da quanto ho capito, non ha iniziato lentamente, per quanto riguarda la droga. È passata direttamente dal bere di tanto in tanto a farsi di cocaina. E questo è tutto. Dopo il primo assaggio è stata agganciata, e da quel momento in poi la sua vita è continuata in una spirale discendente. Non ha finito il liceo. È rimasta incinta di me, e anche se ha provato a smettere, non ha mai voluto farlo davvero."

"Che schifo."

"Sì. Ma non sentirti dispiaciuto per me. Ho avuto Me-Maw e Pop. Erano fantastici. Sono intervenuti quando era ovvio che a mia madre non importasse più nemmeno di provarci, a farmi da madre. Mi sono diplomata al liceo, ho vinto una tonnellata di borse di studio e ho ottenuto il mio diploma universitario in un college locale, poi sono andata a prendere la laurea. Mi sono fatta il culo e devo ringraziare loro per avermi sostenuto."

"Non stavo criticando te o i tuoi nonni," disse Ball con delicatezza. "Vorrei aver conosciuto i miei nonni, ma sono morti quando ero piccolo."

"Com'erano i tuoi genitori?" chiese Everly.

Ball fece spallucce. "Brave persone. Non parlo con loro quanto dovrei, vivono in North Carolina. Hanno un camper e se ne vanno spesso a zonzo in macchina per il paese a vedere le attrazioni turistiche. Ho progettato un sito web per loro, in modo che possano tenere tutti i loro amici informati su dove sono e cosa stanno facendo. È semplicissimo, ma è quello che volevano."

Everly si mosse un po' sulla sedia. "Hai progettato un sito web per loro?"

"Sì, perché?"

"Lo dici come se non fosse niente di che."

"Non lo è. Beh, tecnicamente non lo è. Ci sono modelli per blog e siti web che quasi tutti possono creare. Ma io non ne volevo uno qualsiasi, volevo fare qualcosa di personalizzato, solo per loro, che fosse facile da gestire e che mamma potesse usare dal suo telefono. Inoltre, è quello che faccio per vivere."

Lei sbatté le palpebre. "No, tu lavori per i Mercenari di Montagna."

"Sì, ma il più delle volte non è un lavoro a tempo pieno. Io progetto siti web, come impiego a tempo pieno. Ho anche fatto qualche lavoro sul sito della polizia, l'anno scorso. Volevano aggiornarlo, renderlo più facile da navigare."

"Wow, non ne avevo idea."

"Pensavi che fossi solo uno stupido ex ufficiale della guardia costiera, vero?"

Lei rise. "No."

"Bugiarda, sì che l'hai pensato." Ball amava vedere Everly sorridere. Le infilò le dita nel fianco, facendole il solletico, e lei iniziò a ridacchiare.

"Smettila!"

"Ammettilo e mi fermerò."

"Mai!" esclamò lei, e cominciò a reagire. Tentò di fargli il solletico sui fianchi, inutilmente.

Ringraziando di non aver mai sofferto il solletico, Ball la prese per la vita e la tirò su, in modo che lei gli stesse a cavalcioni sulle cosce, dandogli un migliore accesso ai suoi lati solleticosi. Lei rideva e si agitava sul suo grembo, mentre cercava di fermarlo.

"Smettila! Oh mio Dio, soffro il solletico! Santo cielo!" esclamò lei.

"Ammetti che pensavi che fossi stupido," insistette Ball.

"Bene! Lo ammetto. Ma per la cronaca, ammetterei qualsiasi cosa per farti smettere."

Ball smise di tormentarla, lasciandole le dita sul corpo. "Sì?" le chiese.

"Non farti venire quel lampo negli occhi," lo ammonì Everly mentre gli sorrideva.

Si fissarono l'un l'altro per un attimo; poi realizzarono, allo stesso tempo, quanto fosse intima la loro posizione. Lei era su di lui a gambe aperte. Gli teneva le mani sul petto. In qualche modo, le dita di lui erano finite sotto la maglietta di Everly, le faceva distrattamente delle carezze sulla pelle calda dei fianchi.

Nessuno dei due disse niente... o si mosse.

Lo squillo del telefono di Ball interruppe quel momento intenso.

Everly scese dalle sue ginocchia e rimase davanti alla

sedia, smarrita, prima di voltarsi verso il tavolino accanto al divano e afferrare il bicchiere che la nonna aveva usato prima, portandolo in cucina.

"Pronto?" rispose Ball, notando che la chiamata era da parte di Rex.

"Avrò i dati del telefono di Elise nelle prossime venti-quattro ore circa."

"Davvero?"

"Davvero."

"Voglio sapere, come ci sei riuscito?" chiese Ball al suo capo.

"Conosco delle persone che conoscono delle persone," disse Rex in modo enigmatico. "Come vanno le cose da te?"

"Bene."

"Voglio la verità, Ball. So che non eri contento che lei si unisse a te."

"Non lo ero. Ma ho cambiato idea," ammise Ball.

"Senti, so che ultimamente sono stato assente, e mi dispiace. Ma ora sono tornato, e se hai dei problemi, devo saperlo. Probabilmente posso mandare Ro o Black a sosti-tuirti, se vuoi. Abbiamo bisogno di Everly. Può parlare con gli amici di Elise e con Elise stessa, quando la troveremo. Ma se tu..."

"Ho detto che va tutto bene," lo interruppe Ball. "Dico sul serio". Catturò lo sguardo di Everly. Stava in piedi sulla porta della cucina, dandogli spazio ma continuando ad ascoltare. Non poteva biasimarla. Se fosse stata sua sorella a mancare, anche lui avrebbe ascoltato. "Avevi ragione, abbiamo bisogno di Everly. Finora è stata molto utile e, onestamente, è possi-bile che oggi mi abbia salvato la vita."

Calò il silenzio all'altro capo del telefono, come se Rex fosse troppo scioccato per parlare. Così Ball continuò. "Sono stato aggredito da alcuni teppisti che cercavano di stendermi per poter afferrare Everly. Stavo perdendo la lotta corpo a corpo, perché ero in minoranza, ma poi Everly è arrivata, ha steso due di loro mentre io mi occupavo del terzo. Ha anche convinto il preside della scuola di Elise ad aprirsi con lei, e quella conversazione alla fine ci ha portato a trovare la borsa e il telefono di sua sorella. Non sarei stato in grado di comunicare con il preside o con gli studenti. Mi sbagliavo, e posso ammetterlo."

Parlava con Rex, ma parlava direttamente con Everly. Aveva bisogno che lei sapesse che lui non la stava prendendo in giro, quel pomeriggio. Stava davvero cercando di cambiare idea, quando si trattava di lavorare con le donne... almeno con lei.

"Devo andare a controllare la mia app del meteo," disse Rex sottovoce.

"Cosa? Perché?" chiese Ball.

"Per vedere se l'inferno si è ghiacciato," disse Rex.

"Ma vai a cagare," gli disse Ball.

"Seriamente, però, sono contento, perché non ho sentito altro che belle cose sul sergente Adams. Sarebbe una buona risorsa da avere di nuovo qui a Colorado Springs."

Ball non distolse mai lo sguardo da quello di Everly. Neanche lei si era mossa da dove si trovava. "Chiamerai, non appena avrai qualcosa sul telefono?" chiese Ball.

"Certo. Se hai bisogno di qualcosa nel frattempo, qualsiasi cosa, chiamami," ordinò Rex.

"Lo farò."

"A più tardi."

"Ciao." Ball riagganciò, Everly non disse nulla. Alla fine disse: "Era Rex. Sta usando le sue conoscenze e dovrebbe essere in grado di accedere al telefono di Elise, tipo domani."

Everly annuì, ma non disse ancora nulla.

"Ev? Stai bene?" le chiese, preoccupato.

"Dicevi sul serio?" chiese lei tranquillamente.

Ball non aveva bisogno di chiedere a cosa si riferisse. "Ogni parola."

"Oggi non ti ho salvato la vita."

Ball fece spallucce. "Avresti potuto. Uno dei poliziotti ha trovato un coltello su uno di quei tizi."

"Penso che ora andrò a letto anche io... a meno che tu non abbia qualcosa da farmi fare?"

Desideroso di far riposare Everly, Ball scosse la testa. "No, va bene. Ripasso gli appunti del preside e vedo se riesco a trovare qualcosa sul computer di Elise. Everly?"

"Sì?"

"C'è più spazio nel letto degli ospiti di quanto ce ne sia nella camera di Elise, e si vedeva che non eri così entusiasta di stare nel letto di tua sorella. Inoltre... Ho dormito meglio con te, la scorsa notte, di quanto non facessi da molto tempo."

"Mi stai chiedendo di dormire con te nella stanza degli ospiti?" chiese Everly a bruciapelo.

"Sì," disse Ball.

Lei ci pensò un attimo, poi annuì lentamente. "Da quando Elise è scomparsa, la dormita dell'altra notte è stata la migliore. Hai ragione sul fatto che mi sento strana a stare nella sua stanza. Starò nella stanza degli ospiti con te finché non ci verrà qualche idea."

"Perfetto," disse subito Ball, sentendosi sollevato per la concessione di Everly.

"Ok. Se hai bisogno di me, svegliami."

"Lo farò."

Everly annuì, sempre con un cenno del capo, e si diresse verso il corridoio. Ball la seguì con lo sguardo. Una volta rimasto da solo in salotto, si mise dei cuscini dietro la testa e si passò le mani sul viso.

Cosa c'era di sbagliato in lui?

Era attratto da Everly.

Non doveva esserlo, e non solo perché lavoravano

insieme. Non voleva perdere di nuovo il suo cuore per una donna. Non dopo che Holly glielo aveva strappato dal petto.

Ma in qualche modo aveva la sensazione che fosse già troppo tardi. Everly Adams era riuscita a superare i suoi scudi e li stava lentamente ma inesorabilmente abbattendo. Il fatto è che non ci stava nemmeno provando. Sapeva senza dubbio che lei era tanto stranita dalla loro attrazione quanto lo era lui... accettando di dormire insieme, quella sera, aveva reso tutto chiaro.

Ma quelli non erano né il momento né il luogo adatto per esplorare certi sentimenti. Dovevano trovare sua sorella. Ma forse, una volta riportata Elise a casa sana e salva, ritornati un po' alla normalità, Ball avrebbe potuto chiamare Everly per portarla fuori a cena o qualcosa di simile.

Sì, era un buon piano. Trovare Elise. Tornare a casa. Tornare alla routine. Poi uscire con Everly una volta o due.... e liberare l'attrazione prepotente tra loro.

Sentendosi meglio dopo aver elaborato la sua strategia, Ball si rilassò.

Passo lento e costante. Avrebbe funzionato a meraviglia.

CAPITOLO CINQUE

Everly si svegliò bruscamente, era confusa. Non era sicura di cosa l'avesse scossa.

Guardò l'orologio. Erano le tre e quattordici del mattino. Era tutto buio e tranquillo, ma si accorse di essere da sola nel letto matrimoniale della camera degli ospiti.

Ore prima, era andata a dormire, perché non sapeva cosa fare con quel nuovo Ball.

Lei si era abituata al fatto che lui fosse stanco e scontroso. L'uomo che aveva detto al suo capo di avere bisogno di lei, confessando che gli aveva salvato la vita, era qualcuno con cui non sapeva come comportarsi.

Certo, era contenta che andassero finalmente d'accordo, ma era sempre più difficile combattere la sua attrazione per lui. Sospettava che tutto fosse iniziato quando lui si era rannicchiato dietro di lei la sera prima. Era stata una bella sensazione. Troppo bella.

Ma in quel momento, lui non si trovava a letto con lei.

Prima che lei si dirigesse verso la stanza degli ospiti, lui aveva detto che andava a lavorare ancora per un po', ma lei aveva pensato che intendesse un'ora o due. Era passato molto più tempo.

Sperava che fosse ancora sveglio perché aveva trovato qualcosa di importante che avrebbe potuto portare a Elise, ma se l'avesse fatto, non avrebbe dovuto svegliarla per condividere le sue scoperte?

E se invece avesse trovato qualcosa di brutto... e non avesse voluto dirglielo perché aveva paura di quello che avrebbe fatto o detto? E se Rex avesse trovato prove sul fatto che Elise fosse stata uccisa?

Decisamente preoccupata, Everly gettò indietro le coperte e si diresse verso la porta.

Scese le scale e vide Ball seduto al tavolo da pranzo. Era davanti allo schermo del computer, il tenue bagliore dell'apparecchio gli illuminava il viso stanco, mentre si accigliava per la concentrazione. Everly aprì la bocca per chiedergli se avesse trovato qualcosa, ma si fermò quando lui fece un sottile gesto con la mano, studiando ancora lo schermo con attenzione.

Everly non riusciva a vedere lo schermo del computer, perché lui era seduto di profilo, ma sembrava che fosse...

Sì... stava creando con la mano la parola *sicurezza*.

Mentre lei lo guardava confusa, lui continuò a dire nel segno dei gesti *Sei al sicuro*. Poi cliccò qualcosa sul portatile di fronte a lui e lo fece di nuovo. E di nuovo.

Poi riprodusse la frase, *Il mio nome è Ball. Sei al sicuro.*

I suoi segni erano lenti ed esitanti, ma quando Everly si rese conto di quello che stava facendo Ball, sentì le ginocchia molli.

Forse fece del rumore, o forse Ball percepì che non era più da solo, perché si girò e la vide lì in piedi.

"Ehi," le disse dolcemente.

"Cosa stai facendo?" chiese lei, anche se era ovvio.

Ball fece spallucce e indicò il computer. "Ci sono un sacco

di video su internet su come si fa il linguaggio dei segni, ma non è così facile come sembra."

Sembrava scoraggiato, ad Everly dispiacque molto. "Stavi facendo un buon lavoro."

"Faccio schifo. Va bene, puoi dirlo."

"No. Come hai detto tu, non è così facile come sembra. E io ho capito quello che dicevi, e lo saprà anche Elise."

"Non riuscivo a dormire," ammise Ball. "Ho cercato nel computer di Elise per un po'. Poi ho iniziato a lavorare a un sito web che sto progettando, solo per tenermi occupato, sperando che Rex chiamasse per avere maggiori informazioni sul suo telefono. Ma continuavo a pensare a tua sorella. Non riuscivo a smettere. Ho pensato cosa sarebbe successo, se avessimo dovuto fare irruzione in una casa in cui la tengono rinchiusa, o qualcosa del genere. A come avrei rischiato di spaventarla perché non sarebbe stata in grado di sentirmi. Così ho pensato che se avessi imparato un paio di cose, questo avrebbe potuto tenerla calma fino a quando non saresti riuscita a raggiungerla."

Everly voleva piangere. In tutta la sua vita, quella era probabilmente la cosa più sorprendente che un uomo avesse mai fatto per lei. "Se vuoi davvero imparare, ti aiuterò."

"Davvero?" chiese Ball, guardandola ancora una volta.

"Sì."

"Grazie. Cosa ci fai in piedi? Stavi dormendo profondamente, quando ho controllato."

Che conversazione strana. Sembrava quasi il colloquio di una coppia di fidanzati. O una chiacchierata tra marito e moglie. Le piaceva che lui l'avesse guardata dormire. Era... bello. Scrollò le spalle. "Mi sono appena svegliata."

Ball chiuse il portatile e si alzò piedi. Si avvicinò a lei. Lei alzò lo sguardo, quando lui si fermò proprio davanti a lei. Nessuno dei due si mosse. Everly non riusciva nemmeno a respirare.

"Dai, c'è ancora tempo per dormire qualche ora in più, prima di doverci alzare di nuovo."

Ball si allungò, per un secondo Everly pensò di abbracciarlo, ma lui le mise leggermente una mano sulla schiena, facendola girare. Lei camminò davanti a lui, tornando verso la stanza che stavano usando.

Lui la condusse delicatamente finché lei non raggiunse il suo lato del letto. "Sali," le disse dolcemente.

Lei fece come ordinato, passando dall'altra parte del letto, fino a sdraiarsi su un fianco. Non si sorprese quando un minuto dopo Ball la seguì e le avvolse un braccio intorno alla vita; Everly si rilassò contro di lui.

Dopo un paio di minuti Everly disse: "Quando mi sono svegliata, ero preoccupata perché non eri venuto a letto. Per un secondo ho pensato che avessi scoperto qualcosa di brutto su Elise e non volessi dirmelo."

"Ti avevo detto che non l'avrei fatto."

"Lo so. Ma mi hanno già mentito in passato, Ball. Un sacco di volte."

"Sei una poliziotta. Capisco."

Lei scosse la testa. "Sì, ma non è quello che intendevo." Lo sentì irrigidirsi leggermente dietro di lei. Everly non aveva mai raccontato quella storia a nessuno, prima di allora, ma dopo quello che aveva appena visto (Ball che cercava di imparare il linguaggio dei segni per calmare un' adolescente spaventata), sentiva che meritava la sua onestà.

"Mia madre mi ha mentito in continuazione. Tutto il tempo. Da quando mi ricordo, mi mentiva sempre in faccia e non si dispiaceva neanche."

"Mi dispiace tanto," disse Ball. Everly teneva le braccia incrociate sul proprio petto, Ball mosse la mano appoggiata sulla vita di lei per raggiungerle le mani. "Su cosa ha mentito?"

"Su tutto. Sul fatto che non avevamo soldi per il cibo. Sull'ora a cui sarebbe tornata a casa. Sul fatto che sarebbe venuta a prendermi dopo la scuola, o che il suo compagno non mi avrebbe fatto del male..."

Sentì la mano di Ball serrarsi in un pugno, ma lui non la interruppe.

"Mi ha detto che la nonna e il nonno non volevano che vivessi con loro, quando gliel'ho chiesto, una volta. Le ho creduto per più di un anno, prima di chiedere a Me-Maw se fosse vero. Lei ha pianto e mi ha detto che ovviamente non era vero. Se volevo vivere con loro, loro erano d'accordo al cento per cento. Sapevano com'era la loro figlia. Sapevano che non si prendeva cura di me. Ma sapevano anche che se avessero cercato di portarmi via da lei, si sarebbe creata una frattura e probabilmente mi avrebbe trattato anche peggio."

"Dannazione," disse Ball.

"Sì. Ha continuato a mentire anche dopo che me ne sono andata. Mi diceva quanto le mancavo e quanto cercava di disintossicarsi per farmi tornare. A quel punto, avevo praticamente smesso di credere a tutto quello che diceva. Sono diventata così cinica che mi ci è voluto molto tempo prima di fidarmi di nuovo di qualcuno. Ma sai qual è stata la cosa peggiore?"

"Cosa?"

"Giurava di essere prudente, dicendo che non sarebbe rimasta accidentalmente t di nuovo. Che stupida, le ho creduto. Ma una sera, quando avevo circa diciannove anni, sono andata a trovarla e l'ho trovata sul pavimento della sua casa di merda, sanguinante tra le gambe. Mia madre aveva fatto uso di droghe in passato per abortire di proposito, e pensavo che l'avesse fatto di nuovo. È rimasta incinta, poi ha preso uno stupido cocktail di pillole che qualcuno le aveva dato per abortire il feto. Decisi in quel momento che non avrei mai più parlato con lei."

"Ma poi l'hai fatto," suppose Ball.

"Sì. Quando mi sono imbattuta nella sua emorragia, ero

così disgustata da lei... e da me stessa, per aver creduto alle sue bugie. Ma l'ho portata comunque in ospedale. È lì che ho scoperto che sanguinava a causa delle complicazioni della gravidanza, non era un altro aborto autoinflitto. Per qualche miracolo, aveva fatto del suo meglio per evitare di sballarsi mentre era incinta, e nonostante la mamma fosse troppo testarda per chiamare un'ambulanza, quando si era accorta che qualcosa non andava, Elise era nata relativamente sana... tranne che per il fatto che era sorda, naturalmente."

"Dato che era riuscita a ripulirsi durante la gravidanza, l'ospedale non ha visto alcun motivo di far indagare su di lei i servizi sociali." Everly sbuffò, producendo uno strano suono, mezzo disperato, mezzo dissuasivo.

"Ma nel giro di un anno, era tornata ai suoi vecchi vizi. I nonni hanno fatto il possibile per prendersi cura di Elise ogni volta che la mamma era sbronza o fatta, ma non volevano coinvolgere i tribunali. Così, per i primi dieci anni circa, Elise ha vissuto metà della sua vita nell'amorevole casa dei nonni, e l'altra metà all'inferno, a casa di nostra madre. Per fortuna, Elise era molto più intelligente di me. Ha deciso che non ne poteva più e che sarebbe andata a vivere a tempo pieno con la nonna e il nonno, prima ancora di entrare alla scuola media."

"Comunque... sì... mia madre è una bugiarda patologica. Mi sorprende che io ed Elise siamo normali, tutto sommato. Ma torniamo al punto. Per un attimo ho pensato che mi nascondessi delle cose sul caso di Elise... qualcosa di brutto. Mi dispiace. Hai detto che non l'avresti fatto, e alla prima occasione ho dubitato di te."

"Ev, datti un po' di tregua. Hai avuto una settimana difficile. Tua sorella è scomparsa e tu sei una poliziotto abituata a fare tutto il possibile per risolvere i casi. Ammettilo, stare seduti non è uno dei nostri punti di forza. Odio il fatto che siamo qui, a nostro agio, con la pancia piena, e non abbiamo idea di dove sia Elise o di cosa stia passando. Ma ti giuro che non ti terrò mai fuori dai giochi. Quando scoprirò delle informazioni, tu scoprirai delle informazioni."

"Ok." Rimase tranquilla per un po'. "Ball?"

"Sì, Ev?"

"Anche se Elise è stata sorda per tutta la vita... mia madre non si è preoccupata di imparare a parlarle nel linguaggio dei segni. Anche se le puoi dire solo poche cose, per Elise significherà il mondo."

Ball la abbracciò più forte, ma non disse nulla.

Sentendosi come se avessero oltrepassato una specie di confine, ma non sapendo come quel passo avrebbe cambiato la natura del loro rapporto (sapendo che era decisamente cambiato), Everly si addormentò con il pollice di Ball che le accarezzava l'anello che portava al dito.

———

Elise non aveva idea di che ora fosse, e nemmeno di che giorno fosse, ma erano passate ore dall'ultima volta che aveva visto l'uomo che l'aveva rapita e incatenata nel seminterrato della vecchia casa decrepita.

All'inizio aveva trovato il coraggio di esplorare la sua piccola prigione, fino ai limiti delle sue manette, e aveva scoperto nelle vicinanze un secchio che ovviamente doveva usare per fare i suoi bisogni. Elise fu contenta di non aver mangiato o bevuto molto, perché usare quel secchio era estremamente umiliante e disgustoso.

Avrebbe patito volentieri la fame, se ciò avesse significato non dover più vedere quell'uomo. Non si era più tolto la camicia, ma non le piaceva il modo in cui la guardava. Non era un'idiota; sapeva di essere stata estremamente fortunata che lui non l'avesse aggredita sessualmente. Non sapeva perché non l'avesse fatto. Il pensiero che ad ogni "visita" la sua fortuna potesse esaurirsi, era devastante.

Non era più preoccupata che lui le drogasse il cibo, ma ogni volta che le portava qualcosa (cosa che non capitava spesso) doveva fare esattamente quello che diceva per averlo. Alzati. Guarda a destra. Sorridi. Girati. Sollevati la camicia per farmi vedere pancia... e seno.

Lui non l'aveva mai fatta spogliare completamente, ma lei si sentiva come un burattino, e lui era il burattinaio. Era degradante e demoralizzante, ma se lei non faceva quello che lui voleva, non le dava da mangiare. Era così semplice. Lei aveva provato a sfidarlo una volta, e lui l'aveva lasciata da sola al buio per quella che le era sembrata un'eternità. Quando lui era tornato e aveva ricominciato a fare i suoi giochetti, lei era già abbastanza affamata da fare tutto ciò che lui voleva.

Elise sapeva di avere un odore orribile, era debole per mancanza di cibo. Era stata ai suoi giochetti e aveva fatto quello che lui voleva, per avere cibo e acqua. Ma non era mai abbastanza. Le dava il minimo sufficiente per tenerla in vita e farla disperare, perché lui si presentasse ancora una volta.

Psicologicamente, capiva che lui la stava addestrando per associare il suo aspetto ai bisogni primari di cibo e acqua, ma era determinata a combatterlo in ogni modo possibile. Si comportava come un pony addestrato quando lui lo richiedeva, ma lui non poteva controllare i suoi pensieri o le sue emozioni.

Purtroppo non poteva sentire se c'era qualcun altro in casa, oppure no. Non aveva idea di cosa stesse succedendo. In genere non le era importato più di tanto il fatto di non poter sentire, ma in quella situazione sì, era decisamente un peso.

Elise voleva uscire.

Voleva tornare a casa.

Per vedere di nuovo Me-Maw e Pop.

Per parlare con la sorella su internet.

Tutte le cose che aveva pensato fossero così terribili nella sua vita non sembravano più così brutte. Aveva passato tantissimo tempo online, cercando di sentirsi normale. Online non era sorda. Non era la rossa bassa con un milione di lentiggini. Era chi voleva essere.

Elise adorava la libertà che tutte le chat room le avevano offerto. Ma era stata stupida. Everly l'aveva messa in guardia da alcuni dei pericoli di internet, ma lei aveva pensato che la sorella maggiore fosse troppo protettiva.

Naturalmente le persone con cui parlava erano adolescenti, come lei.

Certo che erano ragazzi, non uomini.

Naturalmente erano innocui.

Fino a quel momento.

Parlava con Rob da mesi. Si era aperta con lui riguardo a quello che provava per sua madre. Gli aveva scritto quanto si sentisse sola la maggior parte del tempo. Avevano chattato per ore. Era stato emozionante... ed Elise si era innamorata del diciassettenne Rob.

Ma era tutta una bugia.

Ogni singola parola.

E lei era stata stupida ad accettare di incontrarlo.

Era salita su quell'innocuo furgone bianco con un uomo che non aveva mai visto prima, semplicemente perché aveva detto di essere il padre di Rob e che l'avrebbe portata da lui.

Che stupida.

Non c'era nessun Rob.

Non c'era mai stato. Ne era quasi sicura.

C'era solo un vecchio con spaventosi occhi neri, uno che le aveva fatto del male.

Pensava di aver esaurito le lacrime, ma pianse di nuovo, proprio come poche ore prima.

Si girò l'anello al dito, lo stesso che aveva sua sorella, sperava con tutto il cuore che Everly fosse brava nel suo lavoro, come Elise aveva sempre pensato. Sapeva che nella vita reale le cose non funzionavano come in televisione, ma non poteva fare a meno di pregare che qualcuno trovasse la sua borsa. L'uomo le aveva spento il telefono e aveva gettato la borsa fuori dal finestrino non appena l'aveva rapita. Elise sperava che Everly fosse in grado di rintracciarla e di capire cosa stesse succedendo.

Ma non appena ebbe quel pensiero, le crollarono le spalle.

Everly avrebbe pensato che lei aveva parlato con un diciassettenne di nome Rob. Non con quel vecchiaccio. Non sapeva cosa potesse aiutare Everly nelle indagini.

Mentre le lacrime continuavano a scorrerle sul viso, Elise disse a gesti, *io sono qui. Per favore, qualcuno mi trovi.*

———

Trentasei ore dopo, Ball era oltremodo frustrato. Rex aveva avuto il permesso di far accedere Meat al telefono di Elise, ma fino a quel momento non aveva avuto molta fortuna. Era riuscito a entrare facilmente nei messaggi e nel registro delle chiamate telefoniche, ma non c'era molto.

Elise aveva sul suo telefono le stesse app che Meat aveva trovato sul suo computer, ma come aveva avvertito in precedenza, molte erano protette dall'anonimato e, nella maggior parte dei casi, le comunicazioni venivano cancellate non appena le app venivano chiuse.

Una cosa allarmante che era stata trovata era un'applicazione di tracciamento. Sembrava essersi installata automaticamente, quando Elise aveva aperto un'immagine che le era stata inviata attraverso una delle app. La foto era solo il meme di un cane che faceva qualcosa di stupido, ma finché la foto era sul suo telefono, poteva essere rintracciata.

Everly era quasi al capolinea, Ball non era sicuro di cos'altro potesse fare per distrarla. Avevano percorso tutto il tragitto da casa di Me-Maw alla stazione di servizio e ritorno, più volte, senza trovare nuovi indizi. Sembrava sempre più chiaro che Elise fosse salita in macchina con qualcuno e fosse scomparsa nel nulla.

Me-Maw aveva fatto il loro bucato combinato la sera prima, e dato che Everly non se ne era nemmeno accorta, Ball capì che non stava per niente bene. Poi lei era crollata e aveva pianto tra le sue braccia a letto, più tardi quella sera, e anche Ball si sentiva distrutto. Era passato troppo tempo senza indizi. Se Elise fosse stata coinvolta in un giro di traffici illeciti, presto sarebbe stata portata così lontano che non l'avrebbero mai trovata.

"Andiamo," disse a Everly, che era seduta al tavolo della sala da pranzo e fissava a vuoto il suo portatile, cercando di pensare a qualcos'altro da ricercare, a qualcun altro da contattare. Qualche altro reporter da supplicare, per mettere il caso di sua sorella sul notiziario delle sei. Sfortunatamente, la scomparsa di adolescenti a Los Angeles non era esattamente una notizia degna di nota.

"Dove?" chiese lei.

"Andiamo alla stazione di polizia per incontrare di nuovo il detective Ramirez. Esamineremo i suoi appunti e vedremo se riusciremo a scoprire qualcosa di nuovo. Forse per allora Rex avrà qualcosa di nuovo per noi. Un indirizzo. Un numero di telefono. Qualcosa."

La scintilla di speranza che si spegneva negli occhi di lei lo uccise. Everly aveva retto molto bene, date le circostanze, così come i suoi nonni. Ma la tensione cominciava a spezzare tutti. Ball detestava quella sensazione.

Everly raccolse le sue cose senza dire una parola. Afferrò la sua borsa e andò in soggiorno per dire a Me-Maw e Pop dove stavano andando. Ball la sentì dire loro di chiamare, se avessero sentito qualcosa, e poi fu accanto a lui.

Senza dire una parola, si diressero alla sua auto a noleggio e poi alla stazione di polizia. Di tanto in tanto, Ball guardava

Everly, notando quanto fosse scossa, dato che trasaliva ad ogni minimo rumore.

Dopo un po' di tempo, lei chiese: "Dovremmo andare in centro a parlare con alcune delle prostitute? Portare la foto di Elise e vedere se l'hanno vista?"

Ball sentì una stretta allo stomaco. "Come ultima risorsa, forse. Ma sai bene quanto me che se l'hanno presa per traffico, non la mettono in strada. Non all'inizio. La tengono nascosta per demolirla, sia fisicamente che psicologicamente, per evitare che scappi o che avverta qualcuno della sua situazione."

"Lo so," disse Everly con un sussurro. "Non so che altro fare. So cosa dicono le statistiche. So che è molto probabile che stiamo cercando il suo cadavere, ma una parte di me si rifiuta di crederci."

Ball la vide tormentarsi l'anello che portava al dito, ricordando subito una foto che la nonna gli aveva mostrato la sera precedente. Una foto di Elise ed Everly, in piedi l'una accanto all'altra. Everly aveva il braccio sulla spalla di Elise, sua sorella le teneva il polso. Aveva visto l'anello al suo dito, era identico a quello di Everly.

"Parlami dei vostri anelli," le chiese, per cercare di distogliere la mente di Everly dagli scenari peggiori, che con ogni probabilità le stavano passando per la testa.

"Il giorno in cui è nata Elise, la nonna mi ha detto che sarebbe stata l'unica persona che avrei conosciuto più a fondo di chiunque altro al mondo. Più di qualsiasi altro amico che avrei potuto avere, più di mia madre, più di lei; anche più dell'uomo che spero di incontrare e sposare un giorno. Mi ha chiesto se accettavo la responsabilità che derivava dall'essere una sorella maggiore. La responsabilità di prendermi cura di lei. Di giocare con lei, di ridere con lei, di piangere con lei quando necessario. Di esserci sempre per lei, qualunque cosa accadesse. Naturalmente ho accettato. La nonna mi ha dato l'anello come promemoria fisico del mio impegno con mia sorella."

"Quando Elise aveva dieci anni, la nonna ha regalato un anello anche a lei. Ricordo quanto fosse felice, quanto si sentisse adulta a portare quell'anello. Me-Maw le ha regalato l'anello e ha fatto anche una grande cerimonia, una grande festa."

"So che la gente non capisce il nostro legame. Voglio dire, sono molto più grande di Elise. Ma appena l'ho vista, è scattato qualcosa. Ho aiutato a insegnarle il linguaggio dei segni, quando era piccola, ho fatto tutto il possibile per starle vicino. Gli anelli ci legano, anche quando siamo fisicamente separate." Everly alzò la mano, guardando l'anello.

Era d'oro, con piccoli ghirigori che si diramavano per tutta la lunghezza dell'anello. Non sembrava particolarmente costoso, ma non c'era dubbio che per lei avesse un valore inestimabile.

Le parole successive confermarono i pensieri di Ball.

"Non me lo tolgo mai. Mai. È come se, finché lo indosso, mia sorella sia lì con me." Fece spallucce. "Probabilmente sembra una cosa stupida."

"Per niente," disse subito Ball. "Suppongo che funzioni proprio come una fede nuziale. Sì, dice agli altri che hai una relazione, ma è più di questo, è un impegno. Se avessi una moglie, vorrei che lei provasse per il suo anello la stessa cosa che tu provi per il tuo. Vorrei che lo guardasse e pensasse a me. Vorrei che sapesse che ho lo stesso anello al dito e che penso a lei. Sapere di essere così vicino a qualcuno in questo mondo è una cosa bellissima, penso che i tuoi nonni siano fantastici per averlo dato a te e a tua sorella."

"Lo penso anch'io," concordò Everly.

Entrambi rimasero in silenzio per il resto del viaggio verso la centrale di polizia, persi nei loro pensieri, finché si fermarono nel parcheggio. Ball le disse: "Io troverò tua sorella,

Everly. Forse non oggi. Forse non domani. Anche se ci vorrà il resto della mia vita, scoprirò cosa le è successo, così potrai stare in pace."

"Grazie," disse lei dolcemente. "Significa molto per me."

"Andiamo," disse Ball. "Andiamo a vedere cosa sa Ramirez."

Annuendo, Everly uscì dalla macchina ed entrò nella stazione di polizia con Ball.

Trenta minuti dopo, erano seduti da soli in una sala interrogatori con il fascicolo sulla scomparsa di Elise in mezzo a loro. Non c'era molto, e anche se Ramirez stava facendo quello che poteva, non aveva trovato nessuna informazione che non avessero già scoperto da soli.

"Merda, è stata una perdita di tempo," disse Everly con disgusto.

Proprio in quel momento, sentirono un rumore fuori dalla stanza.

Everly si alzò e andò alla porta. La aprì e fece un passo indietro di sorpresa, quando il detective Ramirez la fece quasi cadere.

Ball fu subito al fianco di Everly. "Che succede?" chiese.

"È appena arrivata una chiamata al 911. Un uomo ha detto che stava portando a spasso il cane della sua ragazza, quando ha sentito qualcuno che chiedeva aiuto da una casa che pensava essere vuota. La ragazza ha rotto una finestra dalla soffitta, agitando freneticamente il braccio, urlando. Una pattuglia si sta recando sul posto, ma ho pensato che vi avrebbe fatto piacere saperlo."

"La voce era strana?" chiese Everly.

"Come?"

"Elise è sorda. Se avesse gridato, sarebbe sembrato strano, all'orecchio di un udente."

"Non lo so. Ma sto andando sulla scena. Mi terrò in contatto e vi farò sapere."

"Veniamo anche noi," disse Everly.

"No che non verrete," le disse il detective.

"Senta, è mia sorella quella che è scomparsa, e se questa è lei, e voi entrerete per gridarle indicazioni, lei non vi capirà. E se chi l'ha rapita è ancora in giro, non sarà in grado di dirvi che aspetto ha o altro. Avete bisogno di me."

Il detective sembrava indeciso.

"È una poliziotta," aggiunse Ball. "Sa come stare fuori dai piedi e conosce il protocollo. Non è una normale civile."

Quello fu sufficiente. Ramirez annuì. "Ok, andiamo allora."

Senza dire una parola, Everly tornò al tavolo, raccolse i pochi fogli che avevano esaminato e fu di nuovo al fianco di Ball. "Siamo pronti."

Nel giro di un minuto, erano nel retro del SUV di Ramirez. La sirena era accesa, e stavano guidando a tutta birra verso il quartiere malandato dove si trovava la casa segnalata.

Ball afferrò la mano di Everly e la strinse. Nessuno dei due disse nulla, si aggrapparono l'uno all'altra, pregando che la ragazza bisognosa di aiuto fosse Elise.

CAPITOLO SEI

IL QUARTIERE ERA nel caos più totale, quando Ramirez si si fece strada. Le auto della polizia erano già allineate sulla strada stretta, c'erano già pronte delle ambulanze, in attesa di ricevere il via libera.

Ball uscì dal SUV tirando Everly dietro di lui. Riuscì a sentire i cani poliziotto che abbaiavano eccitati, così come i cani del quartiere che si univano alla mischia. Ma i suoi occhi erano incollati alla casa attualmente circondata dalla polizia.

Il carattere da ufficiale SWAT di Everly voleva partecipare, ma la sorella in lei non riusciva a far lavorare le gambe per fare un passo più vicino alla casa. Si trattava di tre piani, compresa una soffitta. La vernice bianca all'esterno era tutta crepata e il cortile era pieno di erbacce. Le doghe di legno pendevano leggermente qua e là sul lato della casa, il portico prospicente sembrava volar via alla minima brezza.

"Restate qui," ordinò Ramirez. "Vado a vedere cosa succede." Non aspettò risposta, si voltò e si diresse verso quelli che sembravano gli ufficiali al comando.

Everly non riusciva a muovere un muscolo. Riusciva solo a tenere la mano di Ball, come se fosse l'unica cosa che le impediva di cadere in un milione di pezzi. Lui era diventato la sua ancora di salvezza, non era stabile. A volte, negli ultimi giorni, lui era diventato il suo sistema di supporto. Era una follia. Non aveva mai fatto affidamento su nessuno in tutta la sua vita, a parte i suoi nonni. Aveva imparato fin da piccola che poteva contare solo su se stessa. Ma, nonostante il loro inizio difficile, Ball aveva cominciato a significare qualcosa per lei.

La cosa avrebbe dovuto spaventarla. Al momento, però, poteva solo provare gratitudine per il fatto che lui fosse lì con lei.

La possibilità che sua sorella fosse già morta era il primo pensiero di Everly, soprattutto perché era passato del tempo dall'ultima volta che era stata avvistata; ma l'idea che uno dei poliziotti potesse uscire da quella casa fatiscente e dirle che ormai era troppo tardi, che Elise se n'era andata davvero, era troppo. Everly non era sicura di riuscire a gestirla.

Si sentirono delle urla provenire dall'interno della casa, Everly chiuse gli occhi.

"Vacci piano, Ev."

Annuì, ma non aprì gli occhi.

Poi ci furono altre urla e la chiamata di un'ambulanza.

Gli occhi di Everly si aprirono appena in tempo per vedere un'adolescente condotta fuori di casa con un agente di polizia al suo fianco. Il suo battito cardiaco accelerò, ma un secondo dopo le crollarono le spalle.

La ragazza non era Elise.

Era più grande di sua sorella, più alta. Aveva i capelli del colore sbagliato, indossava un paio di jeans e una maglietta nera. I suoi capelli castani erano in disordine e non indossava scarpe. L'adolescente si teneva un braccio sanguinante mentre l'agente la guidava verso un'ambulanza, ferma davanti alla casa.

"Non è lei," sussurrò disperatamente Everly.

"Forse sa qualcosa," le disse Ball gentilmente.

Ma la loro attenzione verso la ragazza fu distolta da altre urla provenienti dalla casa. Everly sperava che avessero preso il responsabile del rapimento di quella povera ragazza.

Poi guardò confusa un'altra adolescente che veniva scortata fuori di casa. Quella aveva i capelli biondi ed era bassa come Elise. Probabilmente era più giovane della sorella di Everly, però, forse aveva dodici o tredici anni.

"Erano in due?" chiese Everly, scioccato.

"Andiamo," disse Ball, tirandola più vicina alla porta.

Everly si avviò. I poliziotti che li circondavano non prestavano attenzione. Erano più preoccupati di ciò che veniva trasmesso attraverso le loro radio.

"Questa sembra una situazione di traffico," borbottò Ball. "Più di una vittima di solito significa che le stavano riunendo prima di spedirle via. Non perdere la speranza, Everly."

Quelle parole le fecero schizzare l'adrenalina in corpo. Everly reagì senza pensare, dirigendosi verso l'ufficiale più vicino.

"Sono il sergente Adams, di Colorado Springs. Sono qui perché mia sorella minore è scomparsa. Ha circa sedici anni, ha i capelli rossi, ma è sorda. Se è lì dentro, avrà paura perché non sente niente."

All'inizio l'ufficiale apparve distratto, ma mentre Everly continuava a parlare, annuì. "Trasmetterò l'informazione."

"Sapete quante ce ne sono dentro?" chiese Ball.

"No. Stanno facendo una perlustrazione della casa da cima a fondo. Finora ne hanno trovate quattro."

Quattro. Everly inspirò in modo brusco. Quattro bambine. Spaventate a morte e portate via dalle loro famiglie. I trafficanti sessuali erano proprio i peggiori. La feccia della terra.

"Il sergente Adams conosce il linguaggio dei segni," disse Ball all'ufficiale. "Se sua sorella è dentro, può parlare con lei. Può tenerla calma. Per favore, lo trasmetta."

Sorprendentemente, l'agente fece quanto richiesto.

"Saremo proprio qui," gli disse Ball, e lui annuì.

Ball tirò Everly in disparte. Videro un'altra ragazza che veniva portata fuori di casa, singhiozzando. Poi un'altra. Era ovvio che le ragazze erano traumatizzate. Erano tutte sporche, una delle ragazze era vestita solo a metà. Le implicazioni erano orribili, ma Everly tenne lo sguardo sulla porta d'ingresso. Pregando più che mai che la prossima persona ad essere condotta fuori fosse sua sorella.

Passarono cinque minuti dolorosamente lunghi, poi apparve un'altra ragazza. Poi un'altra.

"Sei," sussurrò Ball. "Deve trattarsi di tratta."

Everly trattenne il respiro, poi sentì un suono che in qualche modo riconobbe, anche se non l'aveva mai sentito prima in vita sua.

Elise. Urla di terrore.

Si strappò dal braccio di Ball e si precipitò verso la casa. Sentì gridare dietro di lei, Ball urlò qualcosa, ma lei aveva occhi solo per la porta d'ingresso. Corse dentro, sapendo che Ball le era alle spalle, poi si fermò e dovette sforzarsi di respirare per un secondo.

La casa aveva un odore terribile. Come di rifiuti umani, odore di corpo e muffa. Come poliziotta era stata in ambienti piuttosto terribili, ma sapere che sua sorella era dentro, o era stata dentro quel posto per chissà quanto tempo, peggiorò le cose.

Elise urlò di nuovo, Everly si voltò verso una serie di scale che si trovavano appena fuori dall'atrio. Corse giù per le scale e superò a spintoni i quattro agenti che le bloccavano la strada verso la sorella.

Lì, sul lato più lontano del seminterrato, c'era Elise.

Indossava la stessa camicetta e gli stessi pantaloncini riferiti dalla nonna, quelli che indossava a scuola il giorno della sua scomparsa. Era scalza, sedeva rannicchiata contro il muro, fissando gli agenti di polizia come se fossero dei diavoli. Everly vide con la coda dell'occhio un secchio che sua sorella aveva ovviamente usato come gabinetto, ma lo ignorò, desiderando solo rassicurare Elise.

Si avvicinò a lei e cominciò a cercare di calmarla.

Va tutto bene.. Sono io. Sei ferita?

Elise alzò gli occhi verso la sorella, Everly quasi barcollò sotto il peso della confusione, del dolore e della paura che vide.

Sono io. Sono qui. Fece un passo verso Elise, sollevata quando non si mosse. *Mi sto avvicinando.*

Quando Elise annuì leggermente, Everly fece un altro passo avanti. Sentì Ball dire agli agenti di lasciarle un po' di spazio, che era la sorella della vittima; non fu mai stata così grata della sua presenza quanto in quel momento. Non riusciva a concentrarsi su di loro e ad assicurarsi che le lasciassero lo spazio per fare ciò di cui aveva bisogno per raggiungere la sorella.

Guardò brevemente dietro di lei e vide che Ball si era fatto avanti, più vicino sia a lei che a Elise. Il sostegno che sentiva con quel piccolo gesto era immenso. Era vicino, nel caso lei o Elise avessero avuto bisogno di lui, ma non si intrometteva in quello che stava succedendo.

Everly si avvicinò, poi si mise in ginocchio. Avanzò lentamente, fino a quando non si trovò proprio di fronte a Elise. *Ti ha fatto del male?* Le chiese con il linguaggio dei segni.

Non proprio. Ma non posso andare lontano a causa delle catene. Elise indicò le caviglie.

Ok. Adesso le togliamo. Ti ho cercato da quando sei scomparsa.

Mi dispiace, comunicò Elise freneticamente. *Mi dispiace tanto. Sono stata così stupida. Ho fatto esattamente quello che mi hai detto di non fare mai.*

Shhhhh. Troveremo una soluzione più tardi. Ora va tutto bene. Posso abbracciarti? chiese Everly.

Elise scosse la testa. *No. Sono disgustosa.*

Non mi importerebbe se fossi coperta di merda dalla testa ai piedi, replicò Everly a sua sorella, in tutta onestà. *Ho solo bisogno di abbracciarti.*

Il piccolo cenno di Elise fu tutto ciò di cui Everly aveva bisogno. Poco prima di riunirsi alla sorella abbracciandola, Everly si diede un altro rapido sguardo dietro la schiena. Ball era già lì, con un paio di tronchesi in mano. Non sapeva dove le avesse prese, ma era ovvio che lui esitava, lasciandole il tempo di stare un attimo con la sorella.

"Dobbiamo portarla via da qui," le disse dolcemente, pochi secondi dopo.

"Lo so," disse Everly, mentre stringeva ancora di più le braccia attorno a Elise. "Dacci solo un secondo." Sentì la sorella tremare, rimase immobile. Ma dopo un altro lungo momento, Elise mise le braccia intorno a Everly e la strinse forte.

Everly voleva sciogliersi in lacrime, ma sapeva di dover essere forte. Più tardi avrebbe avuto tutto il tempo di crollare.

"Devo toccarla per toglierle le catene," disse Ball. "Puoi avvertirla, per favore?"

Everly annuì e si tirò indietro, spostandosi al fianco di Elise. Toccava la sorella con le ginocchia, entrambe avevano bisogno di un contatto fisico. *Questo è il mio amico. Sta per toglierti quelle catene. Va bene?*

Everly guardò Ball, dovette fare uno sforzo enorme per evitare di piangere, mentre lui mimava faticosamente ciò che aveva cercato di imparare il giorno prima.

Mi chiamo Ball. Sei al sicuro.

Elise gli fece un cenno con la testa, poi si rivolse a Everly. *Wow, i suoi segni fanno schifo.*

Everly scoppiò a ridere, provando sollievo per la prima volta da quando aveva sentito urlare la sorella. Sarebbe stata bene. Le era successo qualcosa di terribile in quella stanza, era abbastanza ovvio, ma era viva e il suo senso dell'umorismo era ancora intatto.

Le rispose subito a gesti, *Sì, ma un giorno e mezzo fa non conosceva nessun segno, quindi dagli un po' di tregua.*

Ball? chiese Elise. *Che razza di nome è?*

Un soprannome.

Cosa significa?

Everly si rivolse a Ball, che aspettava pazientemente il permesso di toccare la gamba di Elise. "Vuole sapere come hai avuto il tuo soprannome."

Ball sorrise, anche se era un po' teso, Everly gli era molto grata, stava facendo del suo meglio per mettere Elise a suo agio. "Vuoi tradurre per me?" chiese.

"Certo," gli disse Everly, pronta.

Quando ero nella Guardia Costiera, ero un precisetto. Ogni cosa aveva il suo posto, odiavo essere disorganizzato. Avevo anche la capacità di capire quando le cose stavano per andare storte. Quando qualcuno stava per mentirmi. Quando stavano per tentare di fuggire. I miei compagni dicevano sempre che ero davvero "una palla." Ecco perché Ball. Il mio cognome è Black, ma è un bene che non mi abbiano chiamato così, visto che ho un amico a Colorado Springs il cui soprannome è proprio Black. Riesci a immaginare di avere due persone nello stesso gruppo di amici con lo stesso sopran-nome? Ma la cosa divertente è che avrebbero dovuto chiamarmi "Ball" perché il mio nome di battesimo è Kannon. Sai, come palla di cannone.

Everly non conosceva l'origine del suo soprannome e, dopo gli ultimi giorni, era interessata a scoprire tutto di lui. Erano stati spinti in una situazione molto intensa e si erano avvicinati in breve tempo. Ma non sapevano ancora tante piccole cose l'uno dell'altra.

Elise sorrise un po' alla battuta della palla di cannone, ma si rivolse a Everly. *Quindi lo conosci dal Colorado?*

Sì. Ora, per favore, può toglierti quelle catene, così possiamo andarcene da qui?

Elise si voltò verso Ball e annuì. Poi fece un gesto verso le catene e raddrizzò le gambe, dandogli accesso.

In pochi secondi, Elise era libera, Everly la stava aiutando a mettersi in piedi.

"Stai bene?" chiese Ball.

Everly annuì.

Poi Ball fece una cosa sconvolgente. Si rivolse a Elise e fece segni molto lentamente, non esattamente in modo corretto, ma abbastanza chiaro da farsi capire: *Tua sorella non avrebbe mai smesso di cercarti. Ti vuole molto bene.*

Everly non aveva idea che lui fosse così bravo.

Elise spostò lo sguardo da Ball a sua sorella, poi si rivolse di nuovo Ball. Rispose con una mano sola *Anch'io le voglio bene.*

Sii forte, aggiunse Ball, poi si rivolse ad Everly. "Vai con tua sorella. Io resterò qui e cercherò di scoprire quante più informazioni possibili. Verrò all'ospedale quando avrò finito. Se la terranno per la notte, mi assicurerò che tu abbia quello che ti serve per stare con lei. Chiamerò anche i tuoi nonni e farò loro sapere che Elise è stata trovata e che sta bene, e porterò anche loro in ospedale."

Parlava in modo molto concreto, come se non fosse un grosso problema il modo in cui si sarebbe preso cura di lei, di Elise e dei suoi nonni. Everly non aveva nessun altro nella vita a cui appoggiarsi in quel modo, qualcuno che si occupasse di tutte le cose da fare, per potersi concentrare solo su sua sorella. Sapeva che probabilmente avrebbe dovuto essere lei a chiamare sua nonna, ma in quel momento il suo obiettivo era Elise, e Ball sembrava averlo capito.

"Grazie," gli disse, non riuscendo a trovare le parole giuste per esprimere al meglio i propri sentimenti.

Poi lui la sorprese ancora una volta chinandosi e baciandola sulla fronte. Le stampò le labbra sulla pelle per un lungo momento, con fermezza e intensità, prima di tirarsi indietro. Annuì sia a lei che a Elise, prima di voltarsi per far loro strada fuori dal seminterrato.

Hai qualcosa da dirmi, sorellina? chiese Elise.

Ancora una volta, Everly fu sopraffatta dalla gratitudine per il fatto che Elise sembrava essere ancora in gran parte se stessa. Qualunque cosa fosse successa, non aveva spento la scintilla della vita in sua sorella. Non sapeva cosa dire di Ball, ma avrebbe detto tutto a Elise, se ciò l'avesse aiutata a superare il suo calvario.

I poliziotti le scortarono fuori casa e le accompagnarono in ambulanza. A Everly non piacevano i lividi sulla sorella, né quanto fosse sporca, ma era viva. Era tutto ciò che contava. Potevano affrontare tutto il resto... insieme.

CAPITOLO SETTE

BALL CONTINUAVA A CAMMINARE AVANTI e indietro senza sosta nell'ufficio del detective Ramirez. O faceva così, o prendeva a pugni qualcuno.

Erano passati due giorni da quando Elise e le altre ragazze erano state salvate da quella casa vuota, e i poliziotti non erano ancora vicini a trovare l'identità dell'uomo che le aveva rapite.

Everly era su una sedia davanti alla scrivania del detective, lo osservava. Era stata molto presa, negli ultimi due giorni. Era rimasta con la sorella in ospedale, prima di essere dimessa, dopo che i medici si erano assicurati che stesse bene, mentre Elise raccontava alle autorità quello che era successo.

La ragazzina aveva giurato di non essere stata violentata, all'inizio Ball non era sicuro di doverle credere. Pensava che stesse cercando di minimizzare quello che era successo, soprattutto davanti a lui e al detective. Ma dopo essere stato rassicurato da Everly che il dottore l'aveva visitata e aveva confermato quello che diceva Elise, si sentì immensamente sollevato.

Ma ciò non significava che Elise non fosse stata colpita da

ciò che le era successo. Aveva comunque subito un trauma. L'abuso mentale che il suo rapitore le aveva fatto subire era difficile da superare. Ball sapeva che, se ci fosse voluto troppo tempo per trovarla, prima o poi il tizio sarebbe passato alla violenza sessuale. Per come erano andate le cose, sembrava quasi che la stesse preparando per qualche strano ruolo.

Ball detestava quel dettaglio, soprattutto in base a quello che sapeva sui trafficanti sessuali.

Non era nemmeno sicuro della salute mentale di Everly. Era stata troppo occupata a prendersi cura di sua sorella e dei nonni per occuparsi di se stessa. Era stato Ball ad assicurarsi che avesse qualcosa da mangiare, quella prima notte in ospedale. Aveva portato anche altro, come ad esempio dei vestiti per dormire, aveva fatto in modo di portare una sorta di lettino nella stanza d'ospedale della sorella, in modo che Everly non cercasse di dormire in quella scomoda poltrona.

Vedere quanto Everly fosse attenta con la sorella gli ricordò quanto Holly fosse stata distratta con lui, quando era stato ferito. Si aspettava che lei facesse quello che Everly stava facendo in quel momento. Ovvero stare al suo fianco e comportarsi come se fosse stata preoccupata per lui.

Invece Holly gli aveva detto che non le piacevano gli ospedali, chiedendogli di chiamarla una volta dimesso. Quando l'aveva chiamata, lei aveva detto che era occupata e che non poteva andare a prenderlo. Aveva finito per chiamare un cazzo di taxi per andare a casa sua. E le poche settimane successive erano progressivamente peggiorate.

Lui aveva onestamente pensato che si sarebbero sposati, l'amava proprio tanto. Ma alla fine Ball si era reso conto che era una stronza egoista che cercava solo la scorciatoia più facile; finché stava nell'esercito, lui era quello giusto.

Richiamando i suoi pensieri cupi, Ball si concentrò su quel piccolo ufficio. Lui ed Everly erano andati alla stazione di polizia per parlare del caso con il detective Ramirez, per apprendere nuovi dettagli sui rapimenti. Everly aveva sentito la versione della sorella, ma volevano entrambi sapere cosa si stava facendo per trovare il responsabile.

C'erano sette ragazze in tutto. Tre erano tenute in camere da letto al secondo piano, una in soffitta, una nel soggiorno al piano principale e persino una nella cucina. Erano tutte incatenate come Elise. Ma a differenza di Elise, tutte le altre erano state violate.

Quasi tutte raccontarono versioni leggermente diverse della stessa storia: avevano parlato con un ragazzo online che credevano avesse la loro età. Dopo diversi mesi avevano accettato di incontrarlo, e quando il "papà" del ragazzo si era fatto vivo, erano salite sulla sua auto.

La ragazza più grande, però, si era semplicemente trovata nel posto sbagliato al momento sbagliato. Era stata picchiata a sangue e si era svegliata in quella casa fatiscente

La ragazza in soffitta era stata la responsabile del loro salvataggio. Quel giorno, con un sorprendente colpo di fortuna, il suo sequestratore non era riuscito ad agganciare completamente la serratura intorno alla catena della sua caviglia. Quando lui se ne era andato, lei aveva aspettato a lungo prima di andare alla finestra e romperla. Vedendo passare il tizio che portava a spasso il cane, si era messa a urlare a squarciagola, supplicandolo di chiamare la polizia.

La ragazza ne aveva sentite altre in casa, ma non sapeva quante fossero intrappolate come lei. Oltre a Elise, c'erano una dodicenne, due quattordicenni, due sedicenni e una diciottenne. Sembravano tutte molto diverse l'una dall'altra. Alcune erano alte, altre basse. C'erano una bionda, due brune, Elise aveva i capelli rossi, due con i capelli neri, la diciottenne aveva i capelli tinti di rosa.

"Pensiamo che chiunque abbia orchestrato tutto ciò stesse raccogliendo diversi tipi di ragazze per venderle al mercato nero," disse il detective.

"E cosa si sta facendo al riguardo?" chiese Ball.

"Tutto il possibile," disse Ramirez con calma. "Abbiamo coinvolto l'FBI, abbiamo una descrizione dell'auto del tizio, la sua descrizione fisica, stiamo analizzando tutti i loro colloqui per vedere quali altre informazioni possiamo raccogliere."

"Si rende conto che se quella ragazza non avesse rotto quella finestra, probabilmente non le avremmo trovate, vero?" chiese Everly.

Era la stessa cosa che aveva pensato Ball, ma che non avrebbe detto... davanti a Everly. Ma era una verità da affrontare.

"Non può saperlo," disse Ramirez.

"Avete almeno collegato le altre ragazze scomparse a Elise?" chiese Everly, con un'intuizione pazzesca. "Avevate liquidato anche loro come fuggitive? Nessuno dei loro genitori aveva le conoscenze che ho avuto io, quindi non sono stati in grado di assumere qualcuno come il mio amico Ball per aiutare a indagare e mantenere la pressione. C'è qualcosa di veramente sbagliato nella nostra società, quando scompare un ragazzino, dato che la prima cosa che pensano i poliziotti è che lui o lei sia semplicemente un fuggitivo e che alla fine tornerà."

"Le statistiche lo confermano, sergente Adams," rispose con tono piatto Ramirez.

"Lo so, ma non mi interessa. So anche che quando torno a casa, mi siederò a parlare con il mio capo. Anche se tre sparizioni su quattro sono un semplice caso di ragazzino scontento che scappa da casa, non è giusto per quella quarta famiglia liquidare così facilmente le proprie preoccupazioni."

Nessuno disse qualcosa per un lungo periodo di tempo. Poi Ramirez si schiarì la gola e disse: "Potremmo aver bisogno di parlare di nuovo con Elise. A volte le vittime possono ricordare più dettagli dopo un po' di tempo."

"Se avete bisogno di parlare con lei, sarà con me a Colorado Springs," disse Everly.

Ball smise di camminare e si girò per fissare Everly. Non avevano passato molto tempo insieme, negli ultimi due giorni; lei era stata per lo più con sua sorella. Non avevano discusso di quello che sarebbe successo dopo. Lui pensava che Everly avrebbe passato un po' più di tempo a Los Angeles con la sua famiglia, per poi tornare a Colorado Springs e cercare di riprendere la sua vita, proprio come Elise avrebbe fatto lì.

"Potrebbe essere la cosa migliore," disse il detective.

"In realtà, no. È una merda," disse Everly senza mezzi termini. "I suoi amici sono qui. I suoi nonni. La sua scuola. Ma non credo che sia più al sicuro qui, lo pensa anche lei. Finché non troverete l'uomo che l'ha rapita e aggredita, insieme a chiunque ci sia dietro l'intera operazione, sarà il più lontano possibile da qui. Quindi starà a Colorado Springs con me."

"Abbiamo bisogno che sia disponibile se abbiamo domande," rispose Ramirez.

"Non è un problema. Abbiamo agenti specializzati a supportare le adolescenti, nella mia stazione di polizia, e anche dei disegnatori di identikit."

"E la scuola?" chiese Ball.

Everly si voltò verso di lui, Ball le lesse mille emozioni negli occhi. Era agitata, non poteva biasimarla. Se la situazione fosse stata diversa, se Everly fosse stato rapita e il rapitore fosse ancora a piede libero, non si sarebbe sentito a suo agio a lasciarla a Los Angeles.

Quel pensiero avrebbe dovuto preoccuparlo... invece, gli sembrò la cosa giusta.

Anche se lui non conosceva Elise da molto tempo, il poco che aveva appreso lo aveva reso estremamente protettivo nei confronti di quella ragazzina. Era ferita e spaventata, ma faceva del suo meglio per comportarsi come se non lo fosse.

Gli aveva insegnato alcuni segni, lo aveva preso in giro quando li aveva completamente sbagliati. Era estremamente forte e coraggiosa... proprio come sua sorella.

"A Colorado Springs c'è una scuola per non udenti. Non è prestigiosa come quella che c'è qui, ma tutto sommato andrà bene," disse Everly.

"Ed Elise è d'accordo?" chiese ancora Ball.

"È stata lei a chiedermi se poteva venire a casa con me."

Ball annuì. La sua mente iniziò a turbinare con diversi piani.

"Mi dispiace che non siamo riusciti a trovarla prima," intervenne Ramirez.

"Anche a me. Ma l'abbiamo trovata, al momento sembra un miracolo. Apprezzo il modo in cui tutti hanno trattato mia sorella, da quando è stata salvata. La professionalità e la cura sono state impeccabili."

Il detective annuì.

Ball prese Everly per un gomito, quando lei si alzò in piedi, poi fece un passo indietro, lasciandole spazio. Fu interessante vederla interagire con i suoi colleghi poliziotti. Era come se le cadesse sopra un sudario. Era rigida, meno emotiva. Ball lo capiva, ma lo odiava comunque.

Nel momento in cui uscirono dalla stazione, lei si lasciò andare.

Ball non vedeva l'ora di toccarla, ma si mise le mani in tasca. "Posso mettermi in contatto con la compagnia di noleggio auto e chiedere di tenere l'auto più a lungo," disse, mentre attraversavano il parcheggio.

"Perché?"

"Pensavo solo che, visto che non ti piace volare, forse saresti stata più a tuo agio se fossimo tornati indietro in macchina. Il tuo capo ti ha dato un'altra settimana di ferie, giusto?"

"Sì, ma non è necessario. Possiamo volare."

Senza più riuscire a trattenersi, Ball allungò una mano e la prese per il bicipite. "Everly, tu odi volare. Possiamo andare in auto."

"Odio un sacco di cose. Mangiare cavoletti di Bruxelles. Fare il turno di notte. Portare via mia sorella da Me-Maw e Pop. Ma questo non significa che non le farò. Devo tornare a Colorado Springs, sistemare Elise a scuola, assicurarmi che stia bene nel mio appartamento, che si senta al sicuro e che il mio capo sia d'accordo che io faccia il turno di giorno, almeno per un po'. Non ho tempo di tornare in macchina."

Ball la fissò. Aveva ragione, ma in realtà non vedeva l'ora di conoscere meglio Elise e di passare più tempo con Everly. Gli era mancato dormire con lei; da quando era stata in ospedale con Elise, giustamente dormiva con la sorella. In qualche modo, nei pochi giorni in cui erano stati a Los Angeles, lui si era abituato ad averla tra le braccia. Quello che era iniziato come un semplice gesto, qualcosa che aveva fatto soprattutto perché sapeva che l'avrebbe infastidita, era diventato molto di più. "Ok. Lasciami chiamare Rex, lui organizzerà i nostri biglietti."

"Non è necessario," protestò lei.

"Sì invece."

"No, non lo è. Posso prendermi cura di mia sorella da sola."

"Nessuno dice che non puoi," rispose Ball, cercando di capire da dove venisse quell'improvvisa testardaggine. "Rex è entusiasta che Elise sia stata trovata. Fidati, è il suo obiettivo in ogni caso. Sarà felice di portare sia te che tua sorella fuori da Los Angeles, in modo che possa iniziare a stare meglio."

Everly abbassò le spalle e sospirò. "Lo so. È solo che è difficile accettare un aiuto."

"Se ti fa sentire meglio, vedila in questo modo... è per Elise, non per te."

Lei si mise a ridere. "Giusto."

"E c'è un'altra cosa."

"Cosa?"

"Io lavoro da casa. Quando non sono in missione, sarei felice se Elise venisse a casa mia dopo la scuola, se tu non sei ancora a casa. Può aiutarmi con il mio linguaggio dei segni e sentirsi più sicura."

"Lo faresti? Perché?"

"Perché?"

"Sì. Una settimana fa mi odiavi a morte."

"Una settimana fa ero un idiota," confermò Ball. "Ma mi hai fatto capire quanto mi sbagliavo. Mi piace Elise. Assomiglia molto a sua sorella maggiore. Inoltre... se lei è a casa mia, significa che potrò vedere anche te."

"Vorresti vedermi? Pensavo che tra Me-Maw, i ritagli di giornale, la discussione sulla nostra biancheria intima che si congiunge in lavatrice e i bisnonni, avresti corso più veloce che potevi lontano da me e non ti saresti mai guardato indietro."

Ball fece spallucce. "Sì, beh... hai pensato male."

Si fissarono a lungo l'un l'altra, prima che Everly sospirasse. "Grazie. Sarebbe di grande aiuto. So che è superfluo da dire, ma non lasciarle usare internet senza supervisione. So che ha quindici anni, ma è proprio per questo che è finita nei guai."

"Certo," disse Ball.

"Grazie."

"Come stai?" chiese Ball.

"Io?"

"Sì. Tu. È da un po' di tempo che giri come una trottola. So che dormivi bene prima che trovassimo Elise, ma non ti ho vista molto negli ultimi due giorni. Sembri stanca."

"*Sono* stanca," confermò Everly. "Ma sono molto grata che l'abbiamo trovata. Per me è difficile da esprimere, a parole. So meglio di molti altri quali fossero le probabilità che ciò accadesse. Anche se cercavo di essere ottimista, ho avuto il presentimento che sarebbe potuta sparire. Trovarla è stato un miracolo, e voglio solo portarla via da qui il prima possibile."

"Non ti biasimo."

"Ed Elise ha chiesto di nostra madre, ieri sera. Ha chiesto se mamma sapeva che era scomparsa e se pensavo che sarebbe andata a trovarla."

A Ball non importava che si trovassero in mezzo al parcheggio fuori dal dipartimento di polizia, prese subito Everly tra le braccia. Lei non oppose resistenza, al contrario, si sciolse praticamente su di lui. I suoi capelli gli sfiorarono la mascella, lui inspirò profondamente, avendo bisogno dell'intimità fisica tanto quanto lei.

"Mi dispiace," le disse.

"Anche a me. Non capisco. Elise è la sua carne e il suo sangue. Perché non dovrebbe importarle?"

Ball sapeva che Everly aveva già la risposta, ma doveva dire qualcosa. "I tossicodipendenti non possono letteralmente preoccuparsi di nulla se non del loro prossimo sballo. Lo bramano con ogni fibra del loro essere. Mentirebbero, imbroglierebbero e ruberebbero per averlo. Cose come il lavoro, la famiglia e gli amici cadono in disgrazia nella loro ricerca della droga."

"Lo so," borbottò Everly.

Rimasero così per un lungo momento, immersi nel comfort del contatto umano.

"Grazie per essere qui," disse Everly. "So che non volevi venire e che potevi già andartene. Invece, sei stato fantastico. Hai portato Me-Maw e Pop avanti e indietro dall'ospedale. Hai portato ad Elise dei vestiti per cambiarsi. Ti sei assicurato che mangiassi qualcosa. Non è passato inosservato."

Ecco un'altra cosa che Ball adorava di Everly. Non esitava a dire quello che pensava... nel bene e nel male. "Non c'era modo di lasciarti da sola, proprio quando l'abbiamo trovata."

Everly scrollò le spalle e si raddrizzò. Ball le teneva le mani sulla vita, così come le mani di lei stavano sulle sue braccia. Lei lo guardò negli occhi. "Una settimana fa, l'avresti fatto."

Aveva ragione.

"Cosa ci sta succedendo?" gli chiese.

"Non lo so," disse Ball a bassa voce. "Ma non mi sentivo così da molto tempo."

"Nemmeno io. Ero perfettamente felice di essere un ufficiale della SWAT con i fiocchi, e una poliziotta indipendente e cazzuta. Non avevo bisogno di nessuno e mi piaceva così. Ora la mia sorellina vivrà con me, non ho idea se l'uomo che l'ha rapita ci riproverà. Negli ultimi due giorni, mi sono girata per dirle qualcosa almeno una dozzina di volte, solo per avere la certezza che stesse ancora con me."

Ball ridacchiò. "Abbiamo passato praticamente ogni minuto di ogni giorno insieme per un po' di tempo, vero?"

Everly annuì.

"Se ti fa sentire meglio, ho dormito da schifo. Ammetto pienamente che ti stavo prendendo un po' per il culo quella prima notte, quando mi sono infilato dietro di te. Il lettone era abbastanza grande da poterci dormire dentro e non toccarci mai... ma lo scherzo mi si è ritorto contro, perché ora non riesco a dormire un cazzo quando non ci sei tu con me."

"Siamo un disastro," disse Everly scuotendo leggermente la testa.

"È stata una settimana intensa," disse Ball. "Mi piacerebbe vederti quando torniamo a casa."

"Ti sei appena offerto volontario per aiutarmi con Elise. Ci vedremo sicuramente," gli disse Everly.

"No, tipo, vederci, uscire insieme. Portarti fuori a cena, come una persona normale. Bowling. Magari al cinema. Vediamo se c'è qualcosa che ci attrae, una volta che saremo tornati alle nostre vite normali."

Lei lo fissò come se lui le avesse chiesto di togliersi i vestiti e di attraversare nuda la stazione di polizia alle loro spalle.

Sentendosi in imbarazzo, Ball si affrettò a dire: "Se vuoi. So di essere stato uno stronzo, e non ti biasimerei se non volessi avere niente a che fare con me. Sono stato totalmente sciovinista, avrei dovuto darti il beneficio del dubbio, ma tu conosci la mia storia, sai perché non l'ho fatto e..."

Everly lo interruppe. "Mi piacerebbe."

"Sì?"

"Sì. Anche se non posso promettere che avrò un sacco di tempo. Non so cosa farò con Elise, se usciamo insieme. Non mi sento a mio agio a lasciarla sola, e non avrò Me-Maw e Pop ad aiutarmi."

"Può venire con noi, oppure sono sicuro che uno dei miei amici si prenderà cura di lei. Non chiameremo una babysitter perché Elise è troppo grande, ma credo che anche lei non vorrà stare da sola, almeno per un po'."

"Lo farebbero?"

"Stai scherzando? Appena sapranno che ho un appuntamento vero e proprio, gli altri scoppieranno di gioia."

"Sembrate tutti molto uniti."

"Lo siamo. Farei qualsiasi cosa per quei ragazzi. Pensavo di sapere cosa fosse la fratellanza, quando ero nell'esercito, ma non è paragonabile a quello che ho trovato con loro."

"Come avete fatto a diventare Mercenari di Montagna?" chiese Everly.

"Abbiamo tutti ricevuto telefonate da Rex, che ci ha detto di venire a Colorado Springs per un colloquio. Ci siamo incontrati al The Pit, lui non si è mai presentato. Ci siamo incazzati, ma abbiamo finito per passare la notte a sparare cazzate e a giocare a biliardo. A quanto pare, il 'colloquio' è stato più o meno solo per vedere quanto ci trovassimo bene insieme, perché dopo ci ha chiamato per offrirci un lavoro."

"E non hai mai incontrato Rex, per tutto questo tempo?" chiese ancora lei.

Everly aveva ancora le braccia sul petto di Ball e lui le teneva ancora le mani sui fianchi. Lui sapeva di non avere fretta; si godette quel poco tempo da solo con lei. "No."

"E come hanno fatto i tuoi amici a conoscere le loro ragazze?"

Ball ridacchiò. "Sono tutte storie davvero lunghe, e lascio a loro il compito di raccontarle."

"Posso chiederti una cosa?

"Ma certo."

"È solo che... Non capisco come tu possa essere così contro le donne, eppure sembri così felice per i tuoi amici innamorati."

"Non sono contro le donne," disse Ball.

Everly inarcò un sopracciglio.

"Davvero, no," insistette lui. "Adoro Allye, Chloe, Morgan e Harlow come se fossero le mie sorelle. Farei qualsiasi cosa per loro. Sono coraggiose e intelligenti, meritano uomini fantastici come i miei compagni di squadra."

"Ma?" chiese Everly.

"Mi piace che abbiano trovato qualcuno che li completi, ma non lo desideravo per me a causa del mio passato. La mia ex, Holly, ha fatto davvero un gran bel casino con me, l'ultima cosa che volevo era essere messo di nuovo in una posizione così vulnerabile."

"Capisco."

"Non credo che tu lo capisca," disse Ball, stringendo la presa su Everly quando cominciò ad allontanarsi. "A livello razionale, sapevo che tutte le donne non erano come la mia ex compagna o la mia ex fidanzata. Ma non volevo comunque mettermi in gioco e farmi di nuovo male. Così ho tenuto le donne a distanza, dicendomi anche che non avrei più lavorato di proposito con una donna. Ma poi Rex ci ha tirato quel tiro mancino, e non ho avuto scelta."

Everly assunse un'espressione scocciata e tentò di allontanarsi ancora una volta. Ma Ball l'avvicinò a sé e le avvolse un braccio intorno alla vita, stringendola al petto.

"Ma in una settimana mi hai mostrato quanto il mio pensiero sia stato sbagliato... per anni. Anche se Riley e Holly avevano dei difetti, ciò non significa che dovrei far soffrire altre donne per il resto della mia vita... e non significa nemmeno che non dovrei cercare di trovare un po' di felicità per me stesso."

Lei lo guardò con occhi spalancati.

Ball proseguì. "Amo le donne dei miei amici. Farei qualsiasi cosa per loro, semplicemente perché li rendono felici. Ma solo negli ultimi due giorni ho capito veramente cosa provano i miei amici per loro."

"Ball..."

"Nessuna pressione, Everly," continuò Ball. "Voglio portarti fuori, conoscerti meglio. Voglio conoscere meglio Elise. Se le cose procedono, bene. Se decidiamo che siamo solo amici, bene. Ma, a prescindere da come andranno le cose tra noi, sappi che ti accoglierei al mio fianco in qualsiasi missione futura, senza fare la minima resistenza."

Lei sbatté rapidamente le palpebre alle sue parole, poi deglutì rumorosamente. "Io... Grazie."

"Non c'è di che." Poi Ball colse al volo l'occasione. Si sporse in avanti leggermente, dandole il tempo di respingere la sua avanzata, appoggiandole delicatamente le labbra sulle sue.

Everly si mise in punta di piedi, chiudendo la distanza tra di loro.

Il tocco delle loro labbra fu la migliore sensazione di sempre.

Nell'istante in cui si toccarono, Ball sentì qualcosa dentro di lui.

Mia.

Quella parola riecheggiava nella sua testa, ma Ball fu abbastanza intelligente da tenersela per sé. Sapeva senza dubbio che Everly non avrebbe mai preso troppo bene un'affermazione così possessiva, così presto nella loro relazione. Sicuro.

Ma ciò non cambiò la sensazione provata da Ball.

Le mise una mano sulla nuca per tenersela vicina, mentre cambiava il bacio da un breve incontro esplorativo a una vera e propria rivendicazione.

Non appena lui mosse la lingua, lei aprì la bocca, dandogli spazio e poi ricambiando. Ball gemette, sempre mentre si impossessava della bocca di lei. Entrambi inclinarono la testa, da una direzione all'altra. Lei gli afferrò le braccia, conficcandogli le unghie nella pelle.

Terminando il bacio molto prima di quanto avrebbe voluto, Ball si tirò indietro e si leccò le labbra, assaporando il gusto di lei. Ci volle un attimo perché Everly aprisse gli occhi, ma quando lo fece, Ball fu ricompensato da uno sguardo di tale lussuria da parte di lei che dovette sforzarsi di non divorarla di nuovo.

"Devo riportarti da tua sorella," disse Ball a voce bassa.

Lei fece un cenno con la testa.

"È passato un po' di tempo dall'ultima volta che l'ho fatto," le confessò.

"Fatto cosa?" chiese Everly.

"Questo," disse lui.

"Un appuntamento?" chiese lei con un piccolo sorriso.

"Sì, sono uscito con donne, ma l'ho fatto sapendo che non ne sarebbe venuto fuori nulla. Ma questo... questo significa qualcosa." Trattenne il respiro, aspettando la sua risposta.

"Sì," disse lei dolcemente.

Fu sufficiente. Sciogliendo le dita dai capelli di lei, le accarezzò il viso, prima di fare un passo indietro e darle un po' di respiro. "Pronta a tornare da Elise?"

Everly annuì con vigore.

"Se c'è qualcosa di cui hai bisogno, me lo farai sapere? Anche se si tratta solo di spazio. Non hai avuto neanche un minuto per te, da quando abbiamo lasciato Colorado Springs. Sono felice di intrattenere i tuoi nonni, o di badare a Elise, se hai bisogno di un'ora per stare seduta da sola in una stanza tranquilla."

"Grazie. Lo apprezzo molto. Davvero. È stata dura, visto che sono abituata a stare molto da sola, ma ora come ora, so che se avessi il tempo di pensare troppo a quello che sta succedendo, mi spaventerei più di quanto non lo sia già."

"Ok, ma qualsiasi cosa ti serva, fammelo sapere e farò il possibile per procurartela."

"Come una vaschetta di gelato artigianale," scherzò lei, un po' timidamente.

"Dimmi solo che gusto vuoi," disse seriamente Ball. Le prese una mano e le passò il pollice sull'anello al dito, mentre camminavano verso la macchina. "E questo vale anche per quando saremo di nuovo a Colorado Springs. Sarà un grande cambiamento, sia per te che per tua sorella, e l'ultima cosa che voglio è che il vostro rapporto soffra a causa di questi cambiamenti."

"Andrà tutto bene."

Ball fece un cenno con la testa. "L'offerta è sempre valida. E... spero che ci vedremo comunque molto."

Lei sorrise. Ball aspettò che lei salisse in macchina, poi chiuse la portiera dietro di lei.

Quando stavano tornando a casa di Me-Maw, Everly chiese: "Pensi davvero che si tratti di un traffico di esseri umani?"

Ball fu un po' deluso per il fatto che si tornava già a parlare di lavoro, ma forse era meglio così. "È probabile.

L'FBI indagherà, così come Ramirez e gli altri detective. Speriamo che riescano a trovare qualcosa che porti a distruggere l'intera rete."

"Lo spero."

"Anch'io."

Il resto del viaggio trascorse tranquillo. Ball era perso nei suoi pensieri, proprio come Everly. Era stata una settimana strana. Lui aveva avuto molte rivelazioni che avevano cambiato tutto, di come vedeva il suo futuro.

E per quanto ci provasse, non riusciva a togliersi quel bacio dalla testa.

Per quanto fosse stato irritato con Rex, per averlo costretto ad accettare Everly e averla coinvolta nella missione, non poteva negare che fosse stata la cosa migliore per lui.

CAPITOLO OTTO

CINQUE GIORNI DOPO, Ball si chiese se per caso avesse solo sognato quel momento di intimità avuto con Everly, a Los Angeles. Dal momento in cui erano tornati a casa dei nonni, Everly era stata presa da troppe cose. Elise si era seduta in mezzo a loro, sui voli di ritorno a Colorado Springs, ed Everly si era a malapena ricordata di salutarlo quando lui le aveva lasciate a casa di lei.

Lui l'aveva chiamata e le aveva parlato un paio di volte, ma lei sembrava distante e persino irritata dalle sue chiamate. Aveva fatto ricorso ai messaggi per non interromperla, ma i suoi messaggi di risposta erano brevi e quasi maleducati.

Ball aveva capito.

Pensava che avessero legato a Los Angeles, ma ovviamente si era sbagliato. Lei era stata sopraffatta dalla scomparsa della sorella, ma dopo averla ritrovata, Everly era sopraffatta... in modo diverso.

Sentendosi deluso e irritato, anche se capiva la posizione di lei, Ball fece del suo meglio per far finta che tutto andasse bene quando stava con i suoi amici, ma quando era a casa, da solo, era scontroso, si irritava per ogni minima cosa.

Così, quando gli vibrò il telefono con un messaggio nel tardo pomeriggio, decise di ignorarlo. Stava dando gli ultimi ritocchi a un sito web e non voleva essere disturbato da uno dei suoi amici che cercava di tirarlo su di morale. Per quanto avesse cercato di nascondere ai suoi compagni di squadra il suo stato d'animo, loro avevano capito come stavano le cose.

Quando il telefono vibrò per la quarta volta, Ball sospirò e lo prese in mano.

Elise: **Ci sei?**

Elise: **Mi è sembrato di vedere qualcosa e ho paura.**

Elise: **Ball?**

Elise: **Non so cosa fare!**

Il battito cardiaco di Ball aumentò, rispose mentre si dirigeva verso la porta.

Ball: **Sto arrivando. Resta dentro. Non aprire la porta. Dov'è Ev?**

Elise: **È rimasta bloccata al lavoro. Non volevo disturbarla.**

Ball scosse la testa per la frustrazione. Non sapeva nemmeno che Everly era tornata al lavoro. Pensava che avesse ancora un paio di giorni liberi prima di ricominciare i suoi turni.

Ball: **Sono lì in 5 min. Aspettami.**

Elise: **Ok.**

Ball guidò la sua Mustang come se stesse scappando dall'inferno. Per fortuna, il condominio di Everly non era troppo lontano da casa sua. Parcheggiò nel primo posto libero e si diresse verso l'appartamento di Everly. Mandò un messaggio a Elise mentre correva.

Ball: **Sono qui. Metti la mano sulla porta, così puoi sentire le vibrazioni del mio bussare. Busserò 2 volte. Poi non farò niente. Poi busserò altre 2 volte, così saprai che sono io.**

Elise: **Ok.**

Ball fece gli scalini due alla volta e si trovò davanti alla porta di Everly in pochi secondi. Bussò due volte, poi altre due volte. La porta si aprì immediatamente, Elise gli volò tra le braccia.

Ball la abbracciò ed entrò nell'appartamento, poi chiuse la porta. Si aggrappò ancora a Elise per un momento, prima di prenderla per mano e farla indietreggiare per poterla vedere.

Aveva tracce di lacrime sul viso, ma per il resto stava bene. "Stai bene?" le chiese lentamente, per farle leggere le labbra.

Lei annuì.

Odiando il fatto che non potesse parlare con lei, tirò fuori il telefono. Senza Everly a tradurre per loro, dovevano ricorrere all'invio di SMS per comunicare, ma non era poi tanto male: la ragazzina era rapida nell'inviare messaggi.

Ball: **Dimmi cos'è successo.**

Elise: **Stavo facendo i compiti quando mi è sembrato di vedere qualcosa fuori dalla finestra, con la coda dell'occhio. Ho guardato fuori e qualcuno stava correndo nel parcheggio. È andato dietro a qualche albero, giuro che si è fermato a fissare la finestra.**

Ball: **Vado a dare un'occhiata in giro. Tu rimani qui.**

Elise scosse violentemente la testa e gli afferrò il braccio.

Ball la abbracciò di nuovo. Quando lei smise di tremare, lui la lasciò andare e disse, nel linguaggio dei segni: *Sei al sicuro.* Poi digitò di nuovo sul telefono.

Ball: **Prometto che non me ne andrò, farò tutto ciò che è in mio potere per tenerti al sicuro. Devo ispezionare qui intorno, devo vedere se trovo qualcosa. Torno subito!**

Elise lesse il messaggio, poi annuì con riluttanza.

Ball le strinse una spalla e uscì all'esterno. Perlustrò tutta la zona intorno all'appartamento e non vide nulla di strano.

Nulla che richiamasse del pericolo, in generale. Non aveva idea se Elise avesse davvero visto qualcosa, o se avesse sofferto di disturbo post-traumatico da stress. Non si sarebbe sorpreso, in quel caso.

Sapeva che Everly l'aveva portata da uno psicologo e che stava facendo del suo meglio per far sentire Elise al sicuro, ma spesso la cura migliore era il passare del tempo.

Ball tornò indietro, mandando un messaggio ad Elise per avvisarla. La porta si aprì immediatamente, lei sollevò le sopracciglia e gli disse qualcosa nel linguaggio dei gesti.

Supponendo che gli stesse chiedendo se avesse trovato qualcosa, Ball scosse la testa.

Elise abbassò le spalle e si fece da parte, abbattuta. Poi digitò sul suo telefono.

Elise: **Mi dispiace di averti disturbato.**

Ball: **NON mi hai disturbato. Assolutamente. Hai fatto esattamente quello che dovevi fare. Hai chiesto aiuto. Non vergognarti mai di questo.**

Ball: **Se per te va bene, vorrei restare fino a quando Ev non torna a casa.**

Elise: **Mi piacerebbe.**

Le due ore successive passarono abbastanza velocemente. Ball aiutò Elise a fare i compiti di matematica, poi passarono il resto del tempo a praticare il linguaggio dei segni. Ball aveva imparato un mucchio di nuovi segni, Elise aveva perso lo sguardo tormentato nei suoi occhi, quando lui sentì una chiave nella serratura.

Alzandosi subito in piedi, Ball si mosse verso la porta e gesticolò: *Everly*.

Ball notò subito diverse emozioni scagliarsi sul volto di Everly, non appena lo vide. Sorpresa, piacere, irritazione, e infine preoccupazione.

"Cosa c'è che non va? Perché sei qui?" chiese lei.

"Elise mi ha mandato un messaggio, dicendo che pensava di aver visto qualcuno fuori. Era spaventata."

Everly si passò una mano sulla faccia, Ball vide l'esaurimento totale. Il senso di irritazione di Ball per il fatto che lei non l'avesse chiamato o contattato nell'ultima settimana sparì in un istante. La prese per il braccio e la portò sul divano, accanto a Elise.

"Siediti. Rilassati. Ti preparo una tazza di tè."

Everly non si oppose minimamente, il che gli confermò ancora di più quanto fosse stanca.

In piedi nella sua cucina, in attesa che l'acqua si scaldasse, Ball guardava Everly e sua sorella "parlare".

Le loro mani si muovevano velocissime, i progressi che Ball pensava di aver fatto per poter parlare con Elise sembravano uno scherzo, al confronto. Sapeva che ci volevano più di un paio d'ore per essere abile nel linguaggio dei segni, ma vederle parlare gli fece capire esattamente quanto tempo ci sarebbe voluto.

Everly indossava ancora la sua uniforme. Una volta aveva pensato che vederla in divisa gli avrebbe ricordato troppo Riley e la sua avversione per il lavoro con le donne, ma non fu così.

Al contrario, pensò subito a come avrebbe voluto aiutarla a togliersela, pezzo per pezzo. Come scartare un regalo.

Ball scosse la testa: il fatto che non avessero avuto conversazioni significative da quando erano tornati a Colorado Springs non faceva presagire nulla di buono, per qualsiasi tipo di strip nel futuro prossimo. Così versò il tè, poi si portò nell'altra stanza con la tazza.

Everly la prese con un piccolo sorriso, ne bevve un sorso, poi appoggiò la tazza sul tavolino davanti a lei e continuò la sua conversazione con Elise.

Ball non aveva idea di cosa stessero dicendo, ma nessuna delle due sembrava spaventata, quindi decise di prenderlo come un buon segno. Rimase in silenzio e si sedette su una sedia lì in zona. Era interessante osservare le sorelle così da vicino. Avevano entrambe i capelli rossi e gli occhi verdi, ma dove Elise era piccola, Everly non lo era. Era un po' più alta di sua sorella, aveva le forme giuste, le forme di una donna adulta. Elise era carina, ma ai suoi occhi Everly era bellissima.

Uscì dalle sue riflessioni quando Everly si rivolse a lui. "Mi porteresti il telefono di Elise? Ha detto che è sul tavolo."

"Certo. Qualcosa non va?" chiese Ball alzandosi in piedi per prendere il telefono.

"No, la controllo ogni giorno per assicurarmi che non abbia parlato con qualcuno con cui non dovrebbe."

Aveva senso, ma Ball detestava quel protocollo.

"Deve avere un telefono, per sicurezza, ma ho il terrore che chiunque stesse parlando con lei prima, chiunque l'abbia rapita insomma, cerchi di mettersi di nuovo in contatto con lei. Elise giura di non aver scaricato nessuna delle app che usava prima, ma sono ancora paranoica."

Ball passò il telefono a Everly. "Non ti biasimo." Sapeva di essere scortese con Elise, ma si girò in modo che lei non potesse vedere la sua faccia mentre diceva ad Everly: "Se vuoi, posso chiedere a Meat o a Rex di metterci un localizzatore. Potrebbero anche monitorarlo, per essere sicuri."

Everly lo guardò. "Faresti questo per lei?"

"No."

Lei sbatté le palpebre, sorpresa. "Ma hai appena detto..."

"Lo farei per te."

"Ball..." iniziò lei, ma poi Elise le toccò un braccio e formulò una frase.

Everly annuì e controllò il telefono. A Elise non sembrava importare che la sorella la stesse controllando. Attese pazientemente finché Everly constatò che Elise non aveva parlato con qualcuno di pericoloso.

Le ragazze comunicarono ancora un po', poi Elise si alzò

in piedi. Si avvicinò a Ball, che era ancora in piedi vicino al divano, e gli formulò una frase lentamente, in modo che lui potesse capirla. *Grazie per essere venuto.*

Non c'è di che, rispose Ball. *Chiamami quando vuoi.* Non vedeva l'ora di imparare i segni per formare altre parole. Sillabare ogni singola parola era fastidioso e ci voleva un'eternità.

Elise sorrise e si avvicinò per abbracciarlo.

Ball restituì l'abbraccio, poi la seguì con lo sguardo mentre si dirigeva verso un breve corridoio e scompariva in una stanza.

Si rivolse a Everly. Lei lo stava fissando con un'espressione indecifrabile. "Cosa c'è?"

"Perché sei così gentile?"

Ball si accigliò. "Non capisco."

"Non ti ho più visto da quando ci hai portate a casa. Ti ho ignorato... in pratica sono stata una stronza, quando non hai fatto niente per meritartelo."

"Direi che siamo pari, allora," disse Ball con calma. "Perché è così che mi sono comportato con te, quando ci siamo incontrati la prima volta."

Everly chiuse gli occhi e fece crollare la testa sul cuscino dietro di lei.

Ball si avvicinò e la fissò a lungo. Poi le tese una mano. "Andiamo."

Lei aprì gli occhi, lo guardò in faccia, poi gli guardò la mano. Senza esitare, Everly si sollevò e mise la mano nella sua. Lui la tirò in piedi, poi la girò. Con le mani sulle spalle di lei, la condusse lungo il corridoio verso l'altra camera da letto. "Cambiati. Mettiti qualcosa di comodo. Poi esci e parliamo. Oppure no. Oppure guardiamo la TV. Qualunque cosa tu voglia fare."

"Quello che voglio davvero fare è riuscire a dormire più di due ore a notte," mormorò Everly.

"Cambiati, Ev," ordinò Ball.

"Prepotente," protestò lei, ma sorrise leggermente.

Ball sorrise di rimando e la lasciò entrare nella sua stanza.

Venti minuti dopo, Everly tornò nella zona giorno. Aveva un paio di leggings neri e una maglietta oversize che la copriva fino a metà coscia. I capelli erano sciolti, liberati dallo chignon in cui erano rimasti intrappolati tutto il giorno; dato che erano mossi, le incorniciavano il viso stanco. Si era lavata bene la faccia, era ancora un po' rosa. Ma anche dopo essersi cambiata e rinfrescata, sembrava ancora stressata.

"Vieni qui," disse Ball dal divano, poi tese un braccio. Sorprendentemente, lei lo ascoltò. Si chinò sempre più in basso, si appoggiò a lui e alzò le ginocchia. Ball strinse il braccio intorno a lei e rimasero seduti in silenzio per qualche minuto.

"Hai fame?"

Lei scosse la testa. "Ho preso qualcosa mentre tornavo a casa. Pensavo che Elise avesse già mangiato."

"L'ha fatto."

"Hai trovato qualcosa?" chiese Everly.

Ball sapeva a cosa si stava riferendo. "No."

"Pensi che se lo stesse inventando?"

"No, ma era molto scossa quando sono arrivato. Poteva essere la sua immaginazione, ma dimmi, tende a esagerare?"

"Non lo ha mai fatto, ma questo prima di essere rapita da qualcuno che probabilmente voleva venderla come schiava sessuale."

"Ho sentito Rex, ieri. Ha detto che l'FBI non è ancora riuscita a trovare ulteriori informazioni."

Everly sospirò. "Ma pensano ancora che sia un giro di traffico sessuale?"

"Sì. Il modus operandi corrisponde. Rapire tutte quelle ragazze nello stesso periodo, tutte molto diverse, non è una cosa che farebbe un comune rapitore."

"Quindi aspettiamo e basta?" chiese Everly.

"Aspettiamo e basta," confermò Ball.

"L'attesa fa cagare."

Ball ridacchiò, non riuscendo a trattenersi. "Sì, Ev, è così." Poi il suo tono si fece più cupo. "Cos'è successo?"

"Cosa?" chiese lei.

"Cos'è che ho fatto che ti ha fatto cambiare idea su di noi?"

Non era sicuro che lei avrebbe risposto, ma alla fine, Everly disse dolcemente: "La mia vita è così incasinata. L'ultima cosa di cui hai bisogno è di farti coinvolgere da me e dai miei problemi. Non voglio incasinarti la testa come ha fatto la tua ex."

Si voltò a guardarla. "Come pensi di riuscirci?"

Everly fece spallucce. "Probabilmente avrò la mia sorellina adolescente che vivrà con me per il prossimo futuro. È sorda, e anche se questo significa poco per me, so quanto dovrà lottare nella società di oggi. I datori di lavoro penseranno che è stupida solo perché non può sentire. Sarà presa in giro e derisa. I miei nonni non stanno ringiovanendo e vivono in una città che odio. Mia madre è una stronza. E io devo capire come aiutare Elise a superare quello che le è successo, tenerla al sicuro e andare al lavoro per poter avere un tetto sulla testa. Non ho idea di come fare tutto questo e avere un ragazzo allo stesso tempo. Ho solo pensato che sarebbe stato più facile per entrambi se avessimo lasciato perdere."

"Vuoi sapere come puoi fare tutto questo e avere un fidanzato allo stesso tempo?" chiese Ball.

Everly lo guardò, ma non rispose.

"Lascia che il tuo ragazzo ti aiuti. Non devi fare tutto da sola, Ev."

"Non voglio approfittarmi di te," rispose lei.

"Lasciare che ti aiuti non è approfittare. Mettiamola così... se mi succedesse qualcosa durante una delle mie missioni, e dovessi stare su una sedia a rotelle per qualche mese, cosa faresti?"

"Non è la stessa cosa," protestò lei.

"Non lo è?" chiese Ball con tono neutro.

Lei scosse la testa cocciutamente.

"Lascia che ti aiuti," la supplicò Ball. "Non dobbiamo uscire insieme. Che tu ci creda o no, capisco la tua riluttanza. Ma lascia che ti aiuti a sistemare Elise. Come avevo suggerito prima, può venire a casa mia dopo la scuola e continuare ad aiutarmi con il linguaggio dei segni. Mi assicurerò che faccia i suoi compiti e che stia lontana da internet. Se devo andare in missione, farò in modo che Allye, Chloe o una delle altre rimangano con lei."

"Ma non le conosco nemmeno," protestò Everly.

"Te le farò conoscere. Allye è incinta, ed è già in quella fase materna in cui ama tutti. Adorerà Elise ... non che gli altri non lo faranno."

Everly chiuse gli occhi e rimise la testa sulla spalla di Ball. "Ho paura."

"Anch'io."

"Davvero?"

"Sì, Ev. La mia ultima relazione è andata in frantumi, e cosa ne so io delle ragazze adolescenti? Niente. Ma sono disposto a fare un tentativo. Se esiti a causa mia, non devi far altro che dirlo. L'ultima cosa che voglio è scoprire in pochi mesi che la chimica che sento è a senso unico. Ti presenterò comunque alle altre, loro faranno comunque tutto il possibile per aiutarti. Rex farà di tutto per andare a fondo e prendere il responsabile. Accettare l'aiuto da parte mia non è un obbligo."

Lei alzò lo sguardo verso di lui... e poi si mise a cavalcioni sul suo grembo.

Sorpreso, Ball le afferrò i fianchi per tenerla ferma.

"Non sto esitando per colpa tua... Beh, non nel modo che intendi tu. È solo che... Ero spaventata da quanto mi sono fidata di te, quando eravamo a Los Angeles. Non sono mai stata così con nessun altro in vita mia, e questo mi ha preoccupato. Non voglio diventare una di quelle donne che non possono fare niente, senza prima consultarsi con il suo fidanzato... una che non può prendere decisioni da sola."

Ball non riuscì a trattenersi. Si mise a ridere.

Lei lo fulminò con lo sguardo. "Sono seria."

"Lo so, e mi dispiace. Ma Ev, non ho dubbi che non sarai mai *quel* tipo di donna. Una delle cose che ammiro di più in te è il fatto che non hai bisogno di me. Holly raramente prendeva decisioni da sola. Io dovevo decidere cosa avremmo mangiato per cena, quando andare al supermercato, dove andare agli appuntamenti, guidavo sempre io. Era estenuante."

Everly lo studiò per un momento, poi si appoggiò a lui.

Ball la tenne vicina al petto e si spostò per mettere i piedi sul tavolino davanti a lui. Non riusciva a credere a quanto bene si incastrassero. "Dammi una possibilità, Ev," disse in silenzio. "Dacci una possibilità."

Lei annuì, Ball si sentì come se avesse appena vinto la lotteria.

Rimasero a lungo abbracciati sul divano, godendo della reciproca compagnia. Così a lungo che Ball sentì il momento in cui Everly si lasciò andare del tutto tra le sue braccia. Si era addormentata.

Spostandosi il più lentamente possibile per non svegliarla, Ball si infilò un cuscino sotto la testa e si rilassò sul divano. Non aveva idea di quanto a lungo avrebbe dormito in quel modo, ma non avrebbe fatto nulla per svegliarla. Lei aveva bisogno di riposo, lui avrebbe fatto tutto il possibile per aiutarla.

Chiudendo gli occhi, Ball inviò una preghiera silenziosa

affinché le cose si risolvessero. Elise sarebbe stata meglio, Everly avrebbe imparato a fidarsi di lui e Rex avrebbe capito se c'era ancora una minaccia contro Elise. Per il momento, avrebbe fatto tesoro della fiducia che Everly gli aveva concesso, abbassando la guardia tanto da addormentarsi tra le sue braccia.

———

Nella sua stanza, Elise si coprì la testa con le coperte e accese il telefono. Era nuovo. Everly gliel'aveva comprato il giorno del loro arrivo a Colorado Springs. Era anche una versione più aggiornata rispetto a quella vecchia, quindi era una figata.

Cliccò sull'app store e scaricò un'applicazione per la calcolatrice.

Ma non era affatto una calcolatrice. Rob le aveva parlato di quell'app segreta, così potevano parlare senza preoccuparsi che qualcuno ficcasse il naso negli affari loro. All'epoca, lei l'aveva trovata dolce e un po' audace. Ma al momento, la cosa sembrava solo inquietante.

Non poteva comunque fare a meno di chiedersi se quello che era successo non avesse nulla a che fare con Rob. Il ragazzo che lei pensava di conoscere era dolce, lui era sempre stato molto attento a lei.

Intrappolata in quella casa, si era convinta che Rob non esistesse. Sapeva che Everly e Ball erano sicuri che la persona con cui aveva parlato per tutti quei mesi era la stessa che l'aveva rapita.

Ma al sicuro, a Colorado Springs... Elise non poteva fare a meno di sperare che si sbagliassero tutti.

Doveva saperlo, in un modo o nell'altro.

Confidando che Everly stesse dormendo o che stesse ancora parlando con Ball, cliccò sull'icona dell'applicazione di messaggistica ed effettuò il login.

Quello che vide la fece inorridire.

Non solo gli ultimi messaggi che lei e Rob si erano inviati l'un l'altro erano ancora lì, ma lui le aveva scritto anche dopo che lei era stata salvata.

Rob: Sono eccitato all'idea di incontrarti gg.

Elise: Anke io.

Rob: Incontriamoci di fronte a quel distributore di benzina vicino alla tua scuola.

Elise: Ok.

Rob: Elise?

Elise: Sì?

Rob: Ti amo.

Elise: Ti amo anch'io.

Rob: C vediamo presto.

Quello era stato l'ultimo messaggio che aveva visto, prima di essere rapita. I successivi risalivano al giorno dopo che era stata salvata.

Rob: Sei tu quella giusta.

Rob: La mia preferita.

Rob: Siamo fatti per stare insieme.

Rob: Le altre ragazze non reggono il paragone, in confronto a te.

Rob: Nessuno ti amerà come me. Non ti lascerò mai. Saremo una bella famiglia.

I poliziotti e Everly avevano ragione. Rob non esisteva. Aveva parlato con il vecchio per tutto quel tempo. Non con il bel ragazzo che aveva sognato.

Senza pensare alle conseguenze, Elise digitò rapidamente una risposta.

Elise: Sei malato! Non hai 17 anni, sei vecchio. Mi hai fatto del male! Mi hai mentito, come fa sempre mia madre. Lasciami in pace!!!

Come se fosse stato seduto ad aspettare la sua risposta, il telefono vibrò immediatamente.

Rob: Mai. Tu sei mia.

Terrorizzata, Elise uscì dall'applicazione e la cancellò immediatamente dal suo telefono. Si sedette e buttò il telefono per terra, senza preoccuparsi di romperlo. Poi si sdraiò di nuovo, si coprì la testa ancora una volta e singhiozzò.

CAPITOLO 9

Cinque giorni dopo, Everly si fermò fuori dal locale con sala da biliardo dall'aspetto malandato. Il cartello era storto e con una sferzata di vento potente sarebbe caduto a terra, molto probabilmente. I pannelli di legno all'esterno dell'edificio gli conferivano un aspetto rustico.

Come se potesse leggerle la mente, Ball disse: "Non è così male come sembra."

Everly inarcò un sopracciglio. "Sono già stata qui, ricordi?"

Lui ridacchiò. "Giusto. Andiamo."

Everly sentì la mano di Ball sulla parte bassa della schiena, mentre la dirigeva doverosamente verso la porta. Era circa mezzogiorno, Elise era a scuola. Everly aveva il giorno libero, Ball aveva deciso che era giunto il momento di riprendere contatto con la sua squadra e di far conoscere Everly alle altre ragazze. Aveva fatto in modo che si riunissero tutti al The Pit.

Everly era nervosa. Quelli erano gli amici di Ball. Gli uomini e le donne per cui avrebbe smosso mari e monti, se necessario. Se non faceva colpo su di loro, sentiva che il rapporto tra lei e Ball era fottuto.

Sembrava proprio che *avessero* una relazione. Everly non era sicura di come fosse successo. Non era passato molto tempo da quando era entrata in quel bar e aveva sentito Ball parlare male di lei. Si era incazzata e offesa.

Ma Ball era riuscito a strisciare sotto le sue difese. Non passavano un solo giorno senza vedersi, anche se solo per una mezz'oretta. Qualche giorno prima, Ball era passato a casa di Everly, subito dopo che lei aveva finito il suo turno, per consegnarle una lasagna che aveva preparato per lei ed Elise. Un altro giorno, era arrivato dopo che Elise era andata a letto ed erano rimasti seduti a parlare fino a quando lei non aveva guardato l'orologio e si era accorta che era già l'una del mattino.

Le aveva chiesto dei nonni e l'aveva tenuta aggiornata sulle indagini sul traffico di esseri umani a Los Angeles. Poi si scambiavano dei messaggi. Lui le mandava continuamente messaggi, per farle sapere che pensava a lei, o per dirle cosa aveva trovato Rex, o per prenderla in giro bonariamente.

Non solo, ma Ball mandava messaggi anche a Elise. Everly aveva fatto una lunga chiacchierata con la sorella sulla sicurezza di internet, un po' tardi magari, ma come si suol dire... Meglio tardi che mai. Ogni mattina Everly controllava il telefono di Elise, anche se non era contenta di doverlo fare. Anche Elise non era contenta che la sorella la controllasse, ma ne capiva il motivo.

Ogni mattina Everly scorreva pagine e pagine di messaggi tra Ball ed Elise. La sua sorellina si stava lentamente aprendo sempre più con il Mercenario, Everly non fu sorpresa di constatare che lui fosse estremamente sensibile nelle sue risposte. Ascoltava le preoccupazioni della ragazzina sulla ricerca di amici, l'inserimento a scuola... Avevano anche avuto una conversazione abbastanza approfondita sul sesso e sulle relazioni. Argomenti di cui Elise non voleva discutere con

Everly; in particolare, perché gli uomini come il tizio che l'aveva rapita facevano del male alle donne, e come Elise non avrebbe mai dovuto fare sesso sotto pressione con qualcuno. Everly notò un messaggio in particolare:

Ball: **Il sesso può essere molte cose... appassionato, veloce, lento, esilarante, giocoso e serio. Ma non dovrebbe mai contemplare il dolore. O manipolazione. Da parte tua o sua.**

Everly non aveva mai fatto del sesso *giocoso*. Neanche così tanto appassionato. Ma Ball aveva ragione nel dire che non dovevano esserci dolore o manipolazione.

Ball era perspicace e sensibile a quello che Elise aveva passato, tanto che Everly lo apprezzava sempre di più.

Ma le loro conversazioni non erano tutte impregnate di serietà emotiva. Ball le aveva inviato anche brevi video di lui che usava il linguaggio dei segni. Stava migliorando, ma era ancora piuttosto lento. Elise era estremamente paziente mentre lo correggeva, gli aveva inviato alcuni video di se stessa, video in cui gli mostrava dei segni.

Everly amava vedere sbocciare quella relazione tra la sorella e Ball, ma era anche preoccupata. Non pensava che Ball fosse il tipo di uomo che avrebbe abbandonato Elise, se le cose tra lui e Everly non avessero funzionato, ma non poteva fare a meno di pensarci.

Ball era quasi tutto quello che lei aveva sempre voluto in un partner, ciò la spaventava a morte. La sua vita era già abbastanza folle così com'era. Non era sicura di volere o di poter inserire un uomo nel resto della sua vita. Ma non poteva negare che fosse bello stare con lui.

Entrarono nel bar, era proprio come Everly lo ricordava. Un po' buio, l'odore di bevande alcoliche predominante, la musica che usciva da un jukebox in un angolo del locale. Pensò che il volume della musica sarebbe stato alzato man mano che il locale si riempiva, ma per il momento era semplicemente un sottofondo tranquillo. Ball la condusse al bancone.

"Everly, lui è Noah Ganter. Ci sono diversi baristi, ma Noah e Dave sono i migliori."

Everly allungò una mano. "Ciao, è un piacere conoscerti." Il barista era probabilmente poco più che ventenne, aveva proprio un'aria da bravo ragazzo. I suoi capelli castani erano arruffati, gli occhi nocciola scintillanti di umorismo. Sembrava felice, come se non avesse una sola preoccupazione al mondo.

"Piacere mio," disse Noah. "Posso offrirti qualcosa da bere?"

Era ancora presto e anche se non guidava, Everly non era una gran bevitrice. "Una Coca Cola?"

"Me lo chiedi o me lo dici?" chiese Noah con un sorriso.

Everly ricambiò il sorriso. "Dimmelo tu."

Noah prese una lattina di Coca Cola e la mise sul bancone davanti a lei. "Prima che tu me lo chieda, le donne al The Pit ricevono sempre acqua in bottiglia e bibite in lattina. Questo è un bar piuttosto sicuro, ma le stronzate succedono. Anche se *non* succederà niente, se possiamo evitarlo."

A Everly piacque quel pensiero. Prese la lattina e gli fece un cenno. "Lo apprezzo."

"Quando vuoi."

Noah prese un bicchiere e versò a Ball un ginger ale. Completò il drink mettendo un lime e un limone nel bicchiere, poi lo fece scorrere sopra il bancone, verso il Mercenario. "Sai, potresti semplicemente ordinare una Sprite. Sarebbe la stessa cosa."

"Mi piace questo," disse Ball.

Durante tutta la breve conversazione, la mano di Ball era sempre rimasta sulla schiena di lei. Così le fece un po' di pressione per allontanarla dal bancone.

Ma prima che si allontanassero troppo, Noah gridò: "Everly?"

Lei si girò. "Sì?"

"Se mai ti stancassi di Ball, sono single!"

Everly scoppiò a ridere. Aveva la sensazione che Noah fosse una persona divertente, ma dopo la spinta da parte di Ball, preferì di gran lunga l'intensità del *suo* biondo.

"Sul serio?" ringhiò Ball.

Everly mise un braccio intorno alla vita di Ball e se lo tirò verso il fianco. "Grazie," disse a Noah. "Lo terrò a mente."

"No che non lo farai," borbottò Ball, mentre si girava verso la porta che portava sul retro.

Prima di varcare la porta, sentivano il frastuono di un nutrito gruppo di persone intento a chiacchierare. Appena Ball ed Everly entrarono, il brusio cessò immediatamente e tutti si voltarono verso di loro.

Everly aveva già visto tutti una volta, ma le circostanze erano diverse. La prima volta era andata lì per ottenere dettagli su come i Mercenari di Montagna l'avrebbero aiutata a trovare sua sorella. Ma in quel momento, era lì per una visita di cortesia.

Di solito non le importava cosa la gente pensasse di lei. Come poliziotta, era abituata ai commenti sprezzanti e ad essere odiata a prima vista. Ma non era lì come agente di polizia. Era con Ball e sapeva senza dubbio che sarebbe stata giudicata.

Lui la condusse al gruppo radunato in piedi intorno a due tavoli da biliardo. Senza lasciarla andare, salutò gli uomini con un cenno del mento.

"Era ora che arrivassi," disse una delle donne.

Ball le sorrise. "Scusa se ti ho fatto aspettare, Allye."

Quindi era quella la famigerata Allye. Everly aveva tanto sentito parlare di lei, Ball aveva persino accennato al fatto che forse sarebbe stata disposta a parlare con Elise, visto che anche lei era stata rapita.

La donna incinta si avvicinò a loro e diede a Ball un breve abbraccio. Poi si rivolse a Everly. "Ciao, sono Allye. Sto con Gray. Sono proprio felice che tua sorella stia bene."

Con quella breve introduzione, Allye si conquistò un posto nel cuore di Everly. La preoccupazione per il benessere della sorella le rese subito simpatica quella donna.

"Anch'io," rispose Everly.

"La cosa davvero spaventosa è che potrebbe succedere a chiunque," disse una donna alta più o meno come Elise. "Voglio dire, le adolescenti sono troppo vulnerabili e gli stronzi come chi l'ha presa lo sanno. Oh, e io sono Chloe."

"Ciao," la salutò Everly.

Un'altra donna si avvicinò e abbracciò Everly. Aveva i capelli biondi con le punte tinte di viola. In genere a Everly non piaceva che la gente che non conosceva la toccasse, ma sapere che quelle erano amiche di Ball lo rendeva tollerabile. La nuova arrivata si tirò indietro velocemente. "Sono Harlow. Mi dispiace per quello che è successo a tua sorella, ma ti ammiro per averla riportata qui a vivere con te. E con i nostri uomini sul caso, so che sarà al sicuro."

"Grazie."

Everly riconobbe l'altra donna che si fece avanti. Sbatté le palpebre per la sorpresa. C'era anche l'altra volta, al The Pit? Se sì, non l'aveva proprio notata. Eppure avrebbe riconosciuto quella donna ovunque... Morgan Byrd. Forse la persona scomparsa più famosa negli Stati Uniti negli ultimi vent'anni.

"Ciao, Everly. Sono Morgan," disse la donnina.

"Lo so," rispose Everly.

Morgan le regalò un piccolo sorriso. "Sì, è strano essere famosa perché sono stata rapita. Comunque, volevo solo dirti: benvenuta tra noi matti. Probabilmente siamo tutti un po' troppo aperti, tendiamo a dire tutto quello che ci passa per la testa, ma in ogni caso, restiamo al fianco dei nostri uomini e delle altre ragazze. Se sei con Ball, significa che sei una di noi. È strano dirlo ad una poliziotta, perché, beh... tu *sei* una poliziotta. Ma se hai bisogno di qualcosa, non devi far altro che chiedere e noi ci saremo. Se hai bisogno di un posto dove Elise possa andare mentre lavori, una di noi sarà felice di farle compagnia per te."

Everly non piangeva quasi mai, ma sentì gli occhi pizzicare per le parole di Morgan. Era una donna che aveva passato un inferno assoluto, ma non si era lasciata abbattere. Voleva che anche Elise *la* conoscesse, per rendersi conto che le cose brutte che le erano successe non dovevano definirla. Poteva andare avanti senza paura ed essere felice. "Grazie," rispose a bassa voce.

Sentì il pollice di Ball che le faceva delicate carezze sui lombari, dandole un sostegno silenzioso. Si era sempre sentita parte di un gruppo. L'affetto che condivideva con i suoi colleghi poliziotti era profondo. Ma non era *così* profondo.

Quelle donne si erano aperte subito, come se fosse scontato che lei e Ball sarebbero stati insieme per sempre. Si comportavano come se lei fosse una parte permanente del loro piccolo gruppo, quando lei e Ball non si conoscevano neanche da un mese.

"E naturalmente, i miei compagni di squadra," disse Ball, aiutandola a mettere da parte le sue emozioni, mentre andava avanti con le presentazioni. "Hai già incontrato la maggior parte di loro e hai parlato con alcuni al telefono per poco, ma nel caso te ne fossi dimenticata, lui è Gray. Ha messo incinta Allye."

Tutti scoppiarono a ridere e Everly apprezzò quel momento di leggerezza, per spezzare la tensione.

"E lui è Ro. Gli piace far finta di essere americano, ma si capisce dal suo accento che è un inglese in tutto e per tutto."

"Vaffanculo," disse Ro con un sorriso compiaciuto. "Ho

vissuto qui in territorio pagano abbastanza a lungo da poter chiamare Sam anche mio zio."

"Sam?" chiese Everly, guardando Ball.

"Zio Sam?" le disse ridacchiando.

"Oh! Accidenti," disse Everly con un sorriso. "Ciao, Ro. È un piacere incontrarti di nuovo."

"E loro sono Arrow e Black," disse Ball, indicando gli amici. Poi si rivolse all'unico uomo da solo. "Ev, ti presento Meat. Meat, ti presento Everly."

Everly ebbe di nuovo lo stesso pensiero che aveva avuto al suo primo incontro: quel tizio non assomigliava per niente a un nerd del computer. Probabilmente era alto circa un metro e ottanta, con capelli e occhi castani che sembravano passare dal grigio al blu tempestoso, per poi tornare al grigio. Era magro, ma con spalle molto larghe. Everly pensava che avesse il fisico come quello dei nuotatori che aveva visto alle Olimpiadi.

"Cosa? Non dirmi che non sembro un nerd dei computer, vero?" chiese Meat.

Everly fece spallucce e gli rivolse un sorriso carico di scuse. "No. Ma onestamente, penso che probabilmente sia un bene che tu non assomigli a Charlie Eppes, di quel vecchio show televisivo *Numb3rs*, o a Spencer Reid di *Criminal Minds*. Non crederei mai che tu sia stato un ex Delta Force, se fosse così. Senza offesa."

Calò il silenzio per un attimo, Everly pensò di aver sconfinato. Non tutti capivano il suo umorismo.

Ma poi tutti scoppiarono a ridere. Meat si allungò in avanti e le diede un abbraccio da orso. Everly fece quasi cadere la sua lattina di Coca-Cola, ma riuscì a tenerla, anche quando Meat la piegò drammaticamente all'indietro.

"Smettila," si lamentò Ball.

Tutti risero ancora di più, Everly inclusa.

Quando Meat la lasciò andare, la guardò brevemente negli

occhi e Everly intravide qualcosa che non si aspettava di vedere.

Tristezza.

Di cosa dovesse essere triste quell'uomo straordinario, non ne aveva idea. Ma l'emozione sparì subito, non appena la riconobbe.

"È un piacere conoscerti. Ho letto molti dei tuoi messaggi a tua sorella nelle ultime settimane, mi sembra di conoscerti."

Everly alzò gli occhi al cielo.

"E sto considerando in che guai mi caccerò se cercherò di ricattare un pubblico ufficiale minacciando di far sapere a tutti i tuoi amici poliziotti quanto ami i Backstreet Boys."

Everly si mosse senza pensarci. Ficcò la sua Coca-Cola in mano a Ball e si lanciò contro Meat. Ridendo, lottarono per qualche istante con le donne che tifavano per lei, fino a quando finì con le spalle al petto di Meat, le braccia di lui che la bloccavano con successo per non farla sfuggire alla sua presa.

Poi lui si chinò in avanti e le sussurrò all'orecchio: "Non preoccuparti, il tuo segreto è al sicuro con me."

Non ebbe il tempo di rispondere prima che Ball colpisse Meat sulla nuca. "Prenditi una donna per te. Lascia stare la mia."

Meat sbuffò e lasciò andare Everly. Ball la prese per mano e la tirò tra le sue braccia. Lei si appoggiò al suo uomo e si voltò verso le ragazze. "Ho sentito che i Backstreet Boys e i New Kids on the Block sono in tour insieme. Qualcuno vuole venire con me a vederli?"

Tutte e quattro le donne gridarono "Sì!" contemporaneamente.

Everly fece la linguaccia a Meat. "È un dovere amare i Backstreet Boys. È una cosa da ragazze, non capiresti!"

"Va bene," dichiarò Chloe. "La prendiamo noi." Poi si avvicinò a Ball e tirò fuori Everly dalle sue braccia. "Andate a parlare tra di voi. Everly viene con noi." Cercò di tirarla via, ma Ball non la lasciò andare.

Everly sentì il dito di lui sfregarle sull'anello, poi Ball si chinò in avanti e le baciò la fronte. "Se vogliono che tu conduca un'incursione in una delle cioccolaterie locali, non lasciare che ti convincano a farlo."

Lei sorrise. "Non lo farò."

"Bene." Poi le lasciò lentamente la mano, con le dita che le scorrevano lungo il palmo della mano il più a lungo possibile prima di perdere contatto.

Chloe la condusse a un tavolo contro il muro, mentre i ragazzi si spostarono verso uno dei tavoli da biliardo vicini.

"Elise sta davvero bene?" chiese Morgan, una volta rimaste sole.

Everly annuì leggermente. "Credo di sì, ma è difficile dirlo. La faccio andare da uno psicologo ogni due giorni a condividere quello che è successo. Con me ne discute poco, però, cosa che odio."

"Non vuole farti preoccupare," disse Allye. "Le persone che ami di più sono quelle che non vuoi contaminare con i tuoi guai."

Anche Everly lo pensava. Era vero. "Però ha parlato con Ball di alcune cose. Di come pensava che questo Rob la amasse davvero per quella che era, che non gli importava del fatto che fosse sorda. Fa proprio schifo che 'Rob' era uno psicopatico che usava le sue vulnerabilità contro di lei."

"Sì. Quali sono le ultime notizie sulla ricerca del colpevole? Le altre ragazze sono riuscite a far luce su quanto è successo?" chiese Harlow.

"Non proprio. Avevano più informazioni di Elise, semplicemente perché potevano sentire, ma finora ogni pista è stata un vicolo cieco. È una cosa che mi fa impazzire." Everly fece un gran sospiro. "Non per essere scortese, ma... pensate che potremmo parlare di qualcos'altro? Non che non voglia che voi ragazze sappiate qualcosa di mia sorella e di quello che sta succedendo, ma non ho letteralmente pensato a nient'altro per troppo tempo."

"Certo!" esclamò Chloe. "Che maleducato da parte nostra. Che ne dici di questo... cosa fate tu ed Elise questo fine settimana? Harlow ci sta usando come cavie per il suo prossimo corso di cucina. Pratica con noi, prima di andare al rifugio femminile a insegnare alle residenti come cucinare pasti sani e veloci."

"Mi piacerebbe," disse Everly, poi si rivolse ad Harlow. "Come hai avuto l'idea?"

Harlow le raccontò di quando era stata assunta come una delle due chef a tempo pieno in un rifugio femminile che aveva subito un incendio, al momento stava facendo quello che poteva per aiutare le donne che cercavano di rimettersi in piedi, insegnando loro a cucinare con un budget limitato.

"Conosco la storia di Morgan," disse Everly dopo che Harlow aveva finito di spiegare come lei e Black si erano messi insieme. "Ma non conosco il resto delle vostre."

"Io sono una ballerina," rispose Allye. "Qualche stramboide si è messo in testa che mi voleva per la sua collezione personale per via dei miei capelli e dei miei occhi. Avevo lasciato la città, ma lui ha iniziato a rapire i miei amici, così sono tornata indietro."

"Oh, merda!" boccheggiò Everly. "E Gray ti ha lasciato fare?"

Allye fece una smorfia. "Beh..."

Le altre ridacchiarono.

"Non esattamente. Ho lasciato la città senza che lui lo sapesse. Sì, è stato stupido, e sì, il cattivo mi ha preso... Credo che tu lo sappia."

Everly annuì.

"Ma i Mercenari di Montagna sono venuti e mi hanno trovato. Ogni tanto ballo ancora con un gruppo a Denver, ma la mia passione è insegnare ai bambini, soprattutto a quelli con esigenze speciali, proprio qui a Colorado Springs."

"Mio fratello mi faceva fare la commercialista per la mafia e mi ha tenuto in ostaggio nella casa dei nostri genitori morti perché voleva mettere le mani sui soldi di mia madre," disse Chloe. "La mafia è stata coinvolta, mi hanno preso, ma poi mi hanno lasciato uscire dal loro complesso, su a Denver. Ro e gli altri erano tutti pronti a prendere d'assalto la villa, per così dire, e poi io ero lì, che uscivo. Era surreale."

"E tuo fratello?" chiese Everly.

"Non è più un problema," disse Chloe in modo succinto. "Comunque, ora non lavoro più a tempo pieno, ma una volta ero una consulente finanziaria. Ho ancora le mie certificazioni ufficiali e tutto il resto. Sono sicura che probabilmente hai già chi ti aiuta, ma se mai volessi un consiglio finanziario, sarei felice di aiutarti."

"Grazie. Me la sono sempre cavata, ma ora che Elise vive con me, probabilmente dovrei ripensare un po' alla mia strategia di investimento," ammise Everly.

"Io non sono brava con i soldi, probabilmente li perderei tutti subito, senza un aiuto," disse Morgan, "ma se vuoi un bel vasetto di miele fresco, ci penso io."

Everly si mise a ridere. "Mi piacerebbe molto."

"Io e Arrow stiamo costruendo una casa a Black Forest, ho costruito un alveare che si trova a una buona distanza dalla costruzione, naturalmente. Non vedo l'ora che la casa sia finita, così potremo stabilirci davvero."

"Morgan è un'oratrice motivazionale," disse Allye. "Va in giro per le scuole a fare conferenze e cose del genere, parla di come superare gli ostacoli e sfruttare al meglio la vita."

Everly fu impressionata. Aveva visto tante donne che non avevano mai superato le disgrazie vissute. Avevano lasciato che il loro aggressore, l'abusatore o la loro situazione di merda avessero la meglio su di loro, spesso ripetutamente. Si rifugiavano nelle droghe per guarire o spegnere le emozioni. Da quel punto di vista, Morgan era una donna straordinaria.

"Quello che mi è successo è tremendo," disse Morgan. "Non c'è modo di evitarlo. Ma ho solo una vita da vivere. Se lascio che un anno rovini i quaranta successivi, questo cosa dice di me? Inoltre, ho un sacco di cose per cui vivere."

"Certo che sì," disse Allye con enfasi.

Morgan sorrise alla sua amica. "Voglio dire, al di fuori del *normale* motivo per cui vivere." Si mise una mano sulla pancia. "Sono incinta," sussurrò.

Il suo annuncio suscitò una raffica di congratulazioni e di entusiasmo da parte di tutte. Tanto che i ragazzi le raggiunsero per assicurarsi che fosse tutto a posto. Dopo le dovute rassicurazioni e altre congratulazioni da parte degli uomini, si calmò tutto e le donne tornarono di nuovo a chiacchierare.

"Immagino che questo significhi che sei stata in grado di superare il tuo blocco mentale quando si trattava di sesso," disse Chloe.

Everly pensò che fosse una cosa un po' insensibile da dire, ma dato che Morgan sorrise, forse non era così.

"Ovviamente. Ci è voluto troppo tempo per la mia tranquillità. Odiavo non poter fare l'amore con Arrow. Lo *odiavo*. Ma lui non mi ha mai fatto pressioni. Ci sono state volte in cui ho desiderato che mi spingesse più forte, in effetti. Ma quando l'abbiamo fatto, mi sono resa conto che nel fare l'amore con Arrow non c'era assolutamente nulla di simile con quello che mi era successo prima. E il resto, come si dice, è storia. Gli ho dato molte possibilità e ora, guarda un po', sono a sette settimane."

"Sono proprio felice per te," disse Allye. "E per me! Sono spaventata a morte dall'essere madre. Ho paura di rovinare mio figlio, in qualche modo. Sapere che qualcun altro avrà un figlio non molto tempo dopo di me è un sollievo."

"Anch'io la penso così," la rassicurò Morgan. "So che sarò

super protettiva, ho bisogno che voi ragazze mi teniate a freno, ok?"

Risero e annuirono tutte.

"Cosa ti ha spinto a voler fare il poliziotto?" chiese Harlow, una volta finita l'eccitazione per la grande notizia di Morgan.

Everly si era divertita a non essere al centro dell'attenzione. Era stimolante osservare le dinamiche tra le ragazze. Erano di sostegno senza esprimere giudizi, era bello vedere che riuscivano a parlare delle loro esperienze passate in modo aperto e onesto, senza sentirsi in obbligo di fingere di stare perfettamente bene dopo quello che avevano passato.

Era particolarmente interessata alla storia di Morgan. Si fece un appunto mentale per vedere se più tardi sarebbe riuscita a trovare alcuni dei suoi discorsi su Internet, da mostrare a Elise.

"Non sono sicura, davvero... No, è una bugia." Everly decise di essere completamente onesta con quelle donne. L'avevano fatta sentire più benvenuta di quanto non si fosse mai sentita prima, sapeva senza dubbio che non l'avrebbero giudicata. "Avevo sette anni, credo. Mia madre era stata via per almeno un giorno, forse di più. Ero da sola nel nostro schifoso appartamento dopo la scuola. Avevo fame, non c'era molto da mangiare perché mamma aveva speso in droga tutti i soldi che aveva. È entrata nell'appartamento e ha sbattuto la porta dietro di sé. Mi ha urlato di nascondermi, e se qualcuno bussava alla porta, di stare zitta e di non rispondere. Mi ha spinta in camera da letto e mi ha chiusa dentro... per la mia sicurezza, diceva."

"Non sapevo cosa stesse succedendo, ma invece di avere paura mi sono arrabbiata. Proprio quel giorno, a scuola, uno dei ragazzi della mia classe aveva dato una festa di compleanno. Sua madre aveva portato dei bellissimi cupcake. Erano decorati in modo professionale, e avevamo cantato

'Buon compleanno'. Così mi sono resa conto che mia madre non era normale. Avevo avuto i miei sospetti per molto tempo, ma credo che quello sia stato il giorno in cui l'ho davvero capito. Così, invece di nascondermi sotto il letto come facevo di solito, mi sono avvicinata alla finestra e ho guardato fuori."

"Sono rimasta lì per le due ore successive, a guardare mentre la polizia faceva un'incursione in uno degli appartamenti dall'altra parte del parcheggio del nostro. C'erano queste due poliziotte... Non le dimenticherò mai. Quando hanno sfondato le porte, ho pensato che fossero molto coraggiose. Hanno portato fuori due uomini e tre donne dai due appartamenti, e anche se uno di loro era ammanettato, ha provato a combattere. Probabilmente era strafatto. Quelle due donne l'hanno steso a terra così in fretta che non potevo crederci. Erano molto più piccole di lui, ma non importava. Ho deciso proprio in quel momento di diventare come loro."

"Sapevo cosa fossero le droghe, odiavo il fatto che mia madre le usasse. Prometteva di smettere, ma non l'ha mai fatto. Dopo che hanno portato via gli adulti dalla casa, le poliziotte hanno portato fuori quattro bambini. Probabilmente intorno ai due o quattro anni. Sembravano spaventati a morte, e ancora una volta, quelle due poliziotte hanno fatto il loro dovere e in pochi minuti i bimbi erano sorridenti e felici perché avevano dato loro dei piccoli peluche e dei bastoncini luminosi."

"Sono rimasta alla finestra per tanto tempo, anche se le poliziotte se ne erano andate e le cose erano tornate tranquille. Mia madre ha aperto la porta e ha cercato di far finta di niente. Era normale che una retata antidroga avvenisse dall'altra parte della strada, no? Sapevo che avrebbe potuto succedere anche nel nostro appartamento. Volevo poter prendere a calci nel culo chiunque avesse osato prendermi in giro.

Volevo rendere orgogliose quelle poliziotte, anche se non potevano sapere quanto mi avevano cambiato la vita."

Calò il silenzio dopo la sua storia, Everly pensò di essersi lasciata andare un po' troppo. Forse avrebbe dovuto semplicemente seguire la sua dichiarazione originale, lasciando credere che non lo sapeva davvero. Aveva appena incontrato quelle donne, non avevano bisogno di sentire la sua storia strappalacrime.

Aprì la bocca per dire qualcosa, qualsiasi cosa, quando un braccio la cinse da dietro.

Lo riconobbe subito, era di Ball, quindi non lottò per liberarsi.

"Avreste dovuto vederla, a Los Angeles," disse Ball, decisamente orgoglioso. "Ha affrontato due stronzi che mi sono saltati addosso, incurante del fatto che fossero più grossi. Siamo andati un paio di volte alla scuola di sua sorella per vedere se riuscivamo a trovare qualche indizio su dove fosse andata Elise, alla fine senza successo, ma non è questo il punto. In ogni caso, Everly è stata facilmente in grado di guadagnarsi la fiducia di tutti." La baciò sulla testa. "Direi che hai reso quelle poliziotte più che orgogliose, Ev. Sei pronta ad andare? Elise sarà a casa da scuola tra circa mezz'ora."

Sorpresa che fosse passato così tanto tempo, Everly guardò l'orologio. "Oh, è vero. Sì, sono pronta."

Ci volle un bel po' di tempo per salutare tutti. A differenza delle rare occasioni in cui usciva con i colleghi poliziotti, tutti volevano abbracciarla e scambiare qualche parola con lei, per dirle quanto Elise fosse fortunata ad averla come sorella, per esprimere quanto fossero felici che fosse una poliziotta nella loro città, o che sarebbe stato meglio che si abituasse ad uscire con loro, perché le avrebbero dato il tormento per unirsi a loro ogni volta che fosse stato possibile, confermandole che non vedevano l'ora di incontrare e conoscere Elise.

L'intera esperienza fu travolgente... in senso buono. Non c'era da stupirsi che Ball le piacesse così tanto; aveva amici come quelli a coprirgli le spalle. E sì, era stato uno stronzo quando lei era entrata per la prima volta nel The Pit e l'aveva incontrato, ma aveva visto gli sguardi severi che i suoi amici gli avevano lanciato in quel momento. Non avevano perdonato il suo comportamento. Probabilmente l'avevano anche ingannato in qualche modo per convincerlo ad andare a Los Angeles con lei... non era stata una cattiva idea, dopotutto.

Quando Meat l'abbracciò, le disse che era riuscito a recuperare alcune conversazioni dal vecchio telefono di Elise, e che più tardi le avrebbe inviate sia a lei che a Ball.

Everly gli fece un cenno. Non era sicura di essere pronta a vedere come quel presunto "Rob" avesse manipolato sua sorella, ma aveva bisogno di sapere, di capire come evitare che ciò accadesse a Elise, o ad altre ragazze, in futuro.

Salutò Noah mentre se ne andavano, e lui, sfacciatamente, alzò una mano all'orecchio, mimando un telefono, e disse solo con le labbra: "Chiamami." Ball gli lanciò un'occhiataccia, ma il barista si limitò a ridere e a salutare con la mano.

Una volta fuori, Ball scosse la testa. "Cavolo. Giuro che non mi ero reso conto di quanto chiacchierassero! Se l'avessi saputo, non ti avrei portato qui."

"Scommetto che eri esattamente come me quando hai incontrato le loro donne," disse Everly.

Ball si mise una mano sul petto, mimando un'esagerata sorpresa. "Io?"

Everly scoppiò a ridere. Arrivati alla Mustang, Ball le impedì di salire in macchina, intrappolandola contro il metallo caldo. "Stai bene?"

"Sì, perché?"

"Non volevo origliare, ma non volevo interromperti. È stato piuttosto intenso."

"Ball, rispetto a quello che hanno passato le altre, la mia

storia non è per niente intensa. Non sono stata rapita o maltrattata. I nonni si assicuravano di vedermi almeno una volta alla settimana e mi riempivano di cibo sano."

Ball scosse la testa. "Non paragonare quello che hai passato con le storie delle altre. Erano circostanze diverse, eri solo una bambina. Tua madre avrebbe dovuto proteggerti, assicurarti la tua incolumità e nutriti. Lei non ha fatto niente di tutto questo. Se avesse fatto il meglio che poteva, avrebbe smesso di drogarsi e avrebbe fatto tutto ciò che era in suo potere per proteggerti. E per la cronaca, Ev, non voglio incontrarla. Mai. Non credo che riuscirei a tenere la bocca chiusa."

"Non avevo intenzione di presentartela. Mai." Rispose lei, ripetendo intenzionalmente le parole usate da Ball.

"Bene." Le scostò una ciocca di capelli dalla fronte e la fissò negli occhi. "Ogni volta che mi trovo a pensare a quanto tu sia troppo fantastica per essere vera mi fai tentennare, forse dovrei fare un passo indietro per essere più cauto con qualsiasi cosa stia succedendo tra noi."

"Uhm... Scusa?"

Lui ridacchiò. "Non essere dispiaciuta. Mi sento come se ti avessi aspettato per tutta la vita. Mi sembra di aver dovuto affrontare tutte le altre stronzate della mia vita solo per apprezzarti."

Wow. Fu... Everly non sapeva *cosa* fosse. Ma Ball non le diede la possibilità di rispondere.

"Non so niente di ragazze adolescenti, ma so che Elise starà bene. Ti ha preso come modello. Come potrebbe essere altrimenti?"

Poi la baciò sulla fronte e si chinò per aprire la portiera del passeggero.

Everly si sedette, non sapendo cosa dire. Ma ovviamente Ball non si aspettava che lei dicesse nulla. Si accomodò sul lato dell'autista e si diressero verso casa sua.

———

Quella sera, Everly guardava Ball ed Elise che si prendevano gioco dei suoi ultimi tentativi di comunicare. Lui non si lasciava scoraggiare, non si affidava più a Everly per tradurre. Ball ed Elise si guardavano in modo confuso; quando uno dei due si bloccava, prendeva il telefono e mandava un messaggio all'altro.

Everly non era mai uscita con qualcuno che andasse d'accordo con la sorella, come faceva Ball. Certo, non molti dei suoi fidanzati avevano incontrato Elise, ma i pochi eletti si erano sentiti a disagio quando lei ed Elise avviavano una conversazione che loro non riuscivano a capire, e non facevano il minimo sforzo per imparare qualche segno.

Forse Ball voleva davvero impressionarla, ma Everly dovette ricredersi, dato che lui ed Elise iniziavano a "parlare" e si perdevano nel loro mondo.

Dopo cena, Elise e Ball erano lì da almeno un'ora, quando Everly sentì un suono che non sentiva da più di dieci anni.

Alzò lo sguardo e fissò la sorella, sorpresa.

Stava *ridendo*. Ad alta voce. Forte. Aveva buttato la testa all'indietro e si teneva la pancia, ridendo così tanto che le uscivano le lacrime dagli occhi.

Quando Elise si riprese per parlare, annuì e ripeté il segno per dire *stronzate*. Fece le corna con il mignolo e il dito indice su una mano, tenendo il braccio sollevato, poi formò un pugno con l'altra, toccandolo al gomito opposto, aprendo e chiudendo rapidamente la mano. Come merda che esce dal culo di un toro.

Ball rise e ripeté il segno.

Everly non aveva idea di quando sua sorella avesse insegnato a Ball le parolacce. Si alzò e si avvicinò a loro due. Non voleva porre fine al loro divertimento, ma si sentiva in qualche modo obbligata a interrompere. "Cosa state facendo?" chiese, anche se era abbastanza ovvio.

Senza malizia, Ball disse: "Elise mi sta insegnando a dire le parolacce. Guarda." Fece un cerchio con le dita di una mano e sbatté il dito medio dell'altra, nel palmo. *Stronzo.*

Everly alzò gli occhi al cielo. "So cosa significa. Non sono sicura che la mia sorellina dovrebbe insegnarti queste cose. Non dovrebbe nemmeno saperle!" Everly gesticolò subito, in modo che Elise non si sentisse esclusa dalla conversazione.

Everly, seriamente? Ho quindici anni. Non sono una suora. Certo che so imprecare.

Che ne dici di dare la buonanotte a Ball e prepararti per andare a letto? Domattina devi andare a scuola e io devo lavorare.

Elise fece una smorfia, ma non riuscì a trattenerla a lungo. Sorrise immediatamente, augurò la *buonanotte* e si illuminò di gioia quando Ball le rispose altrettanto. Abbracciò Everly e si diresse verso la sua stanza.

"È una brava ragazzina," disse Ball, quando Elise chiuse la porta della sua camera.

"Sì, ma non posso prendermi il merito per questo. È stato tutto merito della nonna e del nonno."

"Non credo proprio," le disse Ball, prendendole la mano e tirandola giù per farla sedere accanto a lui. "Ho fatto una lunga chiacchierata con tua nonna a Los Angeles, mi ha raccontato che tu la chiami e vi sentite su Skype continuamente, hai convinto tua madre a lasciar andare Elise quando è andata a vivere con loro a tempo pieno."

Everly fece spallucce. Quando Elise si era trasferita permanentemente dai nonni, Ella non era molto contenta della scoperta. Così aveva cercato di riprendersi il suo posto. Voleva mantenere il controllo su Elise per qualche motivo, ma non poteva farlo, visto che si era trasferita.

Everly non voleva ricordare il modo in cui aveva minacciato la propria madre. Alla fine, Ella era più preoccupata di non essere consegnata alla polizia che di tenersi la figlia. Quella era stata l'ultima volta che Everly aveva visto sua madre, e non le importava molto.

"Mi ha detto che hai anche mandato dei soldi perché Elise potesse frequentare la scuola per non udenti, e che sei andata a trovarla il più spesso possibile."

"Non è stato abbastanza," disse tristemente Everly. "È comunque caduta in preda a qualcuno a causa delle sue insicurezze."

"Non è colpa tua. Penso che tutti gli adolescenti si sentano persi, a un certo punto."

Proprio in quel momento, sia il telefono di Everly che quello di Ball vibrarono.

Ball guardò per primo. "Ecco Meat. Ha inviato le conversazioni che è riuscito a recuperare dal vecchio telefono. Sono di un'applicazione chiamata Omegle. In sostanza, è un'app gratuita per la chat online che permette alle persone di parlare tra loro senza registrarsi o inserire i propri dati identificativi."

Everly non era ancora sicura di volerli vedere.

"Non capisco perché ci sono tutte queste app che rendono così facile per pedofili e stronzi vari predare adolescenti e altre persone vulnerabili," brontolò Everly.

"Nemmeno io. Vieni qui," disse Ball, sollevando un braccio. Lei si accoccolò al suo fianco e spinse una mano dietro la schiena per abbracciarlo. Stare accanto a lui in quel modo la faceva stare proprio bene. Era come se stare vicino a Ball la proteggesse da tutte le cose brutte del mondo.

Avere Everly rannicchiata contro di lui in quel modo lo faceva sentire alto tre metri. Come se potesse proteggerla da tutti i mali del mondo. Sapeva che lei non era entusiasta di vedere la prova di come Elise era stata ingannata, ma entrambi avevano bisogno di vedere quello che aveva scritto, per assicurarsi che non fosse mai più così vulnerabile.

"Pronta?" chiese Ball prima di cliccare sul file che Meat aveva appena inviato.

Everly fece un respiro profondo, poi annuì.

"Ok. Ricordi, Rob è 'Utente 1', ed Elise è 'Tu' nella conversazione."

Lei annuì ancora una volta prima che leggessero le conversazioni in silenzio.

Utente 1: Ehi, bellissima.

Tu: Ciao, Rob.

Utente 1: Com'è andata a scuola?

Tu: Giornata noiosa.

Utente 1: Questo è perché sei troppo intelligente.

Tu: Come no.

Utente 1: È vero. 6 la persona più intelligente che conosco.

Utente 1: Non so perché qualcuno come te mi parla, non lo so.

Tu: Perché mi piaci.

Utente 1: Anke tu mi piaci.

Utente 1: A volte mi sento così solo.

Tu: Anke io.

Utente 1: Ti senti come se nessuno sapesse cosa pensi o cosa provi?

Tu: Sempre.

Utente 1: Sei l'unica con cui sento di poter parlare.

Tu: Davvero?

Utente 1: Sì. Mi capisci come nessun altro.

Tu: Provo la stessa cosa.

Utente 1: Quando mi manderai una foto?

Tu: Non lo so.

Utente 1: Perché no? Ecco, te ne mando una

Utente 1: Vedi? Sono innocuo.

Utente 1: Per favore?

Tu: Bene. Ecco.

Utente 1: Bella. Dentro e fuori.

Ball voleva vomitare per il modo in cui il "ragazzo" aveva intortato Elise. Farla sentire importante. Farla sentire come se avessero condiviso qualcosa di speciale. E la foto che le aveva mandato era sicuramente quella di un adolescente qualsiasi, probabilmente rubata dall'account di qualcuno sui social media. Continuò a leggere.

Utente 1: Mi piace vedere il tuo viso sorridente.

Tu: Anche a me.

Utente 1: Mi dispiace che tua mamma non ti abbia risposto.

Tu: Anke a me. Voglio dire, so che non le importa molto, ma speravo che lo facesse, visto che era il mio grande giorno.

Utente 1: Lo so, piccola. Tu meriti di più. Vorrei poterti abbracciare di persona.

Tu: Ankio.

Utente 1: Forse dovremmo incontrarci.

Utente 1: Elise?

Tu: Sono qui.

Utente 1: Voglio stare con te. Non ti ignorerei mai nel tuo giorno importante.

Tu: Non lo so.

Utente 1: Pensaci.

"Hai visto come è sempre lui il primo a mandarle un messaggio?" chiese Everly con calma.

"Sì. Anche se Meat ha detto di non essere riuscito a recuperare tutti i messaggi di tutte le app. Per quanto ne sappiamo, Elise gli ha inviato prima un messaggio da un'altra parte," disse Ball.

"Non lo so. La sta prendendo in giro. Le fa dei complimenti, le tira fuori cose per sconvolgerla e poi poterla confortare. Bastardo."

"Sì," disse Ball. Era un classico comportamento da predatore, Elise era la preda perfetta.

Utente 1: Mi manchi tanto. Mi mancava parlare con te. Ma è colpa tua.

Tu: Lo so.

Utente 1: Se tu mi avessi mandato un messaggio quando te l'ho detto, non avremmo litigato.

Tu: Mi dispiace.

Utente 1: Va tutto bene. Ti amo. Mi ami?

Tu: Sai che ti amo.

Utente 1: Hai pensato se incontrarci o no?

Tu: Sì.

Utente 1: E?

Tu: Ho paura di non piacerti.

Utente 1: Come potresti? Elise, ti amo.

Utente 1: Sono l'unico che ti dice che sei carina.

· · ·

Utente 1: Inizio a pensare che tu stia vedendo qualcun altro.

Tu: No.

Utente 1: Allora perché non vuoi conoscermi?

Utente 1: Forse dovresti avere il tempo di pensarci.

Utente 1: Parlerò con te più tardi. Forse.

Tu: No! Mi dispiace.

Tu: Rob?

Tu: Torna qui!

Tu: Non ci devo pensare. Ti amo.

"Bastardo," mormorò Ball. Sentiva il modo in cui Everly si irrigidiva contro di lui, sapeva che era altrettanto arrabbiata.

 Utente 1: Sono così emozionato.
 Tu: Anke io.

Utente 1: *Non* vedo l'ora di conoscerti.

· · ·

Tu: Anke io.

Utente 1: Ti *amo*.

Tu: Ti amo anke io.

Ball uscì dal documento, mise giù il telefono e avvolse Everly con entrambe le braccia. Non aveva detto molto, ma era ovvio che ne era stata colpita.

"Lo troveranno?" chiese lei dopo un po' di tempo.

"Non lo so. Se si tratta di un trafficante, sai come sono organizzati questi gruppi. Ci sono tanti tipi di ruoli. Chiunque stesse interpretando quello di Rob online poteva trovarsi dall'altra parte del paese, o anche all'estero. La persona che ha preso Elise è probabilmente un operatore di basso livello a cui è permesso di fare quello che vuole con le ragazze fino a quando non saranno passate in mano a qualcun altro. Molto probabilmente hanno preso accordi per farle uscire da quella casa con persone diverse. È molto difficile prendere questi tizi, ma l'FBI sta facendo tutto il possibile per ricostruirne le tracce."

"Ho solo paura per lei. Controllo il suo telefono ogni mattina e non ha scaricato nessuna delle app che erano sull'altro telefono, ma so che è molto più esperta di me in fatto di tecnologia. E ogni giorno ci sono sempre più applicazioni sviluppate per gli adolescenti che li aiutano a parlare con chi vogliono senza che i loro genitori lo sappiano. È inquietante," disse Everly.

"Lo so. Ma credo sinceramente che Elise abbia imparato

la lezione. È stata scossa fino al midollo da quello che è successo. Non è stupida. Sa di aver avuto un incontro molto ravvicinato con il pericolo. Non commetterà di nuovo lo stesso errore," cercò di rassicurarla Ball.

"Ball?"

"Sì?"

"Grazie."

"Per cosa?"

"Per essere qui per me. Per essere stato così fantastico con Elise e per aver cercato di imparare il linguaggio dei segni. Non hai idea di quanto questo significhi per lei. Grazie per avermi presentato i tuoi amici, sono fantastici. Solo... grazie."

"Non devi assolutamente ringraziarmi," disse subito Ball. "Non ho dubbi, anche se non ci fossi stato io, tu ed Elise vi sareste rimesse in piedi. Dovrei essere io a ringraziarti per avermi dato una seconda possibilità."

Le sollevò il mento e la baciò teneramente. Nell'istante in cui si toccarono con le labbra, lui iniziò a tremare. La chimica tra di loro era pericolosa, diventava ogni giorno più forte. Ma Ball si rifiutò di metterle fretta. Avevano affrontato tante cose, non voleva stressare Everly con una relazione troppo soffocante.

Inoltre, Elise era nell'altra stanza. Non poteva sentirli, ma poteva uscire dalla sua stanza in qualsiasi momento per chiedere qualcosa alla sorella. Ball rispettava sia Everly che Elise abbastanza da non mettere nessuna delle due in una situazione imbarazzante.

Pomiciarono per un po', quando Ball sentì la mano di Everly sull'uccello d'acciaio, si costrinse a ritirarsi. Non spostò la mano di lei, perché era assolutamente perfetta dov'era. "Dovremmo fermarci," mormorò lui, chinandosi in avanti e strofinandole la pelle sul collo.

Everly ridacchiò. "Tu credi?"

Per una frazione di secondo Ball volle prenderla in braccio

e portarla nella sua stanza, ma si sforzò di fare un respiro profondo, anche se ciò rendeva ancora più difficile tirarsi indietro, dato che il profumo di lei gli riempiva le narici. "Abbiamo tutto il tempo per divertirci," le disse, non riuscendo più a sopportare la sensazione di quella manina sul pacco. Gliela prese e le baciò tutte le dita prima di fare lo stesso con il palmo della mano.

"Ho trentaquattro anni, Ball. Non sono un'adolescente che non sa quello che vuole."

"E io ho quarant'anni, sono abbastanza grande da sapere cosa voglio. Questo non è un orgasmo da sveltina sul tuo divano, sono preoccupato che la tua sorellina adolescente possa uscire e beccarci. Tu mi piaci. Tantissimo. E voglio vedere dove può arrivare questo nostro rapporto. Ma non credo che rallentare ci farà male. Non voglio che pensi che io stia con te solo perché voglio scoparti. Sei la prima donna con cui ho voluto avere un vero rapporto dopo il fiasco con Holly. Non voglio fare niente per mandare tutto a puttane."

Lei lo fissò per un lungo momento, Ball temette di averla fatta arrabbiare. Ma poi lei annuì e si rannicchiò di nuovo al suo fianco. Gli mise una mano sulla pancia, invece che sull'uccello, il che fu un sollievo e una delusione allo stesso tempo. "Possiamo ancora pomiciare, vero?" chiese lei.

Ball ridacchiò. "Assolutamente. Anzi, credo che potrei insistere su questo. Verrà il nostro momento, Everly. E non lo dico come un brutto gioco di parole."

Lei ridacchiò.

"Per la prima volta nella mia vita, mi diverto semplicemente a stare con una donna senza che il sesso sia la priorità. Non per dire che non voglio fare l'amore con te... voglio farlo, eccome. Ma per ora vorrei solo conoscerti meglio. Ha senso?"

"Sì, la penso come te."

Ball si lasciò sfuggire un sospiro di sollievo. "Vuoi che resti qui? So che devi lavorare la mattina."

"Sì, stai ancora un po'," rispose Everly.

Ball allungò una mano, prese il telecomando e mise sul canale della scienza. C'era un programma su Chernobyl e sugli effetti che aveva avuto sul territorio circostante, anche dopo tutto quel tempo.

Nel giro di mezz'ora, Everly gli si era addormentata tra le braccia e Ball non riusciva a pensare a nulla che gli piacesse di più che guardarla dormire.

CAPITOLO 10

FAREMO TARDI! Gesticolò Elise.

No, rispose Everly alla sorella. *Calmati.*

Ball guida come Pop!

Everly tradusse per Ball, e lui si mise a ridere.

"Non posso guidare a duecento all'ora attraverso il quartiere di Broadmoor," rispose sorridendo mentre Everly traduceva per la sorella.

L'escursione dovrebbe iniziare alle dieci. Sono le nove e quarantacinque. Faremo tardi! Proseguì Elise in agitazione.

Era passato un mese da quando Everly aveva incontrato gli amici di Ball e avevano ottenuto lo scambio di messaggi tra Elise e il misterioso Rob. Elise si era incontrata due volte con Morgan, ogni volta Everly vedeva dissiparsi un po' della tensione che Elise teneva stretta al petto. Attraverso un interprete, lei e Morgan avevano parlato di come ci si sentiva ad essere spaventati, soli e a chiedersi se qualcuno l'avrebbe mai trovata. Avevano discusso della rabbia di Elise per il fatto che qualcuno aveva cercato di manipolarla e di ingannarla, e di quanto fosse frustrata dal fatto che le persone che l'avevano fatto non fossero state catturate.

Elise era anche andata alla stazione di polizia di Colorado Springs e aveva incontrato il loro disegnatore. Il ritratto segnaletico dell'uomo che aveva dichiarato di essere il padre di Rob era stato inviato all'FBI e alla polizia di Los Angeles, ma, cosa interessante, non c'erano molte somiglianze tra i sette schizzi fatti con ciascuna delle sette vittime. Dal momento che il furgone che aveva prelevato tutte le ragazze era lo stesso (un furgone bianco squadrato e insignificante) ma gli schizzi del sospetto non coincidevano, la polizia stabilì che era quasi impossibile risalire all'aspetto del rapitore, tolto il fatto che era un bianco con i capelli castani.

Elise aveva ancora degli incubi, ma passare del tempo con Allye, Chloe, Morgan e Harlow sembrava farle bene. L'aiutava a migliorare le sue capacità sociali intorno alle persone udenti e dato che le ragazze erano fantastiche e la accettavano, non si sentiva mai a disagio con loro.

Everly e sua sorella avevano anche trovato facilmente una loro routine nella nuova vita insieme a Colorado Springs, facendo rimpiangere ad Everly il fatto di non aver preso prima con sé la sorella. Sì, la scuola di Los Angeles aveva un programma accademico migliore, ma quando si trattava di sua sorella, Everly capì che avrebbe dovuto concentrarsi di più sul suo benessere mentale che sulle sue preoccupazioni accademiche.

I nonni erano entusiasti di come Elise stesse bene e volevano fare un viaggio in Colorado per vedere le nipoti. Non avevano più sentito la figlia, ma a nessuno importava più di Ella. Chiaro e semplice.

Everly e Ball avevano messo in pausa il loro rapporto fisico, lei lo conosceva sicuramente di più, visto tutto il tempo che avevano passato insieme, parlando e basta. Sapeva che lui era il miglior pilota di tutti i Mercenari e che non avrebbe mai lasciato guidare la sua Mustang a nessuno tranne che a lei.

Nemmeno ai suoi amici. Una sera le aveva detto che se non poteva fidarsi di una poliziotta con la sua "bambina," di chi poteva fidarsi? Lei aveva riso e si era divertita a farlo sgasare sulla tangenziale, solo per vedere cosa avrebbe fatto. Non si era fatto prendere dal panico, aveva solo inarcato un sopracciglio.

Everly sapeva che quando Ball si metteva in testa qualcosa, come imparare il linguaggio dei segni, si impegnava al massimo. Aveva passato ore e ore a guardare video online per cercare di imparare, lui ed Elise avevano passato molte sere a praticare insieme. Non era ancora fluente, ma sapeva cavarsela bene quando parlava con Elise e con i suoi amici. A volte ricorreva alla scrittura con le dita, ma erano tutti pazienti con lui.

Elise sembrava sbocciare, nella sua nuova scuola. Si era fatta dei nuovi amici e si era iscritta al Club All'Aperto, un gruppo per escursioni. A Colorado Springs c'erano un sacco di posti eccellenti per fare escursioni, la ragazzina si era entusiasmata dopo aver svolto una breve gita di orientamento dopo la scuola.

Quella era la terza escursione che faceva con il gruppo, Everly e Ball si erano iscritti come accompagnatori. A sorpresa, avevano chiesto a Meat di unirsi a loro. Elise lo aveva subito preso in simpatia, il sentimento era reciproco. Aveva imparato alcuni segni, ma i due comunicavano per lo più via SMS.

Everly alzava sempre gli occhi al cielo quando leggeva gli scambi di messaggi tra i due, quando controllava il telefono di Elise. Nel tempo, si era limitata a controllare il telefono della sorella solo una o due volte a settimana. Elise aveva giurato di aver chiuso con tutte le app usate in precedenza. Non avrebbe mai più voluto parlare con un ragazzo online e sicuramente non avrebbe mai incontrato qualcuno che non conosceva personalmente. Everly si fidò di lei, le credette. Era stata una dura lezione, ma sembrava che Elise l'avesse imparata.

Mentre le conversazioni di Ball ed Elise erano tenere, quelle tra lei e Meat erano esilaranti. Non sembrava mai dire niente di serio, il letale Mercenario scherzava sempre con Elise. Everly era contenta che la sorella avesse quegli uomini esemplari come esempio di una corretta comunicazione tra i due sessi. Tra Meat, Ball e gli altri uomini, Elise stava ricevendo una vera e propria educazione, stava imparando a fidarsi di nuovo.

Il Sentiero dei Sette Ponti si trovava sopra il prestigioso quartiere di Broadmoor. Il sentiero in sé non era troppo faticoso ed era praticamente tutto ombreggiato. Quel giorno dovevano arrivare dieci ragazzini ed Everly non vedeva l'ora di conoscere qualche nuovo amico di Elise.

Ball trovò un posto per parcheggiare un po' più in basso rispetto al sentiero vero e proprio. Sembrava che molte altre persone avessero pensato che fare escursioni quel giorno fosse una buona idea. Elise schizzò fuori dall'auto appena parcheggiata e corse fino al punto in cui si erano già radunati i suoi compagni di scuola.

"Sembra che sia ansiosa di procedere," osservò Ball.

Everly si mise a ridere. "È bello vederla eccitata per qualcosa. Per un po' ho temuto che non si sarebbe ripresa."

"Merito tuo," disse Ball.

Lo guardò. Lui le prese la mano mentre si dirigevano verso il sentiero un po' più lentamente. Everly scosse la testa. "Onestamente non ho fatto molto."

"Non hai fatto molto? Ev, le hai cambiato la vita. Hai portato tua sorella a vivere qui con te. Stai pagando la scuola privata e ti sei assicurata che Elise riceva tutta la consulenza necessaria per affrontare quello che è successo."

Le sue lodi erano buone, ma Everly restava della sua idea, non le sembrava di aver fatto qualcosa di speciale. "È mia sorella. Farei qualsiasi cosa per lei. Come mi ha detto la nonna, è la persona che conoscerò più a lungo in tutta la mia vita. Se non facessi tutto quello che posso, che tipo di persona sarei?"

"Penso che tu sappia meglio di molti altri che il sangue non è sempre più denso dell'acqua. Dovresti poter contare sui tuoi genitori, ma non è sempre così."

Everly lo sapeva bene. Sua madre ne era un esempio lampante.

Meat si unì a loro, mentre si incamminavano. Ball le strinse la mano prima di lasciarla andare e stringere la mano dell'amico. "Ehi, sei pronto?" gli chiese.

"Diavolo, sì. Sarà divertente. Everly, vorrei insegnare loro un paio dei nostri segni. Pensi che andrebbe bene?"

"I vostri segni?"

"Quelli che usavamo nell'esercito."

"Oh, certo. Non vedo perché no."

"Vuoi tradurre per me?" chiese Meat.

"Ma certo." Everly si avvicinò ad Elise e le diede un colpetto sulla spalla. Comunicò subito che Meat voleva parlare con tutti, Elise aiutò a riunire il gruppo. Everly traduceva mentre Meat parlava.

"Non mi aspetto problemi durante l'escursione di oggi, ma per sicurezza ho pensato di condividere un paio di segnali che potremo usare oggi." Meat tese un braccio, con il pugno chiuso. "Questo significa fermarsi immediatamente. Camminerò davanti a voi e se mi vedete fare questo gesto, fermatevi subito dove siete." Poi si portò una mano sulla fronte. "Questo significa guardare, o che vedo qualcosa. E se pompo il pugno su e giù, così, significa sbrigarsi."

Everly sorrise, mentre i ragazzini annuivano eccitati. Qualcuno chiese di saperne di più.

"Meat, vogliono saperne di più."

"Lo vedo, ma questi sono probabilmente gli unici di cui avremo bisogno oggi," rispose lui.

Everly fece spallucce. "Non importa. Ormai sono curiosi."

Per i dieci minuti successivi, Meat condivise altri segnali che aveva usato quando era nell'esercito, segnali che probabilmente usava ancora mentre era in missione con i Mercenari di Montagna: coprire una zona, nemico, ostaggio, cecchino, veicolo e accovacciarsi. Molti di quei segnali erano simili al linguaggio dei segni.

Everly si spostava in continuazione, assicurandosi che tutti avessero acqua e non avessero bisogno di usare il bagno, alla fine furono pronti ad andare. Meat fece strada, con Everly e Ball che chiudevano il drappello.

Dopo circa dieci minuti di camminata, Ball si girò verso di lei e disse: "Non ci avevo pensato prima di partire, ma è un po' strano vedere dei bambini così silenziosi."

Everly scoppiò a ridere. "Non parlano, ma non sono silenziosi." Indicò il ragazzo e la ragazza che camminavano proprio davanti a loro. Non avevano smesso di comunicare un attimo. Le loro mani si muovevano velocissime, era ovvio che erano più interessati l'uno all'altra che alla bella zona che stavano attraversando.

Ball ridacchiò. "Ottima osservazione."

Camminarono per un altro paio di chilometri o giù di lì, poi fecero una pausa in modo che gli altri potessero passare senza problemi. Everly vide un ragazzo di nome Carl parlare con altri due ragazzi.

Avete visto quel tizio circa un chilometro e mezzo fa?

Quale tizio?

No.

Non l'ho visto bene. Indossava una camicia nera e dei jeans. Era alla nostra destra, nel bosco. L'ho visto con la coda dell'occhio.

"Ball," disse lei, senza mai distogliere lo sguardo da Carl.

"Sì? Qualcosa non va?"

"Carl ha detto di aver visto qualcuno nel bosco."

"Dove? Quando?"

"Circa due chilometri dietro di noi." Lo guardò. "Dovremmo preoccuparci?"

Ball non sembrava spaventato, calmando un po' i nervi di Everly. "Ev, questa è proprietà pubblica. Oggi c'è un sacco di gente che va in giro a fare escursioni. Solo perché qualcuno era nel bosco non significa che ci stia pedinando. Va bene?"

Lei annuì. Ma ovviamente non sembrava convinta, perché lui le prese la testa tra le mani e si avvicinò. "Parlerò con Meat e staremo all'erta, ma non pensarci troppo. Non abbiamo avuto notizie dai poliziotti di Los Angeles, anche l'FBI ha detto che non hanno trovato nulla che suggerisse un'enorme operazione di traffico di esseri umani. Anche se lo fosse stata, non manderanno qualcuno in Colorado per rintracciare Elise. È troppo rischioso. L'obiettivo è quello di fare le cose nel modo più semplice. Ok?"

"E se non si trattasse del traffico?" chiese Everly, esponendo il pensiero che l'aveva perseguitata da quando avevano scoperto che l'FBI stava passando ad altri casi per mancanza di prove del rapimento di Elise e delle altre ragazze.

"Vale la stessa logica. Colorado Springs è molto lontana da Los Angeles. Nessuno sano di mente verrebbe fin qui a cercare Elise. Non è logico."

"E uno psicopatico che rapisce le ragazze usa la logica?" chiese lei, a testa alta.

"Ok, ottima osservazione. Ma è passato un mese. Non ha avuto notizie del misterioso Rob, quindi probabilmente ha voltato pagina. Ma comunque non si sa mai, quindi parlerò con Meat, e staremo in guardia."

Everly annuì. I ragazzi erano sempre più irrequieti, così Ball si precipitò da Meat per dirgli quello che aveva visto il ragazzino, prima di controllare i paraggi.

Ci volle un'altra ora per arrivare al punto in cui si sarebbero fermati per tornare indietro. C'erano alcuni sassi posizionati in modo strategico su cui i ragazzini si sedettero per consumare il pranzo. Due di loro iniziarono a camminare fuori dal sentiero, verso una grande roccia che ovviamente volevano scalare.

Ball urlò: "Non uscite dal sentiero," dimenticandosi di essere con un gruppo di bambini non udenti. Imprecò sottovoce per la propria stupidità, quando i due lo ignorarono. Prima che Everly potesse fare qualcosa, corse verso di loro. Tornò verso il gruppo con la coppia e chiese a Everly: "Vuoi tradurre?"

Lei annuì.

"Non è sicuro uscire dal percorso."

Ma ci sono, tipo, un milione di persone qui intorno, comunicò il ragazzino.

"Giusto, e cosa succede se un milione di persone decidono di voler vagare a guardare un cespuglio fuori dal sentiero? Un sasso? Un insetto?" Ball non attese risposta. "Allora questo posto diventa meno un sentiero naturale, e più un pezzo di terra calpestata. Rimanere sul sentiero è tanto per la propria sicurezza quanto per preservare la natura."

Ma ho visto quel tizio andare avanti e indietro tutto il giorno, comunicò un ragazzino di nome Scott, mentre indicava a sinistra.

Meat si mosse ancora prima ancora che Everly potesse concentrarsi su ciò che Scott aveva indicato. Si scagliò verso un uomo sulla cinquantina. Indossava jeans neri e una maglietta rosso scuro. Everly si sentì di nuovo a disagio, si avvicinò al punto dove sua sorella stava parlando con una ragazzina di nome Ruby.

Meat ebbe una breve discussione con il tizio, poi tornò verso il loro gruppo. Sorrise e diede loro un pollice in su, mentre avanzava verso di loro.

"Respira, Ev," disse Ball di fianco a lei. Le accarezzò

leggermente la schiena. Era una cosa che faceva sempre. Ball la toccava sempre. Leggere carezze che non erano mai inappropriate e le facevano sempre pensare a Me-Maw e Pop. Suo nonno, una volta, le aveva detto che toccare sua moglie era un modo per farle sempre sapere che pensava sempre a lei, e per ricordare a se stesso quanto fosse fortunato ad averla nella sua vita.

"Va tutto bene," disse Meat, Everly si mise subito davanti al gruppo per tradurre. "Ball ha ragione, vi ha già spiegato perché è meglio non lasciare il sentiero, ma quel signore sta facendo *geocaching*."

Naturalmente i ragazzini volevano sapere cosa fosse.

"È come una caccia al tesoro con un GPS. Qualcuno nasconde una scatola, o un contenitore di pellicola, o qualsiasi tipo di contenitore, poi mette le coordinate online per mostrare dove si trova. Chiunque può cercarle su un sito web e andare a cercarle. Il cercatore firma il registro all'interno e lo rimette a disposizione della prossima persona che lo trova."

I ragazzini vollero sapere immediatamente se ci fosse un'applicazione per farlo, e una volta trovata, la scaricarono tutti.

Meat raggiunse Ball e Everly. "Sei sicuro che fosse solo questo?" chiese lei.

"Sì. Ho visto la bussola aperta sullo schermo del suo telefono. Nessuno torcerà un capello a questi ragazzi, Everly. Rilassati."

Lei annuì. Più facile a dirsi che a farsi! Come poliziotta, era abituata a scorgere il pericolo dietro ogni roccia e ogni albero. Non era sicura che avrebbe mai abbassato la guardia, quando si trattava di Elise. I giorni in cui era scomparsa erano stati un vero inferno. Non poteva passarci di nuovo.

Dopo pranzo, i ragazzini non vedevano l'ora di tornare alle auto perché c'erano tre *geocache* lungo il percorso. Quelli più entusiasti camminavano in prima linea, gli altri erano in fondo, più vicini a Ball e Everly.

Dopo aver camminato ancora per un po', Ball si rivolse verso Everly e le chiese: "Tua sorella sta parlando del culo di Meat?"

Everly guardò Elise e Ruby parlare per un secondo, poi rise. "In effetti, sì. Sono impressionate da tutti i suoi... attributi," rispose.

"Meglio lui che me," mormorò Ball.

"Oh, non preoccuparti. Ora vi stanno mettendo a confronto."

"Merda! Non voglio sapere," disse Ball, coprendosi gli occhi e fingendo imbarazzo.

Everly gli diede un colpetto con la spalla. "Grazie per essere venuto oggi, Ball."

"Ogni occasione è buona per passare del tempo con la mia poliziotta preferita," disse. "Come va il lavoro?"

Iniziarono a parlare di lavoro, sia di quello di Everly che dei siti web che Ball aveva progettato quella settimana. Non ci furono più incontri con uomini strani nel bosco e i ragazzini furono entusiasti di aver trovato tutti e tre i tesori nascosti sulla via del ritorno verso le auto.

Verso le due del pomeriggio, il parcheggio era ancora più affollato rispetto a quando erano arrivati. C'erano auto di ogni tipo e di ogni valore, degna rappresentanza di ogni livello di reddito, il che non era insolito per un sentiero escursionistico di Colorado Springs. C'era una Mercedes parcheggiata accanto a una Kia, oltre a Ford, vari camioncini, un Maggiolino, qualche monovolume... anche una Tesla e un furgoncino da lavoro.

Elise lo fece notare a Ball ed Elise, commentando quanto fosse bello che l'escursionismo fosse davvero un'attività che potesse fare chiunque, indipendentemente dallo status sociale o da quanti soldi avesse.

Mi piace stare all'aperto, continuò Elise. *Non ci sono posti come questo, a Los Angeles.*

C'erano in realtà, ma raggiungerli significava guidare a una certa distanza da dove vivevano Me-Maw e Pop. Everly non si preoccupò di sottolinearlo.

Elise continuò a formare parole mentre tornavano alla Mustang di Ball. *Quando ero in quel seminterrato, non avrei mai pensato di poter fare una cosa del genere, di nuovo.*

Fare cosa? chiese Everly.

Questo. Annusare i pini. Fare un'escursione. Essere libera.

Everly era pronta a prendere in giro la sorella e a dirle qualcosa su come non avesse mai fatto un'escursione in vita sua, prima di entrare in quel club in Colorado, ma le ultime due parole la colpirono duramente.

Ball le mise una mano intorno alla vita e la strinse per un secondo, prima di lasciarla andare per rispondere alla sorella.

Sei interessata ad imparare un po' di autodifesa? le chiese Ball.

Davvero? chiese Elise con impazienza.

Sì. Allye e Morgan si sono tirate indietro perché sono incinte, ma Chloe e Harlow sono ancora interessate.

Mi piacerebbe molto! rispose Elise. *Everly mi ha già insegnato alcune tecniche basilari, ma mi piacerebbe imparare a spaccare il culo. Può venire anche Ruby?*

Ball guardò Everly. Lei gli fece un piccolo cenno.

Sì, così renderà il numero di partecipanti pari.

Fico!

Elise si precipitò dalla sua amica per comunicarle dell'imminente formazione.

Toccò a Everly mettere le mani su Ball. Gli agganciò un pollice nel passante della cintura in vita e gli appoggiò la testa sul bicipite. Guardò sua sorella correre verso la macchina di Carl. Ovviamente aveva portato lì altri ragazzini. Elise iniziò con entusiasmo una conversazione con Ruby sulla lezione di autodifesa impartita da Ball.

"Non avevi già organizzato una lezione, vero?" gli chiese tranquillamente.

Ball ridacchiò. "No, ma non ho dubbi che Chloe e Harlow saranno ansiose di partecipare. Volevo distogliere la sua mente da quello che le era successo, ed è stata la prima cosa a cui ho pensato."

"Ottima idea," gli disse Everly. "Grazie. Avrei dovuto pensarci prima. Forse le darà più fiducia nel futuro."

"Verrai anche tu, vero?" chiese Ball.

"Certo, perché?"

"È solo che... Non voglio fare nulla che possa causarle un flashback. Voglio dire, le hai già insegnato le basi, ma questo prima che venisse rapita. Sai bene quanto me che quando inizieremo, ripasseremo le cose semplici, come mettere in ginocchio qualcuno colpendolo all'inguine e come staccarsi se qualcuno le afferra il braccio. Ma alla fine potremmo lavorare su come scappare e difendersi se qualcuno la tiene bloccata a terra."

Everly *amava* che Ball pensasse sempre a come Elise potesse sentirsi o reagire a diversi stimoli.

Poi si bloccò, quasi smise di camminare.

Amava? Era solo un modo di dire... non è vero?

Si era quasi convinta, quando Elise tornò e si gettò tra le braccia di Ball.

Lui rise e la abbracciò. Poi lei iniziò una conversazione animata con Ball su quanto fosse emozionata, su quanto lo fosse anche Ruby, e su come sarebbero diventate guerriere ninja, una volta finito il corso.

Per Everly era ovvio che Ball non avesse colto la maggior parte di quello che diceva la sorella, ma lui non si sentiva frustrato e riusciva a capire abbastanza da reggere la conversazione.

Lo amava.

Ma amava davvero Ball? Cosa sapeva lei dell'amore?

Everly amava Me-Maw e Pop. Amava Elise. Amava il suo lavoro e amava il cibo messicano. Ma quando si trattava del sesso opposto, pensava di non aver mai amato un uomo prima di quel momento.

Le piaceva Ball. Le piaceva stare con lui. Non vedeva l'ora di ricevere i suoi messaggi e le sue telefonate. Apprezzava il suo aiuto con Elise e ammirava il rapporto che aveva con i suoi amici e con le loro fidanzate. Lo rispettava, apprezzava il loro rapporto e pensava che fosse la persona più intelligente che conoscesse.

Ma... poteva dire di amarlo?

Continuò a guardare sua sorella e Ball chiacchierare. Non aveva mai visto Elise così spensierata da quando l'aveva portata a Colorado Springs. Everly la guardò abbracciare di nuovo Ball e salire sul sedile posteriore della sua auto.

Scacciando tutti i suoi interrogativi sull'amore per Ball, Everly salì in macchina e si girò per sorridere alla sorella. Poi, senza pensarci, dopo che Ball aveva avviato il motore e si stava dirigendo verso il suo appartamento, Everly gli afferrò una mano. Si tenevano sempre per mano in macchina, per lei era naturale come respirare.

CAPITOLO 11

BALL BUSSÒ alla porta dell'appartamento di Everly con il cuore pesante. Odiava quella sensazione. Non aveva mai avuto un senso di riluttanza prima di andare in missione, in passato. In realtà, apprezzava la sfida di sfruttare le capacità che aveva imparato nella Guardia Costiera e non vedeva l'ora di salvare qualcuno da una situazione disperata.

Tutto questo, prima che Everly facesse parte della sua vita.

Era passata una settimana da quando erano andati a fare un'escursione nella natura selvaggia sopra il quartiere di Broadmoor, Ball avrebbe dovuto insegnare a Elise e alla sua amica un po' di autodifesa.

Ma doveva lasciare la città. Rex aveva chiamato i Mercenari e li aveva informati di una bambina di due anni portata fuori dal paese dal padre non affidatario. Salvare i bambini rendeva le missioni sempre più stressanti: non capivano cosa stesse succedendo o perché, di solito erano terrorizzati quando i Mercenari entravano in azione, salvandoli da dove erano tenuti prigionieri.

La porta di fronte a lui si aprì, Ball non poté fare a meno di sorridere nel vedere Everly. Le ultime sei settimane erano state fantastiche. L'aveva conosciuta molto bene, non riusciva a pensare ad una sola cosa di lei che non gli piacesse. Era una sorella straordinaria, guardarla prendersi cura di Elise gli dava una chiara idea di come sarebbe stata come madre.

Il pensiero avrebbe dovuto spaventarlo, invece lo faceva sentire rilassato e contento.

"Ehi," lo salutò Everly, mentre apriva la porta, "pensavo che saresti venuto più tardi, nel pomeriggio."

"Lo so. Non l'avevo pianificato. Posso entrare?"

"Oh! Certo. Scusa." Si allontanò dalla porta e la tenne aperta per farlo entrare. Ball fece il suo ingresso nell'appartamento e sentì subito la sua ansia alleviarsi. Si sentiva così ogni volta che andava a casa di Everly. Era a suo agio, ci aveva trascorso molto tempo. Molte notti aveva lavorato fino a tardi, seduto al tavolo. Aveva giocato a maratone di Monopoli con Elise ed Everly, aveva dormito abbracciato con lei troppe sere per poterle contare.

Ma non dormivano in un letto dai tempi di Los Angeles. Non era sicuro di cosa stesse aspettando, ma in qualche modo sapeva di doversi muovere lentamente. Non poteva trasferirsi da Everly, o farle trasferire entrambe da lui... per quanto avrebbe voluto.

Una volta, Ball aveva giurato di non essere come i suoi amici. Loro avevano rivendicato subito le loro donne e le avevano praticamente fatte trasferire in casa loro poche settimane dopo. E invece eccolo lì, desideroso di conoscere un modo semplice per far progredire la loro relazione. Per tenere Everly tra le braccia ogni notte.

Doverle dire che se ne andava per un periodo di tempo indeterminato, sapendo che non ci sarebbe stato se lei avesse avuto bisogno di qualcosa e che non avrebbe visto lei e sua sorella per chissà quanto tempo, non gli piaceva. Per niente.

"Stavo per andare a fare delle commissioni. Santo cielo, ho dimenticato quanto possono mangiare gli adolescenti. Nei giorni di riposo facevo un pisolino. Ora devo andare al supermercato, alla lavanderia, a visitare la scuola e a parlare con gli insegnanti di Elise e, se ho tempo, volevo andare a vedere la prossima area escursionistica che vuole visitare il club."

Ball si girò verso di lei, appoggiò il sedere al tavolo e le sorrise.

"Cosa? Va tutto bene?"

Decidendo di non tirarla per le lunghe (non che avesse davvero il tempo di tirarla per le lunghe) Ball rispose: "Tra un paio d'ore partirò per una missione."

"Oh."

Fu tutto quello che disse Everly. *Oh.*

Ball si aspettava che lei gli chiedesse dove andavano, quando sarebbero tornati... qualsiasi cosa. Ma lei si limitò a fissarlo.

Non riuscendo più a sopportarlo, Ball fece un passo verso di lei e la trascinò nel suo abbraccio. Lei si avvicinò di sua spontanea volontà, Ball si sentì un po' meglio quando Everly gli afferrò la camicia e lo tenne stretta per la vita.

Rimasero così per un attimo, poi entrambi si tirarono indietro delicatamente. "Nessuna domanda?" le chiese dolcemente.

"Ne ho solo un milione, ma so che probabilmente non puoi rispondere," rispose Everly.

"Non è che *non possiamo* dirtelo. Non lavoriamo più per l'esercito. Ma siamo abituati a non parlare con nessuno delle nostre missioni. In questo modo è potenzialmente più sicuro. Non so mai con certezza per quanto tempo staremo via. Dipende se le informazioni che abbiamo sono corrette, oppure no. Ma tutto sommato, *non dovrebbe* essere una missione troppo lunga."

"Starai attento?" chiese lei, poi scosse leggermente la testa, come se sapesse quanto suonassero sciocche le sue parole.

"Certo. Non l'avevo capito prima."

"Cosa?"

"Quando gli altri ragazzi accennavano all'eccitazione di ottenere una nuova missione, ultimamente dicevano che non sentivano più l'adrenalina di un tempo. Non riuscivo a immaginarlo. Voglio dire, una volta vivevamo per partire e fare la differenza. Per sconfiggere i cattivi. Non capivo come potessero passare dall'essere entusiasti di usare le capacità che avevano imparato come soldati, all'essere riluttanti ad andarsene. Ma ora... ora lo capisco."

Everly lo guardò, ma non disse una parola.

"Andarsene significa non poterti vedere. Non posso mandarti un messaggio e sapere come è andata la tua giornata. Non posso sentire le tue storie interessanti sulla gente che hai incontrato durante il tuo turno. Non posso praticare il linguaggio dei segni con Elise. Non posso toccarti, tenerti la mano e farti addormentare su di me. E non posso fare questo..."

Ball si piegò in avanti e le baciò la fronte. Poi le sfiorò la guancia con un bacio, poi l'altra. Infine le baciò delicatamente le labbra. Quando lo fece, Everly si mise in punta di piedi e gli mise le mani dietro il collo, tirandolo verso di lei.

Lei iniziò il bacio in modo così carnale che Ball si eccitò all'istante. Tutto il sangue gli corse all'uccello. Lui la tirò più vicino, finché non si toccarono completamente, dal petto alle cosce. Lei lo baciò ancora come se fosse l'ultima volta, inclinando la testa da una parte, poi dall'altra. Le loro lingue duellarono, lui non aveva mai provato niente di così soddisfacente in tutta la sua vita.

Sapendo che avevano tempo solo per qualche bacio, cercò di rallentare, di alleggerire l'intensità del bacio, ma Everly non voleva saperne. Lei gli gemeva in bocca e lo stringeva più forte.

"Vacci piano, Ev," riuscì a dire a malapena, ma così sembrò

farla uscire dalla trance in cui era appena caduta. Everly spostò le mani sulla schiena di lui e gli seppellì il viso nel collo.

"Mi mancherai," disse lei dolcemente.

"Anche tu," le rispose Ball.

"E mi preoccuperò per te."

"Proprio come mi preoccupo per te ogni volta che sei di turno," disse subito Ball.

Everly alzò lo sguardo verso di lui. "Davvero?"

"Certo che sì. Ma so che sei una poliziotta dannatamente brava, non faresti mai qualcosa di stupido, non metteresti mai in pericolo la tua vita."

Everly lo fissò per un attimo. "Stai cercando di dirmi che sei bravo in quello che fai, vero?" gli chiese.

Lui sorrise. "Non ti direi mai cosa pensare di me."

Everly rise. "Uh... sì, lo faresti."

"Allora sono bravo in quello che faccio. Ho alle mie spalle cinque degli uomini più competenti e capaci. Tu sai di noi, Ev. Sai che i ragazzi sono stati nelle forze speciali, Delta Force, SAS, SEAL... È per questo che tutta la *squadra* è così brava in quello che fa."

"Lo so. Ma è diverso sentirne parlare, e affrontare te che parti per andare a fare qualcosa di pericoloso proprio davanti ai miei occhi."

Non volendo prometterle qualcosa che non poteva mantenere (come la promessa che sarebbe tornato a casa sano e salvo), Ball cambiò argomento. "Spiegherai a Elise perché non possiamo fare le lezioni di autodifesa questo fine settimana?"

"Certo. Sarà delusa, ma capirà."

"Ti farò sapere appena atterriamo di nuovo negli Stati Uniti," le disse Ball.

"Ok."

"Se posso, scriverò un messaggio mentre sono via, ma a volte non abbiamo un servizio di telefonia mobile affidabile."

"Lo sospettavo. Però io posso mandarti *un* messaggio, vero? Voglio dire, la suoneria del telefono non farà saltare in aria la copertura, rivelando la tua posizione ai nemici, vero?"

Ball ridacchiò. "No. Puoi mandarmi un messaggio. Anche Elise. Quando sarò in missione, mi piacerebbe rimanere aggiornato su ciò che succede mentre sono via."

"Ok. Lo faremo, allora."

"Everly, ho fatto del mio meglio per dare a entrambi il tempo di essere sicuri che questo è ciò che vogliamo. Ma mi ci è voluto un po' di tempo per capire quanto tu sia importante per me. Tu *ed* Elise. Voglio far parte per sempre della vostra vita. Voglio svegliarmi nel cuore della notte e non sentirmi in colpa per il fatto che ci siamo addormentati di nuovo sul divano. Voglio lasciare che Elise scelga i mobili che potrebbero piacerle, per una stanza in casa mia. Voglio dormire abbracciati come abbiamo fatto in California. Voglio tutto questo."

"So che è molto e sto uscendo da una zona di comfort, ma non voglio più una relazione superficiale. Voglio farti mia in tutti i modi in cui un uomo può fare sua una donna... a partire dall'essere dentro di te così profondamente che nessuno di noi due capisca dove inizia l'uno e finisce l'altra."

Ball prese fiato e si leccò le labbra. Lei non l'aveva interrotto e non si era spostata dalle sue braccia, sembravano tutti buoni segnali. Però non aveva neanche risposto.

"Hai finito?" chiese lei, dopo un attimo.

"Sì. No, aspetta. No, non ho finito. Giuro che ho superato tutti i problemi che avevo quando ci siamo conosciuti. Ho riflettuto molto, e per quanto la mia situazione con Riley sia stata terribile, non avrei dovuto usare quello che ha fatto lei per dipingere tutte le donne con lo stesso pennello. Ho anche capito che io e Holly non saremmo mai durati. Lei era egoista. Le piaceva più il fatto che io fossi nell'esercito, di quanto le piacessi io come uomo. Avrei dovuto capirlo e scrollarmi di dosso il suo rifiuto, invece ho sguazzato nell'autocommiserazione. Sono cambiato e ti prometto che, se mi darai una possibilità, vedrai quanto ci tengo a te."

Ball deglutì e attese la risposta di Everly, respirando a malapena.

"Va bene."

Ball attese che lei aggiunse altro. Quando non fu così, le chiese: "Va bene?"

"Sì. Anch'io voglio tutto questo. Quindi, va bene. Quando tornerai scoperemo come conigli, probabilmente ci scambieremo troppe effusioni d'affetto in pubblico segnando a vita mia sorella. Non sono pronta a trasferirmi definitivamente da te, ma non mi dispiacerebbe fare un pigiama party. Tutto questo va bene, basta che ti ricordi che Elise e io siamo un pacchetto completo. Non la rimanderò a Los Angeles. Sta meglio qui con me. Stiamo meglio insieme."

"Non potrei essere più d'accordo," disse Ball. Poi si raddrizzò e fece per asciugarsi una goccia di sudore dalla fronte, con finta esagerazione. "Mi hai fatto sudare un po', donna," borbottò.

Everly ridacchiò. "Ehi, eri tu quello determinato ad aspettare."

Era vero. "Sei la cosa migliore che mi sia capitata da molto tempo. Non manderò tutto a puttane. So riconoscere una cosa buona, quando ce l'ho tra le mani."

"In una relazione ci sono due persone, Ball."

"Che significa?"

"Che non sei l'unico responsabile di farci andare avanti. So di non essere la persona più facile con cui vivere, o con cui stare. Entrambi abbiamo un lavoro che ci mette in pericolo, beh... tutte cose che possono aggiungere molto stress a un rapporto."

"Ho capito." Ball fece una pausa, poi aggiunse: "Quando torno, passerai la notte a casa mia? Perché finora abbiamo passato la maggior parte del tempo qui da te. So che questa è la casa di Elise e tutto il resto, ma anche se casa mia non è enorme, ho quella stanza in più che possiamo usare per tua sorella."

"Mi piacerebbe molto," disse timidamente Everly.

"Bene." Ball guardò l'orologio e fece una smorfia. "Devo andare."

"Anch'io."

Ball la baciò ancora una volta. Un lungo e tenero bacio che nessuno dei due fece sfociare nella passione. Nonostante ciò, Ball si tirò indietro con riluttanza. "Mandami un messaggio," disse.

"Lo farò."

"Anche Elise."

"Anche lei, va bene."

"Fate attenzione," disse Ball, non volendo andare.

"Dovrei dirlo io a te," scherzò Everly.

"Mi mancherai."

"Anche tu. Ora vai," gli disse, spingendogli il petto. "Prima che entrambi ce ne stiamo qui e troviamo infinite cose da dire per prolungare il momento."

"Me ne vado. Ev?"

Lei emise un sospiro quasi esasperato. "Sì?"

Ball aprì bocca per dirle che l'amava, ma si bloccò. Non era il momento, dato che poi se ne sarebbe andato. Voleva avere il tempo di mostrarle quello che provava, una volta detto a parole. "Stai attenta."

"Lo farò. Ora vai a fare le tue cose, così puoi tornare a casa."

"Casa. Sissignora," le disse. Le accarezzò la guancia con il dorso delle dita ancora una volta, poi si voltò e si diresse verso la porta.

———

Quattro giorni dopo, Everly ed Elise erano a casa di Allye, vicino a Black Forest. Era un quartiere abbastanza distante dal suo appartamento, situato a sud del centro e più vicino alla zona di Broadmoor. Ma era un venerdì e sia lei che Elise sentivano la mancanza di Ball, molto più di quanto si aspettassero.

Quella sera Ball avrebbe dovuto tenere le lezioni di autodifesa a Elise e Ruby, così invece di starsene sedute a deprimersi, Everly accettò l'invito di Allye di andare a fare un pigiama party. Le sorelle Adams avevano preparato un pigiama e un cambio di vestiti, decidendo che sarebbe stato divertente guardare film e stare con la loro nuova amica.

Elise era infagottata sotto una coperta, sul divano di Allye, totalmente assorbita da un film su Netflix, quando Allye chiese a Everly: "Come stai?"

"Io?"

"Sì, tu. Elise mi ha spiegato quello che le è successo e penso che sia fantastico che tu l'abbia portata in terapia così velocemente. Troppe persone pensano che non parlare delle loro traversie le farà in qualche modo sparire, ma non funziona così. Però anche tu ne ha passate tante quando Elise è scomparsa. Allora, come va?"

"Sto bene."

Allye inarcò un sopracciglio.

"Ho una paura folle di perderla di vista. Odio quando va a scuola, voglio dirle che deve tornare subito a casa e non fare niente con nessuno, quando finisce la sua giornata. Questo non la aiuterà a guarire, ma è così che mi sento."

"Gliel'hai detto?"

Everly guardò sua sorella e sospirò. Sembrava completamente a suo agio. Teneva gli occhi incollati alla televisione, leggendo i sottotitoli che apparivano sullo schermo. "No, l'ultima cosa che voglio è che lei pensi che non sono forte, o darle qualcos'altro di cui preoccuparsi."

"Everly, so che sei una poliziotta e che sei bravissima a gestire un sacco di cose, ma lottare per affrontare le conseguenze del suo rapimento non ti rende debole. E penso che probabilmente lei dovrebbe saperlo. Uno, le dimostrerai esattamente quanto le vuoi bene, e due, se ti senti così, non credi che anche lei si senta nello stesso modo?"

Everly rifletté su quelle parole. Non voleva assolutamente spaventare sua sorella, ma... in effetti, Elise era un po' nervosa da qualche giorno, vero? Forse, se avessero parlato delle loro paure, ne avrebbero entrambe tratto giovamento.

"Ho fatto una lunga chiacchierata con Gray, dopo che mi hanno rapita. Sì, ero spaventata a morte quando quello psicopatico mi ha catturata, ma Gray stava affrontando lo stesso inferno. All'inizio non capivo. Voglio dire, non era *lui* quello che era stato rapito. Ma poi ho cercato di mettermi nei suoi panni, mi sono resa conto che il terrore che provava, pur essendo diverso, era tremendo tanto quanto quello che stavo passando io. Penso che se parli con Elise e le spieghi come ti sei sentita quando è scomparsa, la cosa aiuterà entrambe."

Everly annuì. Si sentiva come se la sua paura e la sua preoccupazione fossero in qualche modo nulla in confronto a quello che aveva passato Elise. Le sembrava stupido anche solo parlarne, perché cosa poteva esserci di peggio, rispetto a quello che era successo a Elise? Ma sentire che Gray aveva provato sentimenti simili ai suoi la fece sentire subito meglio.

"Lo farò. Penso che il nostro caso sia peggiore, perché il tizio che ha preso Elise è ancora là fuori. Non ho idea se sia in agguato dietro l'angolo, in attesa di colpire ancora. So che è improbabile. Voglio dire, siamo molto lontani dalla California, ho fatto tutto il possibile per assicurarmi che Elise sappia di non dover scaricare o accedere a nessuna delle app che ha usato in passato per parlare con lui, ma ho ancora paura per lei. E per me."

"Non so cosa farei se Gray scomparisse in quel modo,"

confessò Allye. Si portò una mano verso la pancia e la accarezzò mentre parlava. "Ho un tale rispetto per i genitori single ma... Non credo che potrei farlo. Sono terrorizzata per questo bambino. Ho paura che cambierà tutto del mio rapporto con Gray."

"Non succederà," disse subito Everly.

Allye sorrise. "Senza offesa, ma non ci conosci nemmeno, vero?"

"Hai ragione, no. Ma ho visto come ti guarda. Non riesce a toglierti gli occhi di dosso. Quando eravamo al The Pit, ogni volta che guardavo i ragazzi, lui ti fissava. Forse non vi conosco bene, ma uomini come i Mercenari di Montagna non sembrano i tipi che fanno le cose a metà. Sia che si tratti di essere bravi soldati, di andare in missione o di amare le loro donne."

"Hai ragione," concordò Allye. Poi inclinò la testa e chiese a bruciapelo: "Ami Ball?"

Everly sbatté le palpebre. Non si aspettava che Allye fosse così diretta. Ma la domanda non la sorprese più di tanto. Ball era un membro amato e rispettato della loro tribù. Se fosse stata nei panni dell'altra donna, avrebbe voluto sapere la stessa cosa.

"Non lo so." Vide Allye accigliarsi, quindi si affrettò a procedere. "Ma la prima cosa che faccio la mattina è prendere il telefono per vedere se ha mandato un messaggio mentre dormivo. Sempre più spesso, però, mi sveglio tra le sue braccia, sul mio divano. Ci addormentiamo così e non ci svegliamo fino al mattino. Lui rispetta mia sorella e ha fatto di tutto per imparare a conversare con lei... Conversare *davvero* con lei, non solo scarabocchiare merda su un pezzo di carta o a fare strane pantomime. Vedo la preoccupazione nei suoi occhi, quando indosso il giubbotto antiproiettile per andare al lavoro, ma non ha neanche provato a dire qualcosa per farmi scegliere un'altra professione più sicura. Non ho mai sentito il corpo formicolare per un semplice bacio, prima d'ora..."

"Questo è amore? Sono probabilmente la persona peggiore al mondo a cui chiedere dell'amore. Mia *madre* non mi amava. Posso garantirti questo, però, non sono interessata a un'avventura casuale con Ball. Sono troppo vecchia per queste stronzate. E se arriveremo a quel punto, il primo a saperlo sarà Ball, non tu... scusami."

Everly trattenne il respiro, sperando di non aver offeso Allye. Quando la sua nuova amica si appoggiò al divano con un enorme sorriso sul viso, Everly sospirò sollevata.

"Buona risposta," disse Allye, ancora sorridente.

"Diventa più facile, nel tempo?" chiese Everly.

"Cosa? Aspettare che tornino a casa? Chiedendosi se stanno bene e cosa stanno facendo? No, non proprio."

"Non è la risposta che volevo sentire," borbottò Everly.

"Ma sai cosa lo rende più facile? " chiese Allye.

"Cosa?"

"Sapere che ovunque si trovino, qualunque cosa stanno facendo, si coprono le spalle l'un l'altro. Quegli uomini sanno quello che fanno. Sì, molte volte le loro missioni non sono proprio sicure, ma so che faranno tutto il necessario per tornare a casa illesi."

"Sì, questo aiuta," ammise Everly. Era molto simile al legame che sentiva con gli altri agenti di polizia. Quando veniva trasmessa una richiesta di assistenza, ogni poliziotto nel raggio di dieci miglia lasciava tutto in sospeso per andare a offrire il suo aiuto.

"Ma la cosa più importante... e dovresti capirlo meglio di chiunque altro... è sapere che stanno aiutando altre donne e bambini a tornare a casa dalle loro famiglie. È difficile credere che la schiavitù umana esista ancora ai giorni nostri, ma è proprio questo il traffico di esseri umani. È brutto e perverso, i nostri uomini stanno rendendo il mondo un posto migliore, anche se si tratta di una sola donna alla volta, un bambino alla volta."

Oh sì, Everly lo capiva benissimo. Era il motivo per cui aveva contattato Rex in primo luogo. "Hai ragione, questo rende tutto più facile."

"Lo immaginavo," disse Allye.

Rimasero in silenzio, mentre rivolgevano la loro attenzione al film.

Mezz'ora dopo, Everly guardò la sorella e vide che si era addormentata.

"Vuoi svegliarla e dirle di andare a letto?" chiese Allye con calma.

Everly scosse la testa. "Se per te va bene, penso che potremmo dormire qui entrambe."

"Va più che bene. Lascerò la luce della sala accesa, nel caso in cui una di voi due si svegliasse disorientata."

"Grazie."

Allye si alzò in piedi e scosse la testa. "No, grazie a te."

"Per cosa?"

"Per essere esattamente il tipo di donna di cui Ball ha bisogno."

Everly ridacchiò. "Non sono sicura che tu debba ringraziarmi per questo. Sono io che mi chiedo come ho fatto a essere così fortunata."

"Buona notte, Everly. Ci vediamo domattina. Forse saremo *entrambe* fortunate e sentiremo che i nostri uomini torneranno domani."

"Speriamo."

Detto ciò, Allye uscì dalla stanza, lasciando Everly da sola con la sorella.

Il film non era ancora finito, emanava luce a sufficienza per vedere la stanza. Per molto tempo Everly guardò Elise dormire.

Pensandoci, sembrava che i Mercenari di Montagna non

avessero nulla a che fare con il ritrovamento di Elise, anche se Everly sosteneva il contrario. Rex e Meat avevano lavorato instancabilmente per trovare qualsiasi tipo di indizio nel computer e nel telefono di sua sorella, ma, cosa più importante, le avevano dato speranza quando ne aveva più bisogno. Sapere che aveva il meglio del meglio alle sue spalle aveva reso l'intera situazione un po' più facile da sopportare.

Ball era là fuori, da qualche parte, a cercare di salvare la sorella di qualcun altro. Una figlia. Un'amica. In quel momento, giurò di non fargli mai sentire di dover scegliere tra lei e il suo lavoro. Inoltre, anche lei faceva un lavoro pericoloso. Ogni volta che indossava l'uniforme da SWAT, c'era la possibilità che le sparassero. Ogni volta che faceva accostare una macchina, c'era la possibilità che qualcuno tirasse fuori una pistola e la uccidesse prima che lei potesse fare qualcosa. Ma amava il suo lavoro. Amava sbattere gli stronzi dietro le sbarre, dove si meritavano di andare. Amava togliere la droga dalla strada, evitando che potesse finire nelle mani dei bambini. Amava rendere i genitori negligenti responsabili delle loro azioni... qualcosa che sua madre non aveva mai imparato.

Chinandosi in avanti, Everly afferrò il telecomando e cliccò sul televisore. La stanza si oscurò, ma poteva ancora vedere la sagoma di sua sorella per via della luce che Allye aveva lasciato accesa nel corridoio. Prima di addormentarsi, Everly afferrò il telefono dal tavolino davanti al divano. Scrisse un messaggio sincero a Ball, poi riappoggiò il telefono sul tavolo. Si rannicchiò sotto la coperta e sospirò, soddisfatta.

Everly: **Nel caso mi dimentichi di dirtelo più tardi, hai degli amici fantastici. Non mi sono mai sentita così ben accolta e sostenuta come da quando te ne sei andato. Mi manchi. Terribilmente. Ma so che se ci fosse Elise là fuori, persa, spaventata e sola, vorrei che**

tu e la tua squadra vi occupaste del suo caso. Non vedo l'ora di vederti.

———

"Sveglia!"

Everly scattò sul divano e cercò la sua arma da fuoco... che ovviamente non era al suo fianco.

"Everly, sei sveglia?" chiese di nuovo Allye dal corridoio.

"Siamo sveglie," disse Everly alla sua amica, dando un colpetto ad una Elise ancora addormentata.

"I ragazzi sono tornati, ma Ball e Gray si sono fatti male."

Everly si bloccò.

Male? Ball si era *fatto male*?

Aveva un milione di domande, ma solo un dettaglio le passò per la testa, mentre comunicava velocemente quello che stava succedendo ad Elise. Allye aveva detto che la ferita *non era mortale*. Era un dettaglio enorme.

CAPITOLO 12

BALL SUSSULTÒ quando Elise gli volò tra le braccia. Barcollò leggermente, ma sentì la mano di Everly sulla schiena per sostenerlo.

Non avrebbe voluto far preoccupare Everly dicendole che era stato sfiorato da un proiettile, ma Gray aveva spifferato tutto mandando un messaggio ad Allye e raccontandole delle loro ferite. Non aveva idea che Everly ed Elise fossero a casa di Gray, finché il suo amico non glielo aveva detto.

Nel momento in cui Ball entrò in casa, Elise gli si lanciò addosso.

"Sto bene, Elise," mormorò, sapendo che lei non poteva sentirlo.

Everly fece un passo di lato e toccò la spalla della sorella. *Attenta, tesoro, è ferito.*

Elise lo lasciò andare così in fretta che lui barcollò di nuovo. Everly lo sostenne un'altra volta, con la mano sulla schiena, per tenerlo fermo.

Ball aveva letto tutti i messaggi delle sue due rosse preferite almeno dieci volte, da quando era tornato nel raggio d'azione del ripetitore telefonico. Avevano fatto come promesso e gli avevano inviato decine di messaggi da quando se n'era andato. Elise gli raccontava delle giornate di scuola e gli aveva inviato brevi video di lei che formava frasi semplici, per evitare che lui si dimenticasse quello che aveva già imparato.

Ma erano stati i messaggini di Everly a fargli mancare Colorado Springs come non mai. Era strano, perché in passato, quando era in missione, Ball non aveva pensato ad altro che alla missione. Ma quella volta, ovunque guardasse, gli sembrava di vedere cose che gli ricordavano Everly.

Un poliziotto in piedi all'angolo di una strada.

Qualcuno che gesticolava selvaggiamente con le mani gli faceva pensare alla comunicazione di Everly con la sorella.

Anche vedere una donna più anziana che camminava a braccetto con una donna più giovane, ovviamente imparentata con lei, gli faceva pensare a Me-Maw ed Everly.

Avevano trovato la bambina scomparsa esattamente dove era stato loro indicato, ma purtroppo il padre era un paranoico stronzo che si era rintanato con un mucchio di armi. Aveva iniziato a sparare a raffica quando erano entrati nella sua casa di merda malandata, non gli importava nemmeno che sua figlia fosse lì accanto a lui.

Ball aveva fatto una presa disperata per salvare la bambina, venendo sfiorato da un proiettile. Gray aveva subito una commozione cerebrale quando aveva affrontato il padre, sbattendo la testa contro il muro della baracca mentre lo afferrava.

Anche se la bambina aveva urlato a squarciagola per tutta la durata del salvataggio e per gran parte del tragitto verso casa, lo sguardo di sollievo sul suo viso e su quello della madre, una volta riunite all'aeroporto, avevano fatto svanire ogni malumore.

Ball rilesse più volte l'ultimo messaggio di Everly mentre andava a casa di Gray. Aveva intenzione di andare direttamente a casa di lei, ma naturalmente aveva cambiato idea quando era venuto a sapere che Everly ed Elise avevano passato la notte a casa di Allye.

Ignorando la fitta di dolore al fianco, Ball comunicò ad Elise, *sto bene*.

Elise gli rispose alla velocità della luce, ma naturalmente Everly era pronta a tradurre. "Dice che era così preoccupata, avresti dovuto abbassarti, o muoverti più velocemente, o qualcosa del genere. È arrabbiata con te, ma anche sollevata che tu stia bene. Ti sta ordinando di non farti mai più del male."

Ball sorrise e sistemò una ciocca di capelli dietro l'orecchio di Elise. *Farò del mio meglio,* gesticolò lentamente.

Elise annuì e lo abbracciò ancora una volta, con molta più cautela. Con la coda dell'occhio, Ball vide Gray che salutava Allye. Lei gli stava facendo lo stesso discorsetto che lui aveva appena ricevuto da Elise.

La mano di Everly era ancora sulla schiena di Ball, rendendolo felice. Non c'era nulla di sessuale, ma riusciva comunque a sentire l'emozione di Everly. Nel momento in cui Elise si allontanò, Ball si voltò verso Everly.

Senza dire una parola, la strinse tra le braccia e chiuse gli occhi mentre esalava un enorme sospiro. Era tutto ciò di cui aveva bisogno. Non aveva avuto il tempo di registrare il dolore al fianco, nella foga del momento. Era stato troppo impegnato ad assicurarsi che la bambina appena salvata fosse al sicuro. Poi si era preoccupato di tirarla fuori di lì senza che il resto del quartiere scoppiasse in rivolta. *Poi* aveva fatto del suo meglio per rassicurarla e calmarla, durante il volo.

Tra il suo fianco, la testa di Gray e il tentativo di placare la bimba, il viaggio di ritorno a casa non era stato piacevole, spesso andava così. Arrow gli aveva pulito e fasciato la ferita, garantendogli che non era nulla di grave. La commozione cerebrale di Gray era lieve, si sarebbe ripreso dopo un giorno di riposo.

Ma mettere le braccia attorno a Everly sembrava essere esattamente ciò di cui aveva bisogno per permettere al suo corpo di spegnersi. Improvvisamente, si sentì esausto. Non voleva altro che crollare... preferibilmente su un comodo materasso, non su altri letti di merda come quelli che aveva sperimentato negli ultimi giorni.

"Siete più che benvenuti a stare qui," disse Allye, di fianco a loro.

Ball alzò la testa e vide Gray e Allye che stavano in piedi con le braccia l'uno intorno all'altra. Gray strinse gli occhi e scosse leggermente la testa. Ball rise.

"Grazie, Allye, lo apprezzo. Ma se per te è lo stesso, credo che stanotte dormirò nel mio letto."

"L'offerta è sempre valida," disse Allye.

"Lo so. Grazie." Ball annuì a Gray quando il suo amico mormorò: "Grazie."

"So che è notte fonda, ma pensi di potermi accompagnare a casa?" chiese Ball a Everly. "Sono venuto qui con Gray, la mia macchina è a casa."

"Ma certo." Poi si rivolse a Elise: *Porteremo Ball a casa. Vai a cambiarti il pigiama e fai le borse. Non dimenticate i nostri telefoni. Oh, e qualsiasi cosa hai lasciato in bagno.*

Elise annuì e si precipitò dal corridoio per scendere le scale.

"Stai bene?" chiese Everly a Gray.

"Sì. Solo una piccola botta in testa."

Esitò, poi chiese: "E la missione ha avuto successo?"

"Sì, c'è una bimba di due anni che probabilmente stasera è completamente sciolta tra le braccia della mamma."

"Grazie a Dio," sospirò Allye, Ball notò come appoggiasse la mano protettivamente sulla pancia mentre lo diceva.

"Ottimo," disse Everly.

"Sì," concordò Gray.

"Grazie per aver portato qui Ball," aggiunse lei.

Gray ridacchiò. "Come se avessi avuto scelta. Appena ha saputo che *eri qui*, mi ha chiesto di sbrigarmi a guidare più veloce."

A Ball piacque il rossore sulle guance di Everly.

"Non avresti dovuto guidare," lo sgridò Allye. "Sarei potuta venire a prendervi entrambi."

Gray scosse la testa. "Gattina, sono le due del mattino. Non avrei mai fatto guidare la mia fidanzata incinta fino all'aeroporto per farmi venire a prendere."

"Io non sono incinta. Potevo venire io," osservò Everly.

"Scordatelo," disse Ball.

Allye e Everly alzarono gli occhi al cielo, in quell'istante cessò ogni dolore nel corpo di Ball. Odiava paragonare Everly a Holly, anche nella sua testa, ma dannazione, la sua ex non gli avrebbe nemmeno portato un dannato antidolorifico dall'altra stanza, se glielo avesse chiesto.

Tutti sentirono Elise scalpitare giù dalle scale e si voltarono per vederla rimbalzare nella stanza con due grandi zaini sulle spalle. Guardò immediatamente nella loro direzione, come se temesse che in qualche modo fossero scomparsi, nei pochi minuti in cui era andata via.

Hai preso tutto? chiese Everly.

Elise alzò gli occhi al cielo, esattamente come aveva fatto sua sorella poco prima, e annuì.

"Se trovo qualcosa, la metterò da parte fino a quando non sarai di nuovo mia ospite, o mi organizzerò per fartela avere," la rassicurò Allye.

"Grazie, lo apprezzo molto."

Ball non voleva togliere le mani di dosso alla donna al suo fianco, ma si costrinse a lasciarla andare. Prese uno degli zaini dalle spalle di Elise, ma la ragazzina si allontanò.

No! Gli comunicò. *Sei ferito. Ci penso io.*

Ancora una volta, Ball fu colpito da un ricordo improvviso. Non era passato molto tempo da quando era stato dimesso. Era ancora fasciato, non aveva ancora iniziato la fisioterapia per la spalla. Stava portando fuori Holly per cercare di... Beh, non era sicuro di quello che stava cercando di fare. Forse voleva salvare il loro rapporto, il che era stupido perché era ovvio che lui fosse l'unico a provarci.

Si erano fermati all'appartamento di lei mentre andavano al ristorante, perché Holly voleva portare in casa una borsa piena di cose raccolte dalla casa di Ball. Era un gigantesco campanello d'allarme a cui lui non aveva prestato attenzione. Lei stava portando via le sue cagate da casa di Ball mentre lui era ferito, e non ci aveva fatto caso.

Holly era rimasta in piedi, davanti casa, come una principessa in attesa che il suo servo facesse qualcosa come portare dentro la sua borsa e aprire la porta. Sapeva che Ball aveva male alla spalla (grazie al cazzo, aveva una fottuta imbracatura) ma si aspettava ancora che *lui* le portasse la borsa.

Everly afferrò uno degli zaini e andò in bagno. Riapparve due minuti dopo indossando jeans e una maglietta del suo dipartimento. Ball la preferiva con i pantaloni del pigiama, a righe bianche e blu, e la canottiera. Ovviamente non si era preoccupata di usare una spazzola, perché aveva i capelli che sparavano in tutte le direzioni, il che rendeva le differenze tra lei e Holly, che doveva essere sempre perfetta, ancora più evidenti.

Anche mentre i ricordi della sua ex gli attraversavano la mente, Ball guardò Everly che si affrettava verso la porta d'ingresso per aprirgliela. Tra lei ed Elise, la sua idiozia passata con Holly stava perdendo la capacità di ferirlo.

"Grazie, Ev."

Lei annuì e si rivolse ad Allye. "Grazie per averci invitato. E per la chiacchierata."

"Quando vuoi. E dico sul serio," rispose Allye.

Elise comunicò, *Grazie*, e Allye le rispose, *Prego*.

Grato per avere degli amici fantastici sempre sul pezzo, Ball alzò il mento a Gray, che gli restituì il gesto.

"Non dimenticare di pulire quella ferita, la mattina," disse Gray.

"Non se lo dimenticherà," rispose Everly al suo posto.

Sorridendo, lei lo avvolse con un braccio come a voler prendere parte del suo peso o qualcosa del genere, Ball salutò ancora i suoi amici e si voltò verso la Jeep Cherokee bianca di Everly. Lei lo aiutò a salire sul sedile del passeggero, era evidente che Everly si chiedeva se la cintura di sicurezza gli avrebbe strofinato contro la ferita.

Ball le prese il viso tra le mani e la baciò. Nulla di troppo lungo o focoso, ma neanche un bacetto a stampo. "Sto bene," le disse con fermezza. "Smettila di preoccuparti."

"Giusto. 'Smettila di preoccuparti'. Sì, certo," borbottò lei, mentre gli chiudeva la portiera e si avviava verso il posto di guida.

Ball sorrise e si girò verso Elise sul sedile posteriore, che già gli stava sorridendo. *iperprotettiva,* le comunicò con un dito.

Bello, vero?

Ball annuì convinto. Sì, era bello.

Il viaggio di ritorno a casa trascorse tranquillo. Non c'erano molte auto sulla strada, quindi il tragitto fu rapido e facile. Prima che Ball se ne accorgesse, Everly era già davanti a casa sua. Lo aiutò a camminare lentamente fino alla porta. Elise era ancora in macchina, Ball sapeva che li stava guardando.

"Restate qui stanotte," disse Ball, dopo aver aperto la porta.

Lei esitò, lui giocò senza scrupoli la carta della ferita per convincerla. "Domattina avrò bisogno di aiuto per la medicazione. È notte fonda e tu ed Elise sarete stanche. Non ho ancora un letto per lei, ma può dormire sul divano al piano di sotto, come stavate facendo a casa di Gray. Domani sei di turno?"

Everly scosse la testa.

"Ecco, ed è sabato, quindi Elise non ha scuola. I miei sentimenti su ciò che voglio non sono cambiati. Passa il fine settimana con me. Tu ed Elise. Per favore?"

Quando Everly annuì velocemente, Ball gioì internamente. Sapeva che la sua indipendenza era importante per lei.

"Però la domenica lavoro."

"Va tutto bene. Elise può stare qui con me. La porterò a casa quando finisci il turno, oppure puoi tornare qui."

Ball non riuscì a decifrare i pensieri di Everly, ma lei annuì poco dopo. "Ok."

"Se non vuoi, va bene, solo..."

"Voglio farlo. Esito perché non voglio muovermi troppo velocemente, troppo presto."

Ball rise, senza volerlo. "Troppo veloce? Ev, se fosse per me, chiamerei i ragazzi e domani porterei tutta la tua roba a casa mia."

"Ehm... forse possiamo rimandare a dopodomani."

Ball continuò a ridacchiare. "Vai a prendere tua sorella. Sono esausto, immagino che probabilmente lo sia anche tu."

"Sì. Ball?"

"Sì?"

"Sono contenta che tu stia bene. Sono molto orgogliosa di te. E anche se quella bambina non saprà mai chi sei o cosa hai fatto per lei, lo so io. Grazie."

Quell'elogio sincero significava il mondo per lui. Ball le baciò la fronte. "Prego. Ora vai a prendere tua sorella. Il suo naso è praticamente incollato al finestrino, ci sta fissando."

Everly si mise a ridere. "Ok, ma tu non porti dentro niente!"

"Sissignora."

Ball voleva solo entrare in casa con Everly ed Elise al suo fianco. Viveva in un buon quartiere, ma era notte fonda. "Dai, sbrigati. Non succede mai niente di buono dopo le due del mattino," le disse. "Vai a dire a Elise che restate qui ed entriamo."

Lei annuì, Ball guardò Everly che tornava di corsa alla macchina, apriva il portellone sul retro e diceva alla sorella che sarebbero rimaste. Elise scese dal SUV in due secondi netti. Afferrò le loro borse dal retro e saltò verso di lui prima ancora che fosse passato un minuto.

Sorrise mentre gli passava accanto e sparì per le scale verso la sua stanza, con lo zaino di Everly.

Everly gli si avvicinò accanto, scuotendo la testa. "Immagino che le vada bene."

"Immagino di sì."

Poi gli avvolse un braccio intorno alla vita e lo spinse gentilmente verso le scale. "Andiamo. Sembri un morto in piedi."

Lo era, in un certo senso, ma non così morto da controllare l'uccello che si attivò subito al pensiero che presto sarebbero stati distesi insieme nel suo letto. Costringendosi a calmarsi, Ball si lasciò condurre da lei su per le scale.

"Mi lascerai dare un'occhiata alla tua ferita?" chiese lei.

Ball scosse immediatamente la testa. Se lei l'avesse vista, si sarebbe agitata e non avrebbero dormito. "Non stanotte. Per ora, va bene così. Quando ci svegliamo, puoi aiutarmi con la medicazione."

Everly sospirò, ma non si mise di traverso. Ecco un'altra cosa che Ball apprezzava di Everly. Non insisteva continuamente per fare tutto a modo suo. Holly la voleva sempre vinta.

"Vado a cercare Elise e mi assicuro che stia bene. Poi mi cambierò," disse Everly, indicando il bagno. "Va bene?"

"Certo," le disse Ball. Si chiedeva cosa avrebbe detto se le avesse proposto di cambiarsi proprio lì davanti a lui, ma decise di non sfidare la sorte. Lei sparì nel corridoio, pochi minuti dopo tornò e si diresse verso il bagno. Ball si tolse rapidamente i jeans e la camicia sporchi. Si tolse i boxer e se ne mise un paio nuovi, poi indossò una maglietta, proprio quando Everly tornò nella stanza. Normalmente Ball dormiva solo con i boxer, ma non voleva che Everly si preoccupasse della sua ferita. E se avesse visto la benda, si sarebbe preoccupata.

Everly era adorabile in pigiama. Aveva ancora i capelli disordinati, Ball non voleva altro che scompigliarli ulteriormente.

Obbligandosi a calmarsi, si avvicinò a lei, la baciò sulla fronte ed entrò nel bagno senza dire una parola.

Si lavò denti e viso, senza preoccuparsi di radersi, visto che l'aveva fatto non molto tempo prima.

La visione che lo accolse al suo ritorno in camera lo fece bloccare.

Everly aveva spento tutte le luci, tranne quella del comodino accanto al suo lato del letto. Era sotto le coperte, tutto quello lui che riusciva a vedere erano le spalle e i capelli di lei sparsi sul cuscino. Sembrava nervosa, ma così bella in quella posizione, che per un attimo Ball smise di respirare.

"Ball?"

Senza una parola, lui si avvicinò al letto. Sollevò le coperte e si infilò sotto. Le lenzuola erano fredde contro la pelle, ma nel momento in cui venne a contatto con il calore di Everly si sentì subito meglio. La girò e le premette il petto sulla schiena.

Entrambi sospirarono.

"Mi è mancato tenerti così," le disse dolcemente.

"Anche a me."

Ball le baciò una spalla e si rilassò. Era teso da più di quattro giorni. Ma nel momento in cui chiuse gli occhi e inalò il profumo familiare di Everly, capì di essere fritto. Avrebbe dovuto controllare Elise, assicurarsi che si fosse sistemata bene e che non avesse bisogno di nulla.

In genere, quando tornava da una missione, si sdraiava e ripercorreva gli eventi nella mente. Ma quella notte... Anzi, quella mattina... si rilassò subito dopo aver stretto Everly tra le braccia.

Lei era lì, nel suo letto. Non c'era nulla di più giusto e naturale al mondo.

CAPITOLO 13

EVERLY NON ERA sicura di cosa l'avesse svegliata. Aveva dormito come un sasso. Da anni non dormiva così profondamente.

Qualcosa le solleticò il collo.

Aprì gli occhi e si mosse ancora prima di pensare a cosa stesse succedendo. Sentì un grugnito, ma lo ignorò mentre lottava per uscire da sotto le coperte.

La luce del mattino che filtrava attraverso le tende le rese facile vedere dove si trovava... e chi c'era al suo fianco.

Ansimando, restò in piedi accanto al letto e fissò Ball, che si teneva una mano sul naso, fissandola.

Con la potenza di uno schiaffo, Everly riprese consapevolezza. Era a casa di Ball. Nella sua stanza. Nel suo letto.

E lo aveva appena colpito in faccia.

"Porca puttana, mi dispiace tanto! Stai bene?" gli chiese, mettendosi seduta sul letto e cercando di raggiungerlo.

Non appena si avvicinò, Ball si lanciò su di lei e in meno di un secondo Everly era sdraiata sulla schiena.

"Dov'ero rimasto?" mormorò.

"*Ball!* Ti ho fatto male?"

"No," rispose lui, poi abbassò la testa per annusare ancora una volta il collo di lei.

"Seriamente, Ball. Mi dispiace tanto. Mi sono svegliata disorientata, ho sentito che mi toccavi e sono andata nel panico."

"Va tutto bene, Ev," ripeté lui.

Lei tremava leggermente mentre Ball le sfiorava il collo con le labbra. Le scoppiò la pelle d'oca sulle braccia. "Ball?"

"Mmh?" Lui non interruppe la sua esplorazione, mettendo in azione anche una mano. Scivolando sotto la manica della maglietta di lei per poterle toccare la pelle, le sfiorò una spalla con la punta delle dita, mentre le chiudeva le labbra intorno al lobo dell'orecchio.

"Dovrei controllare Elise," disse Everly, facendo uno sforzo immane per trattenere un gemito pronto a sfuggirle.

"Sta bene," borbottò Ball. "Starà ancora dormendo."

"Che ore sono?"

"Non lo so."

"Ball!"

"Cosa?" chiese lui, alzando la testa e inarcando un sopracciglio. Continuò ad accarezzarla sulla spalla, Everly ebbe un fremito.

"Dovrei guardare la tua ferita."

"Sto bene."

"Ma..."

"Everly, sto bene. La ferita va bene. Elise sta bene. Questa è la prima volta che sei nel mio letto, sono passati quattro giorni dall'ultima volta che ti ho vista.. che ti ho toccata. Se non vuoi... questo è il momento di dire qualcosa. Se sei solo nervosa, ci posso lavorare su. Ma se davvero non vuoi fare l'amore, dimmelo. Non sono uno stronzo. Non morirò nell'attesa."

Everly *era* nervosa, ma voleva andare fino in fondo. Tuttavia, apprezzava il fatto che lui non le facesse pressioni.

Decidendo di lasciarsi andare, allungò le braccia verso il basso e afferrò l'orlo della sua maglietta. Inarcando la schiena si tolse l'indumento e lo gettò fuori dal letto.

Lasciando le braccia sopra la testa, fissò Ball con uno sguardo provocatorio.

Lui non disse una parola, si limitò a guardarla, studiando ogni centimetro della pelle di Everly.

Sentendosi a disagio per quel silenzio, Everly rimpianse la sua azione impulsiva e si mosse per sollevare il lenzuolo sul seno.

Ma prima ancora di poter abbassare le braccia, Ball la bloccò per i polsi. La sua presa era salda, ma non le faceva male per niente. Everly sentì i capezzoli indurirsi, ma non distolse lo sguardo da Ball. Lui le lasciò andare i polsi, lei rimase ferma mentre lui la divorava con lo sguardo.

Ball aveva gli occhi spalancati, come se non riuscisse a sopportare di sbattere le palpebre per il timore di perdersi qualche dettaglio, e si leccò le labbra più volte.

Poi, lentamente, sempre più lentamente, si piegò in avanti.

Everly lasciò andare un gemito involontario prima ancora che lui la toccasse, ma nel momento in cui Ball chiuse la bocca intorno a un capezzolo, il piacere crebbe d'intensità. Gli mise lentamente una mano sulla testa, l'altra sul bicipite muscoloso. Inarcò la schiena, spingendo verso di lui.

"Ball!" esclamò.

Lui non le rispose, continuò a succhiarle e a stuzzicarle il capezzolo. Aveva la bocca calda e quando usò i denti per stuzzicarla, Everly quasi non riuscì a controllarsi. Lo sentì sorridere contro di lei, poi lui mosse la testa per stuzzicare l'altro capezzolo.

Se Everly non avesse aperto gli occhi al momento giusto, si sarebbe persa il modo in cui lui sussultava mentre si muoveva.

Non voleva certo farlo soffrire, la prima volta che facevano l'amore.

Sapendo che se avesse detto qualcosa a riguardo lui avrebbe negato il dolore, Everly lo spinse gentilmente fino a farlo sdraiare sulla schiena, poi gli salì in grembo.

Ball non batté ciglio per il cambio di posizione. Si sollevò e la prese dietro il collo, tirandola verso di lui. Riprese un capezzolo in bocca, con l'altra mano le pizzicò leggermente l'altro capezzolo.

Everly non era una novellina del sesso. Aveva trentaquattro anni, aveva avuto la sua parte di partner; eppure, in qualche modo, stare a quattro zampe su un uomo che le succhiava il seno era un qualcosa che non aveva mai sperimentato prima. Era un po' volgare, ma sexy da morire. Sentiva ogni succhiata al capezzolo come una scintilla di desiderio che le colpiva direttamente la passera.

Senza pensarci, iniziò a dondolare leggermente avanti e indietro, facendo ondeggiare le tette e aggiungendo un'altra dimensione alle sensazioni che già provava.

Ball fece cadere la testa sul cuscino. La fissò, guardandola mentre continuava a ondeggiare sopra di lui.

"Cazzo, sei troppo sexy," le disse, con gli occhi incollati alle tette.

Lei si sedette, costringendolo a sdraiarsi del tutto per non fargli del male. Lui le mise le mani sulle cosce, accarezzandola. Everly attese che lui la guardasse negli occhi.

"Ecco come andrà a finire," gli disse, nel modo più severo possibile. Dentro di sé si sentiva come un cucciolo sottomesso, non voleva altro che rotolarsi sulla schiena e lasciare che Ball la scopasse. Ma richiamò la poliziotta tosta da "non prendermi per il culo" dal profondo del cuore e disse: "Sei ferito. Rimarrai sdraiato lì e *mi* lascerai fare. L'ultima cosa che voglio è che la tua ferita si apra e che tu mi sanguini addosso. Capito?"

"Sissignora," disse seriamente Ball. Portò le mani più verso l'alto, dalle cosce alle pieghe tra le gambe di lei.

Everly si maledisse internamente per aver scelto i leggings come pigiama.

"Sei così bella," le disse Ball, con ammirazione.

Everly era pronta a controbattere, ma si trattenne. Non aveva mai pensato a se stessa in quel modo prima d'allora, ma non poteva negare che lo sguardo negli occhi di Ball le facesse ripensare l'immagine che aveva di se stessa. Ma poi, perché *non doveva* essere bella? Solo perché non le piaceva la leggera pancetta di cui non riusciva a liberarsi, pensava che le sue tette fossero un po' troppo cascanti, non significava che non fosse bella. Ah, le donne... Sempre così severe con il proprio corpo. Di sicuro lo sguardo di Ball la faceva sentire la donna più bella del mondo, gli piaceva quello che vedeva.

Si sedette ancora più dritta e inarcò la schiena.

"Cazzo," mormorò Ball, fissandole intensamente il seno. Volendo vedere anche lui, Everly gli mise le mani sotto la maglietta e lo aiutò a sfilarsela. Una volta riuscita, lanciò via la maglietta, concentrandosi sulla perfezione sotto di lei.

Ball aveva spalle molto larghe, tutte da baciare. I poderosi bicipiti si flettevano mentre le muoveva le mani sulle cosce. I boxer nascondevano una grande sorpresa. I suoi addominali sembravano scolpiti nel marmo, Everly non riuscì a trattenersi dal passare le mani su tutto quel ben di Dio.

Ovviamente evitò accuratamente la benda sul fianco, rifiutandosi di lasciare che quella vista rovinasse l'atmosfera. Odiava il fatto che fosse stato ferito, voleva vedere quanto fosse grave il danno, ma in quel momento riusciva a pensare solo all'amore.

Appiattì i palmi delle mani sullo stomaco di lui e si chinò in avanti, sentendo il ventre contrarsi mentre lo accarezzava. Continuando a salire nella sua esplorazione, Everly sentì i capezzoli di Ball irrigidirsi al suo passaggio. Giunse alle spalle, chinandosi ancora più in basso con il corpo. Sentì i capezzoli sfiorargli il petto, i peletti del petto di lui che le facevano il solletico.

Ripeté quel movimento con il corpo un paio di volte, lentamente, facendolo impazzire.

"Basta," gemette Ball. Le afferrò la vita con entrambe le mani e la posizionò in modo che la passera fosse proprio sopra l'uccello. Era duro, Everly non riusciva proprio a restare ferma, continuando a strusciarsi. Leggings, mutandine e boxer impedivano a entrambi di ottenere il massimo godimento dalla sensazione.

Ball le infilò le mani nei leggings e le palpò il sedere, mentre la premeva più forte contro di lui. Non disse nulla, ma il modo in cui spalancò gli occhi e muoveva le gambe le dissero tutto quello che Everly voleva sapere.

La desiderava esattamente tanto quanto lei desiderava lui.

Lei si mosse rapidamente di lato, togliendosi mutandine e leggings con un unico rapido movimento.

"Preservativo?" gli chiese, mentre Ball si toglieva i boxer.

Lui fece un cenno rivolto al comodino accanto al letto. Everly aprì il cassetto e afferrò la scatolina. Era ancora chiusa, così impiegò preziosi secondi per tentare di aprirla.

Ball gliela strappò di mano e la ruppe con un gesto irruento. Esplosero preservativi dappertutto.

Per un secondo, Everly fissò la scena e iniziò a ridacchiare. Le sue risatine si trasformarono in una vera e propria risata. Si chinò rapidamente e raccolse uno dei pacchetti dal pavimento e tornò di nuovo sul letto, ignorando quanto fosse ancora più intima quella posizione da nuda, Everly cavalcò di nuovo Ball.

Solo quando si posizionò su di lui, fissandogli l'uccello di granito, si rese conto di quanto era già aperta per lui.

Lo fissò in estasi mentre lui le stava fissando la passera, ipnotizzato.

Quando sentì i muscoli contrarsi, Everly dovette prendere la decisione di restare lì e non rotolarsi su un fianco alla ricerca del lenzuolo per coprirsi.

Ball le mise di nuovo le mani sulle cosce, ma quando le accarezzò le pieghe tra le gambe con i pollici, lei si agitò. Ci stava andando sempre più vicino.

"Stai ferma e lascia che ti guardi per un secondo," ordinò Ball, quasi con durezza.

Era un compito decisamente arduo. Tra l'imbarazzo e il desiderio, Everly voleva fare di tutto, non voleva certo stare immobile su di lui a gambe aperte a farsi fissare, ma obbedì. Per distrarsi, lo esaminò con altrettanta impazienza.

Il suo uccello era spesso e si inarcava verso l'ombelico. Le vene sembravano pulsare, e si muoveva anche mentre lo fissava, con una perlina di liquido pre-eiaculatorio sulla punta.

Ma si distrasse quando le cadde lo sguardo sulla benda.

Non aveva modo di capire quanto fosse grave la ferita, dato che era coperta, ma più a lungo la fissava, più temeva di fargli male. Aggrottò la fronte per la preoccupazione e iniziò a muoversi per scendere.

"Oh no," ringhiò Ball. "Non ti distrarre." La afferrò saldamente intorno alla vita e la tirò verso l'alto.

Non volendo contorcersi e fargli ancora più male (dato che sicuramente stava soffrendo) Everly si lasciò guidare.

L'uccello sfiorò l'ingresso tra le gambe di Everly, facendola esitare ancora una volta.

Ball emise una sorta di ringhio e la tirò verso di sé.

Prima che se ne accorgesse, Everly si stava spostando sul corpo di Ball. Lui la fissava tra le gambe come un uomo affamato che non mangiava da una settimana davanti a una succulenta bistecca.

La guardò lentamente fino a incrociare il suo sguardo. "Vieni quassù," le disse dolcemente.

Sapendo quello che voleva, e desiderosa di sentire la sua

bocca tra le sue gambe proprio come lui, lasciò perdere la ferita e scivolò in avanti di qualche centimetro. Ball prese un cuscino e se lo mise sotto la testa.

Everly poteva sentire il suo fiato caldo tra le gambe e chiuse gli occhi in attesa.

"Allarga un po' di più le gambe," la istruì Ball, mettendole le mani sull'interno coscia e premendo leggermente.

Lei lo fece e prima che potesse veramente prepararsi, Ball partì all'attacco. Leccando e succhiando come se fosse il suo ultimo pasto.

Gemendo, Everly fece per muovere le mani, ma Ball la teneva ferma mentre banchettava. Usò la lingua, le labbra e persino i denti per divorarla. Era una cosa che lei non aveva mai provato prima. Nessun amante era mai stato così... *selvaggio* con lei. Così esigente. E lei lo *adorava,* cazzo.

A un certo punto, Everly guardò in basso e non riuscì proprio a trattenere un gemito molto acuto. Il volto di Ball era inondato dall'eccitazione. Persino il naso brillava dei suoi succhi. Si divertiva a stimolarla e a mangiarla, manifestando la propria eccitazione.

Quando Ball si attaccò al clitoride e succhiò forte, Everly cercò di allontanarsi, la sensazione era troppo forte. Ma lui la anticipò palpandole il culo con una mano, sfiorandole l'ano con il mignolo.

"Ball!" esclamò lei.

Lui non rispose a parole, aumentò solo il suo attacco orale.

Everly non riusciva a pensare. Non riusciva a decidere se allontanarsi o premere più forte contro di lui. Ma era inutile, tanto lui non le dava la possibilità di scegliere. Continuò a scoparle il clitoride fino a quando lei sentì le cosce tremare, preparandosi all'imminente orgasmo.

Per fortuna Ball la teneva ferma sui fianchi con l'altra mano, perché un secondo dopo Everly esplose. Si contorse senza sosta mentre lui continuava a leccarla anche all'apice del piacere.

"Merda! Ball... oh mio Dio!" Everly sapeva che non aveva senso, ma si sentiva come se il suo mondo fosse appena imploso. Sentiva il corpo sciolto, non riusciva a trattenere un singolo pensiero nella sua testa.

Quando tornò in sé, era in qualche modo seduta sulle cosce di Ball. Lui stava facendo rotolare il preservativo sull'uccello, poi le rimise le mani sui fianchi.

"Scopami, Ev," le disse con voce bassa e suadente.

Ball aveva ancora il viso lucido, si leccava le labbra impaziente.

Di nuovo cosciente, Everly si rese conto che era ancora eccitata. Era bagnata e lo voleva dentro di sé più di quanto volesse respirare. Si alzò rapidamente in ginocchio, si mosse in avanti e gli prese in mano l'uccello.

Inspirò acutamente e lo fissò negli occhi. Everly voleva mettere in scena uno spettacolo per lui. Voleva prenderlo con estrema lentezza per poterlo guardare, ma il suo corpo aveva altre idee.

Non appena l'uccello fu proprio sotto di lei, Everly, non ebbe più tempo per i giochetti. Aveva aspettato abbastanza.

Affondò in un colpo solo, senza dare a nessuno dei due il tempo di adattarsi.

Entrambi ansimarono mentre lui la riempiva.

"*Dannazione*," sussurrò Ball. "Sento che mi stringi il cazzo come se non volessi mai lasciarlo andare."

Il suo uccello era grande, ed era passato così tanto tempo da quando Everly aveva fatto l'amore che averlo dentro di sé era stato solo un po' doloroso, ma l'orgasmo era stato così intenso da facilitare l'ingresso.

"Ev?" la chiamò, premendole così tanto le dita sul corpo che lei sapeva avrebbe avuto dei lividi, ma non era importante.

"Sì?"

"Muoviti."

Everly obbedì. Si mosse lentamente all'inizio, poi sempre più veloce, fino a quando non rimbalzava letteralmente su Ball, dimenticando del tutto la sua ferita. Le tette rimbalzavano su e giù così forte che avrebbe sentito del dolore in un secondo momento, ma lo sguardo fisso di Ball la faceva sentire sexy da morire.

"Sei davvero bella," mormorò lui. Le lasciò una mano sul fianco e spostò l'altra sulla pancia. Lei quasi si lamentò, non volendo che lui la toccasse lì, allora lui le sfiorò il clitoride col pollice. Le fece perdere il ritmo, poi sorrise. "Continua."

"Non riesco a pensare quando mi tocchi in quel modo," ansimò lei.

"Bene. Continua a scoparmi, Everly."

Lei fece del suo meglio, ma quando lui strofinò più forte contro il clitoride mentre lo cavalcava... fu difficile ricordare quello che stava facendo. Guardando giù, vide delle chiazze di pelle rossa sulla parte superiore del petto di Ball, le piacque constatare che anche lui non era così impassibile come sembrava.

"Ci sono quasi," la avvertì, mentre la sensazione familiare di un altro orgasmo si faceva strada dentro di lei.

"Voglio sentirti spremere il mio cazzo," grugnì Ball, eccitandola ancora di più con quelle parole sconce. "Forzami a venire, Ev. Fallo. Scopami e fammi esplodere."

Everly godette ancora di più, non tanto per le parole, ma per il modo in cui lui le premeva il pollice contro il clitoride estremamente sensibile. Faceva male, ma in senso buono. Lei gli mise una mano sul petto e l'altra sul bicipite, conficcandogli con forza le unghie nella carne.

"Ecco. Cazzo, sì, È così bello. Dio!"

Everly sentiva a malapena le sue parole attraverso la nebbia di euforia che si era impadronita del suo corpo. Sbatté il bacino verso il basso e rimase lì, più che altro perché non riusciva più a muoversi, se non per un motivo erotico, tremando mentre esplodeva.

Lei lo sentì vagamente afferrarle i fianchi e muoversi con forza un altro paio di volte per poi tenerla stretta e inarcare la schiena.

Non lo sentì venire a causa del preservativo, ma vide ingrandirsi la macchia rossa sul petto mentre chiudeva gli occhi. Agitò i fianchi sotto di lei e grugnì intensamente, prima di rilassare ogni muscolo.

Lasciandosi cadere sopra di lui, Everly si sentì esausta. Ball la cinse tra le braccia e nessuno dei due parlò per un lungo momento.

Everly sentiva il cuore battere forte, proprio come quello di lui. Dopo un po', l'uccello le scivolò fuori e lei tremò.

"Lo detesto," gli sussurrò.

"Non più di quanto lo detesti io," rispose Ball. Poi sollevò le mani e le tenne il viso teneramente.

In qualche modo, guardarlo negli occhi quando lei era ancora sdraiata sopra di lui, e ricordarsi di quanto fosse stata lasciva, era più difficile che affrontare un delinquente che si faceva di metanfetamina.

"Quanto. Cazzo. È. Stato. Perfetto." le disse, enunciando ogni parola con attenzione. "*Tu* sei stata perfetta."

"Io... uh... Non sono sicura che dovresti abituarti al fatto che io sia così."

"Così come?"

Everly si morse il labbro inferiore. "Ehm, così... entusiasta?"

Lui sorrise. "È *proprio* così che ti voglio. Ogni singola volta. Se non riesco ad attivarti così per me ogni volta, allora sto facendo qualcosa di sbagliato."

Quelle parole la fecero sciogliere. "Ball..."

"Kannon."

"Cosa?"

"La prossima volta che vieni sulla mia lingua o sul mio cazzo, voglio che tu dica il mio vero nome."

"Ok." Disse subito lei.

Si baciarono teneramente, poi lui allontanò le mani e disse: "Odio essere io a rompere questo tenero momento di coccole, ma devo occuparmi di questo preservativo."

"E magari lavarti la faccia," disse Everly con una risatina.

Lui scosse la testa. "No. Ti tengo lì il più a lungo possibile."

"Ball!" esclamò lei, appoggiandosi sul suo petto e picchiandogli leggermente la spalla. "Che schifo!"

"Niente di te fa schifo," disse Ball con un sorriso. "Ora spostati e fammi alzare. Devo mettermi dei boxer, così non sarai tentata di saltarmi di nuovo addosso quando mi aiuterai a pulire la ferita."

Merda! Se n'era proprio dimenticata. Si sollevò da lui così in fretta che sarebbe caduta, se Ball non l'avesse bloccata con una mano. "Dannazione! L'avevo dimenticato! Stai bene? Non ti ho fatto male, vero?"

Lui non rispose, mentre Everly lo guardava con preoccupazione.

Poi sollevò lo sguardo, posandoglielo sulle tette.

Lei allungò un braccio e afferrò la sua maglietta, che miracolosamente era ancora al bordo del letto. Se la infilò e scoppiò a ridere quando lui sbatté le palpebre, come se uscisse dalla trance. Ebbe la sensazione che mostrargli le tette sarebbe stato un ottimo modo per distrarlo, in futuro. "Ball? Stai bene?"

"Sto bene," la rassicurò, poi scese dal letto con delicatezza.

Lei lo fissò in estasi. Sdraiato era bello ma vederlo in piedi, che mostrava ogni centimetro del suo corpo duro come la roccia... Era fenomenale, cazzo.

"Ti piace quello che vedi, Ev?"

"Sai già la risposta," gli disse, fissando il modo in cui i muscoli della coscia si contraevano mentre camminava verso di lei.

"I miei occhi sono quassù," le disse.

Everly non si sentiva nemmeno in colpa per essersi presa tutto il tempo per incontrare il suo sguardo. Anche semiduro e ancora avvolto nel preservativo, il suo cazzo era impressionante. Si leccò le labbra.

"Cazzo, Everly. Dammi tregua, ti spiace? Sto facendo del mio meglio per non saltarti addosso e scoparti così forte da farti sentire strana ogni volta che ti siederai, per una settimana."

Quelle parole la fecero rabbrividire. Con altri uomini si sarebbe arrabbiata, ma il pensiero che lui fosse al comando a letto le bastava per farle stringere i capezzoli sotto la maglietta ancora una volta.

Ball le afferrò il retro del collo e la costrinse a mettersi in ginocchio sul letto. Lei era ancora più bassa di lui in quella posizione, il modo in cui doveva alzare la testa per incontrare la sua bocca era fottutamente eccitante.

Lui la baciò con passione, il sapore di se stessa sulla sua lingua rendeva il momento più carnale di quanto non fosse già.

Poi la lasciò andare e si diresse verso il bagno. "Dammi un minuto, poi puoi entrare e aiutarmi a pulire la ferita."

Everly annuì, lasciandosi andare sul letto, e fissandogli il culo mentre si allontanava. Non aveva idea di cosa avesse fatto per avere tutta quella fortuna, ma aveva intenzione di tenersela stretta. Kannon "Ball" Black era *suo*. Punto. Fine. Non lo avrebbe mai lasciato andare. Non se ne parlava. Non c'era modo.

CAPITOLO 14

ELISE: **Sto andando a casa con l'autobus.**

Everly: **Perché? Pensavo avessi un'escursione con il club.**

Elise: **Sono uscita dal club.**

Everly: **Cosa? Perché?**

Elise: **Perché sì. Non voglio parlarne.**

Everly: **Beh, dovrai farlo. Sarò a casa verso le cinque circa. Parleremo allora.**

Everly: **Hai capito?**

Elise: **Sì, come vuoi.**

Everly: **Vai direttamente all'appartamento e chiudi la porta a chiave. Non c'è nessuno che può stare con te, oggi, perché pensavo che saresti stata a scuola fino alla fine del mio turno.**

Elise: **Non sono una bambina. Sto bene da sola. Tanto ci sono abituata.**

Everly fissò con sgomento il cellulare. C'era qualcosa che non andava con sua sorella. Era in fermento da circa una settimana. Sembrava felice, la mattina dopo che Ball era tornato a casa dalla sua missione. Sabato si erano divertite, Elise aveva detto che Ball era "fantastico" la domenica successiva, quando Everly era al lavoro.

Ma ovviamente era successo qualcosa a scuola, perché Elise si era incupita e si era chiusa in stanza quando era tornata a casa lunedì sera. Il venerdì, solo pochi giorni dopo, aveva apparentemente lasciato l'Outdoor Club, che l'aveva tanto entusiasmata. Quel giorno avrebbero dovuto fare una breve escursione dopo la scuola e il giorno successivo avevano in programma una lunga escursione, di circa tredici chilometri.

Everly non vedeva l'ora, perché questo significava che lei e Ball avrebbero avuto l'intera giornata a disposizione. Lui l'aveva già informata che l'avrebbero passata a letto.

Avevano passato ogni notte insieme nell'ultima settimana ed Everly non era mai stata così felice. Non tanto per il sesso. Va bene, non era *solo per il* sesso. Era perché condivideva la sua giornata con lui. Gli raccontava tutto quello che faceva, chi aveva incontrato al lavoro, dicendogli anche chi non era così contento di averla incontrata in veste ufficiale di agente di polizia.

Ball invece le diceva tutto sui siti web su cui stava lavorando, Everly doveva ammettere che ne restava sempre impressionata. Non aveva mai capito veramente cosa ci fosse di così difficile nel mettere insieme un sito web, fino a quando Ball le aveva mostrato i retroscena del mestiere.

Ridevano mentre cucinavano insieme. Guardavano la televisione, Everly amava come Ball ed Elise andavano d'accordo e si prendevano in giro. L'ultima settimana era stata tutto ciò che aveva sempre desiderato in una relazione.

Ma c'era qualcosa che non andava con Elise, Everly non aveva abbastanza esperienza con gli adolescenti per capire quale fosse il problema. Ball le aveva detto di dare un po' di tempo alla sorella, convinto che alla fine avrebbe parlato di quello che la tormentava, ma Everly non ne era così sicura.

Sospirando, Everly inviò un ultimo messaggio alla sorella.

Everly: **So che non sei una bambina. Mi dispiace. Sono solo preoccupata. Sarò a casa il prima possibile, e parleremo.**

Elise non rispose al messaggio.

Non che Everly si aspettasse davvero una risposta. Stava per mandare un messaggio a Ball, ma la radio mandò un segnale ed Everly non poteva ignorare la chiamata di servizio.

A quanto pare, non sarebbe riuscita a tornare a casa per le cinque. Sarebbe tornata verso le sei e mezza, era stata molto impegnata. Poi, poco prima della fine del suo turno, si era verificato un incidente con feriti gravi, non poteva andarsene. Doveva restare in servizio.

Nonostante la giornata impegnativa, non aveva mai smesso di pensare a Elise. Era frustrata dal fatto che ci fosse un problema, quando lei stessa stava così bene. L'ultima cosa che desiderava era che la sorella facesse marcia indietro. L'attuale stato d'animo di Elise fece sì che Everly si chiedesse se avesse fatto la cosa giusta, portando via la sorella dai suoi amici e dalla sua scuola, via da Los Angeles. Non era da lei dubitare di se stessa, ma la decisione improvvisa di Elise di lasciare il club (e il suo rifiuto di discuterne) pesavano ancora di più su una giornata già difficile.

Una volta tornata a casa, Everly non era solo stressata e frustrata, ma anche un po' irritata da Elise. Più pensava a quanto l'avesse fatta preoccupare e a quanto avesse tentato di farla sentire in colpa, con il commento sulla solitudine, più Everly si arrabbiava. Si sentiva a disagio (la giornata era stata calda, la canottiera che indossava sotto l'uniforme era inzuppata di sudore) e aveva anche mandato un breve messaggio a Ball, facendogli sapere che molto probabilmente non sarebbe potuta andare da lui, che lo avrebbe visto il giorno successivo. Ennesima sfiga di quella giornata di merda... non riuscire a vedere Ball.

Everly aprì la porta del suo appartamento e si spaventò nel vedere che era tutto buio.

Elise avrebbe dovuto essere a casa. Ormai era tardi, quindi si aspettava di vedere sua sorella in salotto, a guardare la TV.

Lasciando cadere la borsa, Everly si precipitò giù per il corridoio, verso la camera da letto di Elise. Spalancò la porta in preda al panico e osservò la scena.

Elise era sdraiata sul suo letto e scriveva furiosamente in un diario (acquisto suggerito da Ball).

Sollevata dal fatto che stava bene e irritata per la paura che aveva avuto, Everly si avvicinò al letto e batté un colpo sul materasso, vicino alla spalla di Elise.

La sorella sobbalzò in preda al panico, poi si acciglò di fronte a Everly quando la vide lì in piedi.

Ma che cavolo? gesticolò Elise.

Hai fatto i compiti? chiese Everly.

Oggi è venerdì. Non devo farli prima di lunedì.

Era vero. Ma Everly era sconvolta, il suo terrore di entrare nell'appartamento buio la rendeva irrazionale. *Non ti chiedo mai niente, ma l'appartamento è un casino. Non hai ancora portato fuori la spazzatura e la tua stanza è un porcile.*

Prevedibilmente, Elise si irritò. *È per questo che mi hai invitato qui? Per fare la domestica?*

Everly fece un respiro profondo e cercò di calmarsi. *No, mi dispiace. Hai mangiato?*

Certo. Stavo morendo di fame e non c'eri. Ho provato ad aspettarti, ma non ho resistito.

Mi dispiace, Elise. C'è stato un brutto incidente e sono dovuta rimanere fino a tardi.

Come vuoi.

Everly digrignò i denti, cercando di calmarsi. Considerando l'ultima cosa che aveva visto al lavoro quel giorno, un adolescente scontroso non avrebbe dovuto rappresentare una sfida... C'era un bambino sul seggiolino che urlava a squarciagola nella macchina accartocciata; un'immagine forte, che si era impressa nei suoi ricordi. Era stato ferito da un pezzo di vetro e i vigili del fuoco non erano riusciti a raggiungerlo immediatamente. Così era rimasto bloccato lì, a piangere, per circa venti minuti. Un'immagine straziante.

Ah, doveva ridimensionare. Con un altro respiro profondo, Everly ci provò di nuovo.

Possiamo parlare del Club Gita?

No.

Andiamo, Elise. Parlami.

Non sei mia madre. Non devi ficcare il naso in faccende che non ti riguardano.

Everly sbatté le palpebre. Wow. Che durezza.

Sapeva che doveva restare e spingere per scoprire cosa preoccupasse sua sorella, ma era stanca, non era dell'umore per quella roba. Quell'osservazione sul fatto di non essere la madre... sì, la ferì. Il dolore in realtà la fece sentire in colpa, considerando quello che Elise aveva passato.

Senza dire una parola, si girò e uscì dalla camera da letto di Elise, chiudendo la porta delicatamente dietro sé. Si tolse l'uniforme per indossare una felpa e una maglietta, senza preoccuparsi di biancheria intima o reggiseno, poi vagò per il soggiorno ed entrò in cucina.

Aprì il frigorifero e fissò l'interno senza vedere nulla di particolare. In realtà non aveva fame... tutto quello che voleva fare era sedersi e piangere.

Era stata così orgogliosa di quanto le cose fossero andate bene con Elise, ma dopo quella giornata infernale e l'atteggiamento di sua sorella, Everly si chiese di nuovo se avesse fatto la scelta giusta, dopo tutto. Forse avrebbe dovuto lasciare Elise a Los Angeles con tutti i suoi amici, nella casa serena di Me-Maw e Pop.

Erano passati più di due mesi dal rapimento, né la polizia né l'FBI avevano scoperto altre informazioni su chi si nascondesse dietro il rapimento. Era altamente improbabile che Elise fosse in pericolo. Eppure, Everly sentiva ancora una sottile paranoia in agguato.

Sapeva di aver esagerato con la sorella, tutto sarebbe andato meglio il giorno dopo, ma al momento non poteva fare a meno di dubitare di se stessa e di tutte le decisioni che aveva preso da quando aveva portato sua sorella a Colorado Springs.

Sentendo le lacrime in agguato, chiuse il frigorifero e si voltò, scivolando verso il basso fino a quando toccò il pavimento con il sedere.

Le vibrò il telefono in mano, indicando l'arrivo di un messaggio.

Ball: **Ehi, sei a casa?**

Dio. Everly non avrebbe potuto occuparsi di nient'altro in quel momento.

Everly: **Sì.**

Ball: **Grande. Sono al piano di sotto. Salgo tra poco.**

Un momento, cosa? Era lì?

Everly: **Ora non è un buon momento.**

Ball: **Perché?**

Everly: **Non lo è. Vai a casa. Ci vediamo dopo.**

Ball: **No, sono quasi arrivato.**

Everly scoppiò a *piangere*. Forse, se non avesse risposto alla porta, lui se ne sarebbe andato. Elise non lo avrebbe sentito bussare, così non l'avrebbe disturbata. I suoi vicini erano un po' ficcanaso, però. Se Ball avesse fatto troppo casino, avrebbero chiamato la polizia.

La prima bussata alla porta la scosse, non appena finito quel pensiero.

Sospirando per la frustrazione, Everly si alzò da terra. I suoi colleghi poliziotti le avrebbero fatto il culo se fossero stati chiamati per disturbo della quiete a casa sua. Inoltre, non avrebbe fatto nulla del genere a Ball. Lui non aveva colpa, se lei era di pessimo umore.

Sbloccò la porta, ma non si preoccupò di aprirla. Mentre si allontanava, sentì Ball che girava la manopola. Si diresse in soggiorno, invece di tornare in cucina, e si sedette sul divano. Mise i piedi sul cuscino e si avvolse le braccia attorno alle ginocchia.

In pochi secondi, Ball la raggiunse. Le asciugò delicatamente le lacrime dalle guance. "Cosa c'è che non va?"

Everly scrollò le spalle.

"Elise sta bene?"

Lei annuì.

"Non sei ferita?"

Lei scosse la testa.

Ball si rilassò leggermente e si sedette accanto a lei. La trascinò in grembo ed Everly resistette brevemente al conforto, prima di cedere. Lui la tenne stretta, senza parlare. Everly non seppe quantificare per quanto tempo rimasero così. Quando fu pronta a parlare, pensò che Ball avesse le gambe intorpidite per il fatto che lei ci stava seduta sopra, ma a lui non sembrava dispiacere minimamente.

"Hai mai avuto uno di quei giorni in cui niente sembra andare per il verso giusto?"

"Sì."

"Beh, oggi è stato uno di quei giorni, per me. Elise ha lasciato il Club Gita, che pensavo adorasse. Non vuole spiegarmi e si comporta in modo strano. Al lavoro, giornata di merda. Oggi c'è stato uno stronzo dopo l'altro e, per finire, ho dovuto lavorare un'ora e mezza dopo la fine del turno a causa di un incidente avvenuto proprio alle cinque. Nessun morto, grazie a Dio, ma ci sono stati tanti feriti, compreso un bambino piccolo. Ho fame, ho paura che mia sorella mi odi e che io le stia rovinando la vita, e non potrò passare la giornata con te domani."

Ball non tentò subito di consolarla, la strinse più forte e le fece scorrere le dita lungo il braccio in modo rassicurante.

Alla fine, Everly sospirò e si mise a sedere con la schiena dritta.

"Va meglio?" le chiese.

"Non proprio. Ma non posso proprio starmene seduta come una ragazzina depressa tutta la notte."

Ball la prese per mano, la fece alzare e la portò in cucina. Poi la aiutò a sedersi sul bancone. "Lascia che ti prepari qualcosa. Di cosa hai voglia?" le chiese.

Everly fece spallucce. "Non lo so."

Ball aprì gli armadietti e guardò il cibo a disposizione. Poi guardò dentro il frigorifero. Girandosi verso di lei, le chiese: "Che ne dici delle quesadilla al formaggio? Ci sono tortilla e formaggio. Ho visto anche dei pomodori sul bancone, c'è pure la panna acida."

Annuendo, Everly si mise una mano sulla pancia, che prese subito a brontolare.

Sorridendo, Ball non commentò. Si mise al lavoro, preparandole la cena. Ne preparò due porzioni; dopo averla aiutata a scendere dal bancone e averla fatta sedere a tavola con un bicchiere di limonata e il suo pasto, le chiese: "Ti dispiace se porto questo a Elise?"

"Certo che no. Ma non dare la colpa a me quando ti staccherà la testa a morsi."

Ball le cinse le spalle con un braccio e le baciò dolcemente una guancia. "Per la cronaca, stai facendo un ottimo lavoro con lei. Ha quindici anni. Non mi sorprende che ogni tanto esca la ragazzina stronza che teneva nascosta. È qui da due mesi, mi chiedevo quando sarebbe successo."

"Beh, se lo dice il sapientone..." disse Everly in modo un po' sprezzante.

Lui le sorrise. "Mangia. Ti sentirai meglio, una volta che avrai qualcosa nella pancia."

Everly lo guardò afferrare il piatto e dirigersi verso il corridoio. La maggior parte degli uomini che conosceva si sarebbe girato e se ne sarebbe andato dopo aver ricevuto il suo messaggio. Ma non Ball. Aveva ignorato il suo cattivo umore, l'aveva stretta quando aveva bisogno di un abbraccio più che di una predica, e faceva del suo meglio per aiutare anche Elise.

Cazzo, quell'uomo era davvero perfetto.

———

Ball non aveva idea di cosa avrebbe detto a Elise, ma doveva provare a parlarle. Odiava vedere Everly così giù. Non era nella natura di quella ragazzina essere così scontrosa, quindi ovviamente doveva aver avuto una giornata *davvero* brutta.

Non gli piaceva anche il fatto che Elise avesse abbandonato qualcosa che sembrava amare così tanto. Sicuramente era successo qualcosa. Non conosceva Elise da molto tempo, ma sperava che gli parlasse. Forse si sentiva solo a disagio a parlare con la sorella di qualsiasi cosa la preoccupasse. Se non altro, almeno avrebbe saputo che anche lui era preoccupato.

Bussando alla porta, attese.

Poi scosse la testa. *Tonto.* Elise non poteva sentirlo bussare.

Spinse la porta e si fermò, poi sbirciò all'interno.

La sorella di Everly era seduta sul letto, con le gambe incrociate, a fissare nel vuoto.

Lui spinse la porta, aprendola del tutto, finché lei alzò lo sguardo. Gli sorrise subito, Ball lo prese come un buon segno. Alzò il piatto con la quesadilla e inarcò le sopracciglia.

Lei annuì e rispose: *Ho fame.*

Lui entrò e posò il piatto sul comodino. Elise gli fece un

altro piccolo sorriso e prese un pezzo della pietanza. Ball si sedette sul lato del letto, le diede un minuto o due per masticare, poi gesticolò: *Stai bene?*

Elise si incupì. *Hai parlato con Everly.*

È sconvolta. Non è arrabbiata. Ma triste. Sopraffatta. È preoccupata per te. Dovette ricorrere all'ortografia con le dita, ma per fortuna Elise sembrava capirlo.

Lei guardò la propria cena.

Ball allungò un braccio e le toccò brevemente il ginocchio, attirando la sua attenzione. Quando lei lo guardò ancora una volta, le chiese: *Cos'è successo con il Club Gita?*

L'adolescente si sdraiò sul letto e tirò fuori il telefono. Cominciò subito a digitare con i pollici che si muovevano a velocità supersonica. Ball si spostò fino ad appoggiare la schiena contro la pedana del letto, aspettando che Elise finisse. Quando gli vibrò il telefono, guardò sullo schermo.

Elise: **Non volevo dirlo a Everly perché si preoccupa già abbastanza.**

Ball: **Dirle cosa? Dimmelo.**

Elise: **È solo che ogni volta che facciamo un'escursione mi sento strana.**

Ball: **Strana in che senso?**

Elise: **Come se qualcuno mi stesse guardando. So che è stupido, ma non riesco a togliermi questa sensazione dalla testa. Durante l'ultima escursione che abbiamo fatto, è andata così male che mi sono un po' spaventata. Tutti hanno dovuto terminare la camminata in anticipo e riportarmi a scuola. Non mi piace essere la tizia stramba. Voglio dire, siamo già tutti strani, ma una ragazzina sorda che dà di matto non è una cosa buona, fidati.**

Ball ignorò l'autoironia e si concentrò sulla questione principale.

Ball: **Hai fatto la cosa giusta.**

Elise: **Non mi sembra. Mi piacciono le escursioni. Ma non riesco a scrollarmi di dosso la sensazione che ci sia qualcuno, là fuori, che mi guarda. Hai sentito il tuo amico? Hanno preso il tizio che ha rapito me e le altre ragazze?**

Ball: **Mi dispiace, purtroppo no. Sai che l'FBI ha dovuto abbandonare l'indagine attiva per seguire altri casi. Ma hanno ancora l'orecchio teso, non si sa mai.**

Elise sbuffò e lasciò cadere le braccia sui fianchi. Fissò il soffitto. Ball digitò un testo e premette il tasto di invio. Lei non si mosse quando il telefono le vibrò in mano. Lo schermo lampeggiava, avvisandola del messaggio, ma lei rimase immobile.

Ball le spinse un piede con il ginocchio.

Alla fine, Elise sospirò e guardò il telefono.

Ball: **Cosa posso fare per farti sentire più sicura? Dimmelo e lo farò. Qualsiasi cosa.**

Elise fece un respiro profondo prima di scrivere.

Elise: **È questo il punto. Non lo so. Credo di essere solo paranoica. Ne ho parlato con la mia terapista, mi ha detto che a volte la gente immagina i rapitori dietro ogni angolo, dopo aver vissuto un episodio simile al mio. Tu e i tuoi amici mi fate già praticamente da babysitter ogni giorno, dopo la scuola. Pensavo che stare nella natura selvaggia con gli amici mi avrebbe aiutato a sentirmi più libera, invece mi ha reso più paranoica. Voglio solo tornare a essere la ragazza ingenua che ero prima. Ho paura di aprire qualsiasi e-mail di qualcuno che non conosco, nel caso sia lui. Ogni messaggio che ricevo, mi sento allo stesso modo.**

Ball: **Vuoi che controlli di nuovo il tuo telefono?**

Elise: **Cosa vuoi dire?**

Ball: **Controllare il tuo telefono. Assicurandomi che non ci siano app per tracciarti.**

Elise: **Non ho più usato le applicazioni che avevo prima.**

Ball: **Non dico questo. Ma qualcuno con un po' di esperienza può inviare un'e-mail, e se la apri, anche se non clicchi su nulla, potrebbe mettere un rilevatore sul tuo telefono. Una specie di virus. Domani posso collegare il tuo telefono al mio computer, Meat può connettersi e dare un'occhiata.**

Elise alzò lo sguardo su di lui. *Davvero?*

Ball annuì e ripeté il gesto. *Davvero.*

Elise: **Non ti dispiacerebbe?**

Ball: **Assolutamente no.**

Elise: **Puoi controllare anche il telefono di mia sorella? Una parte di me ha paura che chi mi ha catturato decida di andare a cercare Everly. So che è sciocco, voglio dire, siamo a centinaia di chilometri da Los Angeles, ma lei significa tutto per me. So che è una poliziotta, ma mi preoccupo lo stesso.**

Ball: **Glielo chiedo. Elise?**

Elise: **Sì?**

Ball: **Vuoi uscire a parlare con tua sorella? Era molto turbata quando sono arrivato qui stasera. Non era arrabbiata con te, ma era triste perché non sapeva come aiutarti.**

Elise: **Posso farlo. Ball?**

Ball sorrise, per il modo in cui lei gli stava ponendo la domanda.

Ball: **Sì?**

Elise: **È strano che parliamo in questo modo. Sbrigati a imparare altri segni, ti spiace?**

Ball scoppiò a ridere e le diede un colpetto su una gamba, poi gesticolò: *Vai a parlare con tua sorella.*

Vado. Ball?

Sì?

Grazie. Visto che domani non faccio escursioni, puoi far dare un'occhiata al mio telefono da Meat?

Certo. E penseremo a qualcosa di divertente da fare domani.

Elise annuì e lasciò la stanza.

Ball appoggiò i gomiti sulle ginocchia e appoggiò il viso tra le mani, volendo dare alle sorelle il tempo di schiarirsi le idee. Odiava il fatto che Elise avesse lasciato il club perché non si sentiva al sicuro. Non sapeva se avesse davvero visto qualcosa, o se si trattava di una sorta di paranoia post trauma. Rex non aveva trovato nessuna pista dal suo vecchio cellulare. Le persone che avevano progettato quelle dannate app sapevano cosa stavano facendo. La maggior parte delle conversazioni venivano cancellate definitivamente dopo un certo periodo di tempo. Immagini, conversazioni, tutto quanto. Poof. Sparito.

L'indirizzo IP rilevato portava a una biblioteca pubblica di Las Vegas. Probabilmente lo stronzo aveva dirottato e manipolato gli indirizzi IP in qualche modo, dato che le ragazze erano state tutte trovate a Los Angeles. Tanto per essere sicure, le autorità di Las Vegas erano state avvisate, ma dopo alcuni giorni di sorveglianza della biblioteca, non avevano visto nulla di strano.

Una cosa era certa, però: Ball non aveva mentito quando aveva detto a Elise che avrebbe fatto tutto il necessario per farla sentire al sicuro. Negli ultimi due mesi, aveva iniziato a preoccuparsi per lei quasi quanto si preoccupava per sua sorella.

Era divertente e piena di talento, lui sapeva senza dubbio che avrebbe fatto qualcosa di straordinario nella vita. Essere rapita non l'avrebbe ostacolata, l'avrebbe resa solo più forte.

Ball inviò un'e-mail a Meat, facendogli sapere che aveva bisogno di lui il giorno dopo per controllare il nuovo telefono di Elise, e fece passare il tempo controllando come gli ultimi siti web che aveva progettato apparissero sul suo cellulare.

Non passò molto tempo prima che sentisse qualcuno alla porta. Guardando in alto, vide Everly. Sembrava che le fosse stato tolto un enorme peso dalle spalle, lui tirò un sospiro di sollievo.

"Ti senti meglio?" le chiese.

Si avvicinò a lui e lo raggiunse sul letto, abbracciandolo con tenerezza. "Sì. Grazie."

"Non ho fatto niente."

"Come vuoi. Sei come il telefono amico dei ragazzi."

Ball ridacchiò. "Aspetta di vedere cosa ho in serbo per *te* stasera, dopo che sarà andata a letto."

Proprio come sperava, Everly sorrise. "Sì?"

"Uh-uh."

"Sta bene la patatina?"

"Lo sai già. L'hai esaminata nei minimi dettagli stamattina, se ricordo bene. Proprio prima di farmi perdere la testa... e non solo."

Lei gli sorrise in modo sexy, Ball si eccitò all'istante.

"Non ti ho sentito lamentarti."

"Cazzo, no. Perché avrei dovuto?"

"Vieni qui, bello. Elise ci aspetta nell'altra stanza per guardare un episodio di *Stranger Things*. Ha detto che non voleva bruciare le sue retine vedendoci 'sbaciucchiarci'... parole sue, eh."

"Esiste un segno per *sbaciucchiarsi*?" chiese Ball, aiutando Everly ad alzarsi in piedi.

"Ne dubito. Ha fatto lo spelling con le dita."

"Devo cercarlo su Google. Lo scopriremo," disse Ball.

Everly lo fermò e lo guardò in modo molto serio.

"Cosa?" chiese lui, preoccupato.

"Grazie per essere stato così fantastico," gli disse dolcemente. "So che è impegnativo prenderti cura di una nuova fidanzata e della sua sorellina adolescente."

Baciandola sulla fronte, Ball le rispose: "Non è impegnativo, o pesante. Soprattutto non quando entrambe siete così fantastiche. Andiamo... Il telefilm ci aspetta."

Lei si chinò per prendere il piatto con la quesadilla mangiucchiata e poi prese Ball sottobraccio.

Più tardi, quella notte, mentre Ball giaceva sazio e soddisfatto nel letto di Everly e la teneva tra le braccia, mentre lei dormiva, ringraziò la sua buona stella che lui ed Everly non avevano dovuto passare i guai che avevano affrontato i suoi amici con le loro donne. Sì, si erano conosciuti perché sua sorella era scomparsa, ma era contento che il loro corteggiamento fosse stato relativamente privo di drammi.

Si addormentò, contento di sapere che la donna che iniziava ad amare e sua sorella erano al sicuro.

———

Tylor Tuttle era seduto nel suo furgone da lavoro dall'altra parte della strada rispetto all'appartamento in cui si trovava la sua Elise. Guardò come la luce della sua stanza si spegneva, non resistette all'impulso di aprire la cerniera dei jeans e di accarezzarsi mentre pensava a come sarebbe stata la loro vita insieme... presto.

Di tutte le ragazze che aveva rapito, lei era la sua preferita. Alla fine, l'aveva scelta. Ma era stato stupido. Incauto. Una delle ragazze aveva fatto salvare tutte le altre.

Ma non importava. Tylor aveva fatto in modo di non lasciare tracce di sé in casa. Aveva sempre indossato guanti e preservativo, naturalmente. Il fatto che i poliziotti non avessero trovato lui o la sua casa a Las Vegas, nelle settimane successive, lo aveva aiutato a rilassarsi un po'.

Aveva aspettato il momento giusto, osservando la sua sposa prescelta per più di un mese. Memorizzando le sue abitudini. Fotografando Elise e ammirandone la bellezza. Presto sarebbe stata sua. Sua moglie. Il suo mondo. Lei avrebbe imparato ad amarlo, proprio come la donna che attualmente si trovava nel seminterrato della sua casa a Las Vegas. Ma quella era ormai vecchia. Usata. Non aveva più il fuoco dentro. L'aveva avuta per quindici anni, aveva bisogno di qualcuna più nuova. Più giovane.

Aveva bisogno di Elise.

Il fatto che fosse sorda la rendeva perfetta.

Non poteva parlare e infastidirlo.

Non sarebbe riuscita a sentire, se qualcuno entrava in casa sua per chiedere aiuto.

Lui sarebbe il centro del suo mondo.

Lei avrebbe dovuto dipendere da lui per qualsiasi cosa.

Cibo. Docce. Sesso.

A differenza della donna nel suo seminterrato, le avrebbe fatto partorire i suoi figli. Un sacco di bambini.

Sarebbero stati una famiglia. Per sempre.

Gettando la testa all'indietro, Tylor si masturbò sempre più forte e veloce; grugnì una volta venuto, pensando a Elise. Afferrò un fazzoletto, si pulì e sorrise.

Presto.

Prese il telefono e inviò alla sua Elise un altro messaggio attraverso la loro app segreta. Glieli mandava da settimane. Sapeva che lei li stava leggendo, era solo troppo timida per rispondere. Era un punto a suo favore. Gli piaceva che fosse una brava ragazza.

Rob: Saremo presto insieme, bambina. Molto presto.

CAPITOLO 15

EVERLY NON FU felice di sentire il motivo per cui sua sorella aveva lasciato il Club Gita, ma era anche orgogliosa di lei per essere consapevole di ciò che la circondava e per non aver ignorato quella strana sensazione. Come poliziotta, Everly aveva imparato ad affidarsi a quei sentori. Se si avvicinava a una macchina dopo averla fatta accostare e sentiva strane vibrazioni, era sempre estremamente prudente. Stessa cosa quando lavorava come agente della SWAT. Quando sentiva uno strano presentimento, era ancora più vigile del solito.

Il fine settimana era stato davvero divertente. Everly ed Elise erano andate a casa di Ball sabato mattina, dopo che lui aveva preparato loro un'enorme colazione a base di uova, toast, pancetta e involtini alla cannella. Dopodiché, Ball aveva collegato il telefono di Elise al computer e aveva chiamato Meat. Dal momento che il loro esperto di informatica aveva promesso di farsi sentire il prima possibile, erano andati allo zoo di Cheyenne, non lontano dal sentiero dei Sette Ponti che avevano percorso tutti insieme. A quasi duemila metri sul livello del mare, il parco naturale di quella montagna era lo zoo più alto d'America.

Ma, cosa più importante, avevano la più grande mandria di giraffe del mondo, con i cuccioli; tantissimi cuccioli di giraffa.

Everly non amava gli zoo, in realtà. Si sentiva sempre dispiaciuta per gli animali rinchiusi, ma doveva ammettere che dare da mangiare alle giraffe e guardare i cuccioli gironzolare sulle loro lunghe zampe era stato divertente, le era piaciuto vedere Elise rilassata e sorridente.

La domenica doveva lavorare, ma la sensazione di tornare "a casa" che aveva provato quella sera era qualcosa di inedito. Ball aveva preparato la cena, aveva già aiutato Elise a finire i suoi compiti e avevano passato la serata a rilassarsi, a ridere e a praticare il linguaggio dei segni.

Everly non era sicura di come sarebbero andate le notti a casa di Ball. Lei ed Elise erano finalmente entrate in una routine tutta loro, nel loro appartamento. Ma non c'era stato nulla di cui preoccuparsi. Le cose andavano estremamente bene, Everly non avrebbe potuto essere più felice. Ball non aveva problemi ad accompagnare Elise al mattino, quindi uscirono tutti... Everly diretta alla stazione di polizia, Ball ed Elise verso il liceo.

In qualche modo, la discussione avvenuta in precedenza tra Elise e Everly non le aveva allontanate, anzi, le aveva fatte legare ancora di più. Elise promise di fare del suo meglio per non avere più segreti su come si sentiva riguardo al rapimento, ed Everly promise di non trattare sua sorella come se fosse una bambina. Everly era più che consapevole del fatto che erano riusciti a risolvere le cose così rapidamente grazie a Ball. A Elise, lui piaceva tanto quanto piaceva a Everly... beh, forse non *proprio* nello stesso modo.

Ball aveva comunque i suoi bravi difetti. Era un perfezionista. Che si trattasse di progettare siti web o di cercare di imparare nuovi segni, voleva sempre che tutto fosse perfetto, diventava un po' lunatico quando non riusciva ad essere preciso. Aveva la tendenza a intromettersi, il che era tornato utile quel fine settimana, ma Everly lo trovava fastidioso in circostanze diverse. Era scapolo da molto tempo, si vedeva nel modo in cui ruttava liberamente e lasciava i piatti sporchi nel lavandino per giorni, secondo Everly, non aveva mai lavato un pavimento in vita sua.

Ma in realtà erano tutte cose superficiali. Le cose che contavano erano che lui le chiedeva sempre come era andata la giornata, poi *ascoltava* quando lei rispondeva. Non era mai stato brusco con la sorella e sicuramente avrebbe mollato tutto se Everly lo avesse chiamato per un'emergenza, a prescindere da qualsiasi cosa stesse facendo.

Era proprio quella profonda convinzione a conquistare Everly: sapeva che lei ed Elise erano la priorità assoluta nella vita di Ball. Poteva anche cucinare male (anche se in realtà era bravo), o essere uno zoticone (non lo era), o avere altri mille difettucci, ma non importava. Non quando lei si sentiva sempre *importante* per lui.

Sapendo che si stava innamorando di Ball, Everly fu felice di ricevere un breve messaggio da lui verso l'ora di pranzo.

Aveva avuto notizie da Meat, che lo aveva chiamato e gli aveva detto di aver trovato qualcosa.

Tutti i pensieri quotidiani e tranquilli svanirono in un lampo. Chiamò immediatamente Ball.

"Cosa c'è che non va?" gli chiese, invece di salutarlo quando lui rispose. "Che cosa ha trovato?"

"Non lo so ancora. Meat ha detto che voleva parlare con entrambi. Prima doveva trovare altre cose."

"Oh, Dio. Ha ancora parlato con quel Rob?"

"Non lo so, ma devi smetterla di farti prendere dal panico."

Facile parlare, per lui.

Proprio in quel momento, qualcuno ignorò uno stop davanti a lei, Everly sapeva di dover intervenire. Frustrata, perché voleva davvero discutere di più al telefono di sua sorella e di ciò che Meat aveva trovato, ma sapendo di dover fare il suo lavoro, gli disse: "Devo andare. Veniamo noi da te stasera, o vieni tu da noi?"

Ultimamente lei gli faceva sempre quella domanda. Dava per scontato che sarebbero rimasti insieme. Si era resa conto che non importava dove dormivano. Finché stava con lui, era contenta.

"Verrò da te. Chiameremo anche Meat. Stacchi alle cinque, vero?"

"Sì."

"Va bene, verrò verso le quattro e mezza, forse terrò compagnia a Elise per un po', finché non torni a casa. Vuoi che prepariamo qualcosa in particolare, per cena?"

Ma in fondo, chi se ne fregava dello stop bruciato... Everly chiuse gli occhi al conforto portato da quelle parole. Parlare della cena e sapere che lui sarebbe stato lì per Elise le fece venire voglia di piangere. Aveva paura di scoprire ciò che Meat aveva trovato, ma se ne sarebbero occupati... insieme. "Qualunque cosa tu faccia andrà bene," gli disse con dolcezza.

"Ok, Ev. Cerca di non preoccuparti. Meat è bravo in quello che fa. Se ha trovato qualcosa, posso garantire che avrà dei suggerimenti su come affrontarlo. E non solo, ma se dobbiamo preoccuparci che qualcuno faccia del male a Elise, ci penserà tutta la squadra. Nessuno minaccia uno dei nostri e la passa liscia. Chiaro?"

Sì, aveva capito. Forte e chiaro, e non poteva esistere risposta migliore di quella.

Everly era sempre stata quella stravagante. Una donna in una professione dominata dai maschi. La ragazza con la sorella sorda. La bimba con la madre drogata. Ma sapere di avere i Mercenari di Montagna a sostenerla, se fosse successo qualcosa alla sorella, era confortante quasi quanto uno degli abbracci di Me-Maw.

"Sì, ho capito," gli disse.

"Vuoi che mandi un messaggio a Elise e le dica i nostri piani?"

Sapendo che si stava già distraendo abbastanza e che aveva bisogno di tornare a concentrarsi, Everly rispose: "Sì, per favore. Grazie."

"Non ringraziarmi per quello che mi piace fare," la rimproverò Ball. "Te l'ho detto anche ieri sera, dopo che hai cercato di ringraziarmi per averti dato un orgasmo."

Everly sorrise a quel ricordo. L'aveva fatta venire più forte di quanto non fosse mai venuta in vita sua ed era sdraiata sul letto, completamente sciolta, capace solo di dire: "Grazie." Lui si era messo a ridere e le aveva detto che doveva essere lui *a ringraziarla,* e che se lei avesse provato a ringraziarlo di nuovo per qualcosa che aveva fatto per il suo piacere, sarebbe stata nei guai. Aveva continuato dicendo che se lei voleva davvero mostrare la sua gratitudine, poteva farlo scopando con lui come se fosse stata ancora la loro prima volta insieme.

E lei lo aveva accontentato.

Erano *entrambi* esausti, una volta fatto l'amore, finalmente pronti per andare a dormire.

"Ball?"

"Dimmi."

"Io... Non so come farei a superare tutto questo senza di te."

Lui abbassò la voce, Everly percepì la massima sincerità nella sua risposta: "L'avresti fatto nello stesso modo in cui hai tirato avanti gli ultimi trentaquattro anni della tua vita."

"Sono spaventata a morte di deluderti, come hanno fatto la tua collega e la tua ex," ammise lei.

"Non accadrà," disse Ball con fermezza. "Everly, mi hai già dimostrato in un milione di modi diversi che non sei *affatto* come loro. Avevo un rancore nei confronti di tutte le donne a causa delle azioni di due persone. Era una cosa stupida. Sono solo contento che tu sia riuscita a perdonarmi e ad aiutarmi a vedere l'errore dei miei modi."

"Io..." Everly si fermò appena in tempo dal confessare di amarlo. Non che si vergognasse di dirglielo, non era certo una questione di paura, ma voleva dirglielo di persona, la prima volta. Voleva che fosse speciale. Era pazzesco anche solo pensare all'amore, ma lei non era mai stata una che tratteneva ciò che pensava o sentiva.

"Tu cosa?" chiese Ball.

"Ci vediamo dopo."

"Stai attenta."

"Lo farò."

"Ciao."

"Ciao." Everly riagganciò la chiamata e cercò di non pensare a quello che Meat aveva scoperto sul telefono di Elise. Ball le aveva detto la stessa cosa che aveva detto a Elise; ovvero che se avesse aperto un allegato di qualsiasi tipo, avrebbe potuto contenere un virus che avrebbe potuto condurre un giro di trafficanti proprio a lei. Non era probabile, dato che a quelle persone piaceva prendere le ragazze di cui non si preoccupava nessuno... e tra il trambusto del caso e il fatto che Elise non vivesse più a Los Angeles, non era un bersaglio proprio desiderabile.

Ma ciò non bastava a rassicurare Everly.

La sua radio si animò, chiedendo aiuto per un'effrazione in corso. I pensieri di sua sorella e di Ball scivolarono in fondo, negli angoli della mente, mentre tornava a concentrarsi sul lavoro.

———

Elise teneva la testa bassa mentre mandava un messaggio a Kim, una delle sue amiche di Los Angeles. Si era tenuta in contatto con alcune ragazze, ma non molte. La maggior parte di loro sembrava essersi dimenticata di lei nel momento in cui se n'era andata.

Salendo le scale per l'appartamento, con i pollici che si muovevano velocemente sullo schermo del telefono mentre scriveva, Elise non aveva fretta, perché Everly non era a casa e Ball non sarebbe stato lì prima di un'ora e mezza.

Sorridendo alla storia che la sua amica le stava raccontando su un loro vecchio insegnante, Elise le disse di aspettare un attimo, dato che doveva aprire la porta. Mise il telefono sotto il braccio, in modo da avere entrambe le mani libere.

Nel momento in cui girò la chiave nella serratura e girò la maniglia, qualcuno la spinse dentro così violentemente che Elise cadde mani e ginocchia a terra, proprio dentro la porta. Le cadde il telefono, nel movimento, ed Elise si voltò per vedere chi l'avesse spinta.

Ansimante, sobbalzò alla vista dell'uomo sorridente che non avrebbe mai pensato di rivedere.

Questi chiuse la porta dell'appartamento e disse qualcosa, ma lei non riuscì a capirlo. Sgattaiolando all'indietro il più velocemente possibile, Elise ansimò ancora fino a quando colpì il muro dietro di lei.

L'uomo che l'aveva rapita si accovacciò, sempre sorridendo, e formulò malamente un *Ciao* prima di alzarsi in piedi e prendere qualcosa nella tasca posteriore. Era alto, magro e dall'aspetto estremamente normale. Aveva i capelli castani e gli occhi estremamente scuri... non aveva affatto un aspetto minaccioso, motivo per cui era salita in macchina con lui la prima volta.

Solo quando lui le aveva afferrato un braccio e strappato la borsa, aveva avuto la sensazione che non fosse il padre del misterioso Rob.

Non volendo scoprire cosa stesse cercando, Elise si alzò in piedi e corse verso la sua stanza. Forse, se fosse riuscita a chiudersi dentro, avrebbe potuto aprire la finestra e gridare in cerca di aiuto.

Ma non riuscì ad andare troppo lontano. L'uomo, ovviamente più forte e alto di lei, la colpì alle spalle.

Elise cadde come un sacco di patate. Le braccia dell'uomo erano intorno a lei, quindi non riuscì nemmeno a mettere le mani in fuori per fermare la caduta. Colpì così forte il mento sul tappeto che si morse il labbro e la lingua. Sentì il sapore di sangue in bocca e lo sputò immediatamente.

Un secondo dopo, l'uomo le coprì naso e bocca con una mano.

Sapendo che probabilmente faceva dei rumori orribili, Elise lottò come una furia. Fece tutto quello che Ball le aveva insegnato, senza successo. L'uomo era troppo forte. La sua colonia le ricordava la notte in cui l'aveva quasi aggredita al buio.

In preda al panico, Elise si rese conto che le stava venendo un senso di vertigine. Stava per ucciderla. Proprio lì, nel suo appartamento. Ball stava per trovare il suo cadavere e Everly non se lo sarebbe mai perdonato.

Un attimo dopo, Elise si accorse che l'uomo non la stava soffocando. La sua mano guantata era bagnata... qualsiasi prodotto chimico avesse messo al suo interno, la stava facendo svenire.

Il suo penultimo pensiero fu che non poteva credere di essere stata rapita di nuovo.

Il suo ultimo pensiero, prima di svenire, fu che le probabilità di essere salvata quella volta fossero scarse o nulle. Quel mostro non l'avrebbe lasciata scappare di nuovo. Impossibile.

Everly parcheggiò l'auto e guardò l'orologio. Da quando aveva parlato con Ball e saputo che Meat aveva trovato qualcosa sul telefono di Elise, non riusciva a concentrarsi; quando non si concentrava sul lavoro, non andava affatto bene. Così aveva chiesto di andarsene un'ora prima. Per fortuna non era stata una giornata troppo intensa, il suo supervisore aveva accolto la richiesta.

Elise sarebbe dovuta arrivare a casa un'ora prima, ma non aveva risposto a nessuno dei messaggi che Everly le aveva inviato. Guardandosi intorno, Everly non vide la Mustang di Ball ma non poteva dirsi davvero sorpresa; era ancora presto per lui. Al suo arrivo, l'atrio era vuoto. Everly si diresse verso le scale.

Sentendosi stranamente nervosa (ma grata di essere riuscita a staccare prima dal lavoro), Everly aprì la porta con una spinta. Sapendo che non sarebbe servito a nulla urlare per chiamare sua sorella, appoggiò lo zaino sul pavimento, proprio dietro la porta, borsetta e occhiali da sole sul bancone della cucina. Si diresse verso la sua camera da letto per cambiarsi per la notte. Si tolse il giubbotto antiproiettile e l'uniforme. Chiuse la pistola nella cassaforte e si cambiò con un paio di jeans e una maglietta. Prendendosi il tempo di spazzolare i capelli, sorrise mentre le cadevano a ondate sul viso e si studiò allo specchio.

Si sentiva diversa, ma non *sembrava* diversa rispetto a un paio di mesi prima.

Erano davvero passati poco più di due mesi da quando aveva incontrato Ball? Da quando era stata così furiosa per il modo in cui aveva denigrato il suo intero genere e supponeva che avrebbe mandato a puttane la missione per trovare sua sorella?

In tutta la sua vita non si era mai sentita particolarmente

bella. Anche se la nonna glielo aveva detto più di una volta. Agli uomini piaceva farle i complimenti per i suoi capelli, ma di solito sparavano qualche commento sgradevole su quanto dovesse essere scatenata a letto perché aveva i capelli rossi. Così li raccoglieva in uno chignon o in una coda di cavallo per cercare di limitare quei commenti maleducati. Ma sapendo quanto a Ball piacesse farle scorrere una mano tra i capelli, aveva cominciato a lasciarli sciolti.

Si vestiva sempre come al solito, però, preferendo i vestiti comodi a quelli più trendy e alla moda. Ma dentro si sentiva più femminile. Grazie a Ball, naturalmente, che la riempiva sempre di complimenti sinceri sulla sua bellezza... che fosse vestita o meno.

Scrollandosi di dosso quei pensieri, Everly si voltò per andare a cercare Elise. Spinse la porta della camera della sorella e si guardò intorno, sorpresa.

Non c'era. Il suo letto non era fatto, il che era normale, c'erano un bel po' di vestiti stesi sul pavimento, non erano disposti sulle grucce o appallottolati nel cesto dei panni sporchi, ma rientrava nello stile di Elise. Non era esattamente una maniaca dell'ordine.

Confusa, Everly si girò e tornò nel corridoio. Sbirciò nel bagno piccolo, ma non trovò Elise. Sulla porta del soggiorno, iniziò ad agitarsi.

Elise non c'era. Non aveva idea di dove potesse essere. Non si era fatta degli amici nel complesso residenziale, perché per quanto ne sapeva Everly, non c'erano altri adolescenti che ci abitavano.

Vide lo zaino della sorella appoggiato a un tavolino, nell'atrio dell'appartamento. Proprio accanto a dove Everly aveva fatto cadere il suo zaino pochi minuti prima.

Preoccupata, Everly estrasse il suo cellulare e mandò un messaggio veloce a Elise, chiedendole dove si trovasse.

Un lampo di luce attirò la sua attenzione, si voltò per

vedere il cellulare di Elise sul pavimento, sotto uno dei tavoli accanto al divano, con la luce lampeggiante ad indicare l'arrivo di un nuovo messaggio.

In preda al panico, Everly si lanciò sul telefonino. All'ultimo secondo si rese conto che probabilmente non avrebbe dovuto toccarlo, nel caso ci fossero state delle impronte digitali. Usando il bordo di una copertina sul divano, lo raccolse. Lo schermo era incrinato, ma per il resto il telefono sembrava funzionare. Everly usò il fondo della maglietta per proteggere il cellulare dalle sue impronte digitali e premette sul pulsante "Home". Il messaggio che le aveva appena inviato era sullo schermo principale. Così come alcuni altri di Kim, l'amica di Elise ancora a Los Angeles.

Sembrava che le due fossero state interrotte all'improvviso durante una chiacchierata.

Everly fece scorrere il testo della conversazione.

Kim: **Avresti dovuto vedere il signor Thompson. La sua faccia è diventata tutta rossa e pensavo che sarebbe esploso.**

Elise: **Scommetto che è stato esilarante! Aspetta un secondo... devo aprire la porta.**

Kim: **Sì, infatti! Rido ancora solo a pensarci. Vorrei che qualcuno gli avesse fatto una foto.**

Kim: **Elise?**

Kim: **Ci sei?**

Kim: **Che cosa è successo?**

Kim: **Bene, ci sentiamo dopo.**

E poi c'era il suo messaggio, in cui la informava che sarebbe tornata a casa prima del previsto.

Sentì una strana sensazione in gola... Everly vacillò, persa. Anche se era una poliziotta, per un attimo non aveva idea di cosa fare. Doveva chiamare il 911? E cosa doveva dire? Non era riuscita a trovare sua sorella? Le avrebbero solo detto quello che la polizia di Los Angeles aveva già detto... Elise era una ragazzina, a spasso con gli amici.

Ma no... i suoi colleghi sapevano cosa era successo. Non le avrebbero mai detto una cazzata del genere, vero? Prendevano sul serio le sue preoccupazioni, soprattutto dopo che Elise era già stata rapita.

Troppi pensieri le attraversavano la testa, ed Everly se ne stava semplicemente in mezzo al suo appartamento, respirando troppo forte, cercando disperatamente di non farsi prendere dal panico.

Voltandosi, fissò sovrappensiero il pavimento del corridoio... e vide una piccola macchia rossa.

Crollando in ginocchio, Everly fissò incredula la macchia di sangue.

Sentì la bile salirle in gola, si sforzò per farla scendere. Non poteva farsi prendere dal panico. Non in quel momento. Elise aveva bisogno di una sorella forte e intelligente.

In un istante, proprio come se avesse attivato un interruttore dentro di lei, Everly trasformò la paura in furia. Una rabbia mai provata prima si impossessò del suo corpo, che si fece sentire pulsante e potente.

Le era stato insegnato a essere prudente, a usare il massimo della forza solo in caso di pericolo estremo, ma Everly sapeva che se in quel momento la persona responsabile di aver fatto del male alla sorella fosse stata in piedi davanti a lei, gli avrebbe spezzato il collo senza rimorso o esitazione. Era *davvero* arrabbiata.

Si alzò in piedi e mise il telefono di Elise sul bancone della cucina. Poi prese il suo cellulare per chiamare Ball, per avere rinforzi, ma prima ancora che Everly toccasse lo schermo, iniziò a squillare.

Spaventata, Everly fissò il numero sconosciuto sullo schermo... le scivolò addosso una strana calma. Era *lui*. Lo stronzo che le aveva rubato la sorella per la seconda volta. Lo *sapeva*.

Cliccando sull'icona, rispose: "Pronto?"

"Se vuoi rivedere tua sorella, seguirai le mie indicazioni alla lettera. Mi stai ascoltando?"

"Sì." Non era il momento di fare la dura. C'era bisogno di informazioni, Everly ne aveva bisogno più che mai. Ci sarebbe stato il tempo di far fuori quello stronzo, in un secondo momento. Dopo aver salvato Elise.

"Ti tengo d'occhio. Proprio in questo momento. Ho messo qualche telecamera nel tuo appartamento per poterti tenere d'occhio."

Everly girò la testa di scatto, cercando di individuare una delle telecamere.

"Non le troverai. Beh, lo faresti se avessi il tempo di cercarle, ma ora non le troverai. Il mio punto è: non fare niente di stupido. Se chiami qualcuno dopo che abbiamo riattaccato, la uccido. Lentamente e dolorosamente, e le dirò che è colpa *tua*. Spero proprio che tu non lo faccia, perché non voglio uccidere Elise. È così carina, così tranquilla e rilassante. Non sopporto quando urlano. Ho intenzione di tenerla con me per molto tempo."

Everly voleva urlare. Voleva dire all'uomo all'altro capo della linea di andare a farsi fottere e lasciare in pace sua sorella. Ma il fatto che non volesse uccidere Elise era un bene... *se* diceva la verità. Poteva mentire, c'era la possibilità che l'avesse già uccisa, ma non pensava che l'avesse fatto. Aveva imparato a capire le persone durante i suoi anni da poliziotta. Quel tizio sembrava ossessionato.

"Ti ascolto," gli disse.

"Bene. Sono sicuro che ti stai chiedendo perché mi prendo il disturbo di chiamarti, vero? Perché non sono già andato via come il vento con il mio premio."

Il pensiero le *era* passato per la mente. "Un po'," ammise.

"È perché sei una poliziotta. Una *poliziotta* sporca e puzzolente. Se non lo fossi, starei già iniziando la mia nuova vita con la mia bellissima sposa. Ma non rinuncerai a cercarla. Lo so. Sarai una spina nel fianco per sempre. E non posso permetterlo. Devo occuparmi delle questioni in sospeso."

Non suonava bene, ma quel coglione aveva assolutamente ragione. Non c'era modo che Everly smettesse di cercare sua sorella. Non importava quanto tempo ci avrebbe impiegato, l'avrebbe salvata.

Ma... neanche Me-Maw e Pop. O Ball. O i Mercenari. Nemmeno i suoi amici e colleghi del dipartimento di polizia, nessuno di loro si sarebbe arreso. Quel tizio non aveva tenuto conto di *nessuna* di quelle persone, il che non aveva senso, ma al momento non aveva intenzione di cercare il pelo nell'uovo. Il coglione l'aveva chiamata. Poteva rintracciarlo. Sarebbe diventato sempre più stupido e avrebbe lasciato indizi che alla fine avrebbero ricondotto a lui.

"Cosa vuoi?" gli chiese.

"Una volta che abbiamo finito di parlare, devi mettere entrambi i telefoni in un cassetto e andartene. Chiudi la porta a chiave dietro di te ed esci come se niente fosse. Se dici a qualcuno cosa sta succedendo, ucciderò Elise. Se avverti qualcuno, la uccido. Se *sembra che tu* stia facendo qualcosa che attirerà l'attenzione su di te, la ucciderò. Capito?"

"Sì."

Everly aveva capito fin troppo bene. Non credeva che lui avesse avuto il tempo di cablare tutto il suo appartamento, il corridoio esterno, la tromba delle scale *e* il parcheggio. Ma d'altra parte, era passato molto tempo da quando Elise si era trasferita a Colorado Springs. Everly non aveva idea di che aspetto avesse quel tizio. Avrebbe potuto incrociarlo nel corridoio e non saperlo. Sicuramente non avrebbe fatto nulla per dargli una scusa per uccidere sua sorella, nulla che avrebbe potuto mettere a rischio qualcun altro. No, avrebbe dovuto andarci piano e fare quello che diceva lui.

Il maniaco riprese a parlare. "Salirai in macchina e guiderai fino al parcheggio del negozio di alimentari in fondo alla strada. Parcheggia sul retro. Le telecamere di sorveglianza non possono concentrarsi su quello che succede lì dietro. Ti aspetterò in un furgone bianco con un enorme cartello sul lato che dice *Tuttle Idraulica*. Non fare cazzate," la avvertì. "Preferiresti che tua sorella fosse viva da qualche parte nel mondo piuttosto che morta, non è vero?"

"Non farle del male," disse Everly a denti stretti.

"Certo che non *voglio*... lei è la mia vita," disse l'uomo. "Ma lo farò, se tu mi costringerai a farlo."

"Non lo farò."

"Ricordati, ti tengo d'occhio. E quella camicia rossa che hai addosso attira un po' troppo l'attenzione, per i miei gusti. Dovresti andare a cambiarti. Mettiti una maglietta nera."

Everly sentì i brividi lungo la schiena.

Non gli aveva creduto pienamente, quando le aveva detto che poteva vederla. Aveva pensato di chiamare Ball non appena riattaccato. Ma aveva tirato fuori la maglietta rossa dal fondo del cassetto cinque minuti prima. Non c'era modo che il tizio al telefono potesse indovinare cosa indossasse.

Morendo dalla voglia di cercare dove avesse nascosto le telecamere, Everly si costrinse a restare immobile. "Ok. Che altro?"

"Infradito. Dovresti indossare un paio di sandali, o delle infradito."

"Ok." Non aveva idea del perché al mondo la volesse con le infradito, ma a quel punto non le importava. "Come faccio a sapere che Elise sta bene?"

"Vuoi una prova?" chiese l'uomo.

"Sì."

Le vibrò il telefono in mano. Se lo tolse dall'orecchio e fissò l'immagine che le era appena arrivata.

Elise era seduta per terra accanto a un albero, chiaramente in una zona boscosa. Aveva le mani legate dietro la schiena, indossava gli stessi vestiti che aveva indossato quella mattina a scuola. Aveva gli occhi rossi, con tracce di lacrime che rigavano lo sporco e la polvere sul viso.

Everly sentì la voce del tizio e si riportò il telefono all'orecchio.

"...circa mezz'ora fa. Questa sarà la tua unica possibilità di salvare tua sorella. Sei abbastanza coraggiosa da accettarla, sapendo che ho intenzione di ucciderti?"

Everly aprì la bocca per rispondere, ma cadde la linea.

Furiosa che Elise fosse legata in mezzo a qualche dannata foresta, spaventata a morte, non potendo sentire nulla di ciò che accadeva intorno a lei, Everly riuscì a sentire l'odio che le infangava l'anima.

Si precipitò in camera sua e gettò per terra la camicia rossa che aveva indossato. Optò per una maglietta blu della polizia di Colorado Springs, tanto per essere dispettosa e per ricordarsi che, qualunque cosa sarebbe successa, sarebbe riuscita a cavarsela da sola, poi si tolse scarpe e calzini per infilare un paio di infradito a buon mercato che aveva comprato per usarli in piscina e si precipitò nell'altra stanza.

Prese il telefono di Elise e, pensando velocemente, si prese il tempo di andare al lavandino della cucina. Supponendo che il tizio la stesse osservando, Everly fece finta di piangere - beh, esagerò la scena - e rimase lì con la testa chinata per un minuto. Poi aprì il rubinetto e si gettò un po' d'acqua in faccia. Prendendo un respiro profondo, si spruzzò una grande quantità di sapone alla frutta sulle mani. Se le lavò accuratamente prima di asciugarle su un asciugamano appeso al manico del frigorifero.

Poi tornò verso i telefoni e fece un respiro profondo.

Appoggiò la mano sul telefono della sorella per un secondo, facendo un secondo di respiro profondo e costante.

Quando il sole sarebbe sorto la mattina dopo, o *lei sarebbe* morta, con Elise in viaggio verso il luogo in cui quel pazzo stronzo al telefono voleva portarla, oppure lei ed Elise sarebbero state entrambe a casa, sane e salve, con il *rapitore* morto.

Prese entrambi i telefoni e li mise in uno dei cassetti della cucina. Poi si girò e si diresse verso la porta del suo appartamento. Se chi aveva sua sorella pensava che sarebbe stata troppo codarda per andare a prenderla, si sbagliava. Lui aveva detto a chiare lettere che l'avrebbe uccisa, ma Everly era stata addestrata per quelle stronzate.

E poi, aveva Ball. Si sarebbe reso conto che c'era qualcosa di terribilmente sbagliato e avrebbe fatto di tutto per trovare sia lei che Elise. Non aveva alcun dubbio. La ragione per cui era stato così arrabbiato con la sua ex compagna era perché lei non si era *comportata* come avrebbe dovuto fare un vero partner. Lo stesso valeva per la sua ex. Essere un buon partner significava tutto per Ball.

L'avrebbe cercata e aiutata. Lo sapeva.

Si consolò sapendo che, se il rapitore fosse riuscito a ucciderla, Ball e i suoi compagni Mercenari di Montagna non avrebbero avuto pace finché non avessero portato Elise a casa.

L'errore del rapitore non era stato quello di pensare che lei non avrebbe mai smesso di cercare sua sorella... aveva proprio ragione, non l'avrebbe fatto. Il suo errore era stato quello di pensare che qualcun *altro* non avrebbe fatto lo stesso. Ovviamente non era stupido, ma per qualche ragione trascurava l'ovvio. Quello stronzo non capiva l'onore e la devozione, almeno, non in un modo che non fosse ossessivo e inquietante. Everly sapeva nel profondo che Ball non si sarebbe fermato finché non avesse rintracciato Elise e il rapitore, facendogliela pagare.

Le aveva raccontato la storia della moglie del suo misterioso capo, di come fosse scomparsa più di dieci anni prima, ma Rex non aveva mai smesso di cercarla. Non aveva mai smesso di credere che fosse là fuori, da qualche parte.

Non sarebbe stato il destino di Elise, non se Everly avesse avuto qualcosa da dire in proposito. Ma ancora una volta, anche se il rapitore l'avesse uccisa nel momento in cui la faceva salire sul suo furgone (cosa di cui dubitava, perché il parcheggio del negozio di alimentari di solito era abbastanza affollato) Ball sarebbe riuscito dove lei avrebbe fallito.

Con rinnovata determinazione, Everly fece del suo meglio per sembrare disinvolta mentre si avvicinava alle scale dell'atrio e del parcheggio.

Era una poliziotta dannatamente brava. Ci sarebbe voluto tutto quello che aveva imparato in servizio e in accademia per battere quello stronzo al suo stesso gioco.

C'erano telecamere in tutto l'edificio, sapeva che non appena Ball avrebbe scoperto che lei ed Elise erano scomparse, avrebbe fatto esaminare i nastri a Meat o a Rex.

Correndo il rischio che il tizio avesse solo cablato il suo appartamento, Everly si fermò nella tromba delle scale prima di entrare nell'atrio. Alzò lo sguardo verso la telecamera nell'angolo e, non sapendo se il rapitore stava guardando, nel modo più veloce e succinto possibile comunicò tramite il linguaggio dei segni che Elise era stata rapita di nuovo e che stava andando ad incontrare il rapitore.

Aggiunse un'ultima cosa che sperava di potergli dire di persona, ma non era sicura di averne la possibilità.

Non erano molte informazioni, ma sperava che Ball potesse vederla per iniziare le ricerche con i suoi amici Mercenari.

Fece un respiro profondo, facendosi forza, poi scese le scale, attraversò l'atrio e uscì nel parcheggio. Mentre Everly saliva sul suo Cherokee, pregava che Ball arrivasse al suo appartamento il prima possibile.

Se fosse arrivato e avesse trovato i telefoni abbastanza in fretta, avrebbe capito subito che qualcosa non andava, che lei ed Elise non erano semplicemente andate a fare una commissione o qualcosa del genere. Anche la foto che il rapitore le aveva mandato sarebbe stato un grosso indizio.

Ma sperava che lui capisse perché era andata a cercare Elise da sola, invece di contattarlo. Sperava che lui avrebbe capito il suo indizio, una volta visto quello che lei gli aveva lasciato sul suo telefono.

CAPITOLO 16

BALL SALÌ gli scalini del palazzo di Everly due alla volta. Non aveva lasciato trapelare la sua agitazione quando le aveva parlato prima, ma era estremamente a disagio per qualsiasi cosa avesse Meat da comunicare.

Aveva cercato di convincere l'amico a dirgli esattamente cosa stava succedendo, ma Meat gli aveva spiegato che non *aveva* ancora molto da dirgli, solo un sospetto, ma stava lavorando il più velocemente possibile per capirlo e, una volta riuscito, avrebbe parlato sia con lui che con Everly.

Ball doveva arrivare all'appartamento in anticipo, ma uno dei suoi clienti aveva chiamato per parlare del suo sito web e la conversazione era andata troppo per le lunghe. Non appena aveva riattaccato, aveva chiuso il portatile ed era uscito di casa.

Prima riusciva a far trasferire sia Everly che Elise a casa sua, meglio era. Non che non gli piacesse l'appartamento in cui viveva Everly. Era in una bella zona, la sicurezza era buona, c'erano telecamere ovunque ed era abbastanza grande per le sorelle. Ma lui le voleva più vicine. In ogni momento. Voleva le loro foto sulle pareti di casa sua. Voleva le loro cianfrusaglie nell'armadio. Voleva Everly nel suo letto ogni notte.

Certo, dormivano insieme praticamente tutte le notti, ma la voleva *con* sé. Per qualche ragione, lei sembrava sempre molto più rilassata a casa di Ball. Lui la voleva sempre contenta e soddisfatta.

Ball suonò il campanello speciale che Everly aveva installato nelle ultime settimane. Era attaccato alla porta stessa e collegata via Wi-Fi a una luce lampeggiante all'interno. Attese, ma si incupì quando passarono diversi minuti ed Elise non rispose alla porta. Suonò di nuovo il campanello, nessuna risposta. Allungò una mano e provò con la maniglia della porta, che si aprì senza sforzo.

Sconvolto, Ball si allarmò subito.

Non c'era modo che Elise si dimenticasse di chiudere la porta a chiave quando tornava a casa.

Lentamente la spalancò e ascoltò per un momento.

Niente.

Era tutto completamente silenzioso.

Prese subito il telefono, pronto a chiamare Meat. Ma non voleva ancora avvertire della propria presenza nessuno che si trovasse all'interno dell'appartamento. Ball camminò in silenzio nella zona giorno e sbirciò lungo il corridoio. Scuro e silenzioso. Sbirciò anche nel bagno degli ospiti e vide che era vuoto. La porta di Elise era aperta e non vide nulla. Non c'era niente che non andasse.

Camminando più velocemente, si avvicinò alla porta della camera da letto di Everly e non sentì nulla. Spinse silenziosamente la porta e guardò dentro. Non vedendo nessuno, entrò. C'era una maglietta rossa sul pavimento accanto a un paio di calzini e alle sue scarpe da tennis, i suoi stivaletti da lavoro erano vicino all'armadio. Controllò rapidamente l'armadio, spostando i vestiti appesi sul bordo del cesto della biancheria. Erano umidi. Everly era stata a casa, si era cambiata, a quanto pare lei ed Elise erano andate da qualche parte. Ma perché non l'aveva chiamato? E perché avevano lasciato la porta aperta?

Le cose non quadravano, Ball si sentì terribilmente a disagio. Si incamminò di nuovo verso il soggiorno e rimase lì immobile. C'era qualcosa... fuori posto.

Ma era tutto ordinato come al solito. Nonostante ciò, però, Ball non riuscì a scrollarsi di dosso la sensazione che Everly ed Elise fossero in pericolo.

Andò in cucina e vide che il lavello era stato usato di recente. Era ancora bagnato. Toccò l'asciugamano appeso allo sportello del frigorifero, notò che era umido.

"Dove siete, ragazze?" mormorò.

Poi notò qualcosa a cui nessun altro avrebbe pensato.

Uno dei cassetti era parzialmente aperto.

Everly era sempre meticolosa nel chiudere i cassetti. Che fossero in cucina, in bagno o in camera da letto. Diceva che era un'abitudine rimasta dalla sua infanzia incasinata, quando sua madre insisteva sempre per assicurarsi che ogni cassetto fosse chiuso. Altrimenti, se la loro casa fosse stata saccheggiata dai poliziotti o da qualche tossicodipendente disperato, qualcuno avrebbe potuto sapere dove cercare la sua scorta, se ci fosse stato un cassetto aperto.

Non aveva senso per Ball, ma d'altra parte, le persone che facevano uso di droghe erano note per essere paranoiche.

Vedere quel cassetto semiaperto era un'enorme insegna al neon del cazzo che qualcosa non andava. Ci si avvicinò lentamente, come se un cadavere si fosse in qualche modo miracolosamente inserito all'interno e fosse pronto a saltargli addosso. Aprì il cassetto con un dito. Era quello dell'argenteria, i cucchiai, i coltelli e le forchette erano tutti ordinatamente allineati nel loro contenitore di plastica.

Ma i due cellulari non erano *assolutamente* al loro posto.

Li riconobbe subito come quelli di Elise e di Everly. Ma

più allarmante dei telefoni era l'oggetto sopra il cellulare di Everly.

Il suo anello.

Quello che le aveva dato la nonna.

Quello che non si era mai, *mai* tolta.

Se l'era tolto e gliel'aveva lasciato perché la trovasse.

Figlio di puttana!

Cliccò subito il pulsante per chiamare Meat prima che il cervello avesse davvero il tempo di pensare a quello che stava facendo. Ball fissava l'anello mentre il telefono gli squillava nell'orecchio.

"Ball! Stavo per chiamarti," disse Meat.

"Everly ed Elise sono scomparse," disse Ball.

"Cosa?"

"Sono scomparse. Sono arrivato all'appartamento, anche se Everly non doveva ancora essere a casa, a quanto pare è arrivata in anticipo. Ma sono sparite."

"Merda!" imprecò Meat.

"Ci sono qui i loro cellulari, quindi non puoi rintracciarle col segnale." Ball non disse nulla a proposito dell'anello di Everly. Aveva capito cosa volesse dire: Elise era in pericolo, quindi era andata con lei, oppure era andata a cercarla. Non importava cosa fosse successo, erano scomparse e dovevano trovarle.

"Volevo solo chiamarti e dirti di andare da loro. Ho trovato un'applicazione sul cellulare di Elise che mi era sfuggita in precedenza. Ne aveva una uguale sul suo telefono."

"Che tipo di app?" chiese Ball con impazienza.

"Sembra una normale applicazione per usare la calcolatrice. Quando la apri, appare addirittura una calcolatrice funzionante. Ma se schiacci i numeri in un certo ordine, si apre un'app di messaggistica."

"Cazzo!" fu la volta di Ball, di imprecare. "Ha parlato con questo Rob per tutto questo tempo?"

"In realtà, no, non credo proprio. Sembra che abbia scaricato la nuova app sul suo telefono una settimana o giù di lì dopo essere stata salvata, ma ha mandato un messaggio a questo finto Rob solo una volta."

"Che cosa gli ha detto?"

"Gli ha detto che doveva lasciarla in pace. Purtroppo, è bastata una volta."

"Per cosa?"

"Sembra che il bastardo l'abbia trovata. Ha ottenuto il suo indirizzo IP e l'ha seguita a Colorado Springs. Secondo i messaggi che le ha mandato, a quanto pare l'ha seguita per settimane. Ma non credo che Elise abbia nemmeno guardato i suoi messaggi. Se l'avesse fatto, mi piacerebbe credere che avrebbe detto qualcosa."

"Perché lo pensi?"

"È più facile se te lo mostro. Te li mando... Ok, guarda qua," disse Meat.

Ball sapeva di non avere tempo per leggere stronzate, ma ogni informazione che poteva ottenere poteva aiutarlo a trovare le sue ragazze. Cliccò sull'icona del vivavoce, poi andò sulla sua e-mail e aprì il messaggio appena inviato da Meat.

Lesse gli screenshot con l'orrore che aumentava ad ogni secondo.

Rob: Mi manchi.

Rob: Non ti manco? Neanche un po'?

Rob: Ricordi i nostri discorsi? Mi hai detto che mi amavi, e io ti amo ancora, Elise. Sei mia.

Rob: Nessuno può amarti come me. Non i tuoi nonni, sicuramente non tua madre e non tua sorella. Tutti ti ignorano, proprio come mi hai detto, ma non io. Io non ti ignorerò mai.

Rob: Volevo farti sapere che oggi sei bellissima.

Rob: Quella gonna è favolosa.

Rob: Anche se non si dovrebbe indossare qualcosa di così corto in pubblico.

Rob: Il tuo corpo è solo per me, solo io posso guardarlo.

Rob: Accarezzarlo.

Rob: Farci l'amore.

Rob: Saremo felici, io e te. Mi prenderò cura di te... finché ti comporterai bene, avrai tutto ciò di cui hai bisogno.

Rob: Elise? Non sono contento di te.

Rob: Non hai risposto a nessuno dei miei messaggi.

Rob: Questo mi rende triste, arrabbiato e geloso.

Rob: Sei mia. Hai capito?

Rob: Bene. So cosa ti renderà felice.

Ball si passò una mano sulla faccia con sgomento. Era difficile risalire alla data di invio dei messaggi. Non erano datati, correvano tutti insieme negli screenshot.

Ma aveva allegato una foto al messaggio successivo. C'era una donna matura con i capelli rossi. Era sdraiata su un pavimento di moquette di quello che sembrava essere un motel da quattro soldi. Il suo rossetto era tutto sbavato e aveva degli aghi che le uscivano dalle braccia. I suoi occhi fissavano il soffitto senza vedere.

Rob: Tua madre non ti ha mai amato. Ti ha fatto del male. Così l'ho uccisa per te. È stato molto facile. Mi è bastato darle della droga. Dopo che ha preso la prima botta, era nelle mie mani. Le ho detto che la odiavi, che le hai rovinato la vita, che non meritava una figlia così bella. Non ti farà mai più del male, angelo mio.

Il maniaco aveva allegato qualche altra immagine: il torso senza braccia, senza testa e senza gambe di Ella Adams. Una gamba in un cassonetto. Un braccio nel bidone della spazzatura, sul marciapiede di qualcuno. La testa su un fuoco spento. La cenere gettata nell'oceano.

Chiunque fosse dietro il rapimento originale di Elise aveva ucciso sua madre e sparso in giro le parti del corpo. Era impossibile riunire tutti i pezzi, sarebbe stato un miracolo. E anche il fatto che nessuna delle due sorelle fosse stata informata della morte della madre la diceva lunga. Erano entrambe ignare di quel dramma.

Everly aveva detto a Ball che a volte Ella tendeva a scomparire per settimane di fila. Ma alla fine riappariva sempre, di solito per chiedere soldi. Spesso infastidiva i nonni dicendo loro che aveva solo bisogno di un po' di soldi per fare la spesa.

Ball non era disgustato dalle foto, aveva visto di peggio, ma fu sconvolto all'idea che la donna che amava, e sua sorella, fossero molto probabilmente alla mercé di quello psicopatico, in quel momento.

I messaggi continuavano dopo le immagini.

Rob: Pensavo che dopo aver visto quanto mi fossi impegnato per te, mi avresti parlato di nuovo.

Rob: Ma ora capisco che sei davvero arrabbiata con me.

Rob: Dovrò farmi amare di nuovo da te.

Rob: Ti ho vista oggi. A fare escursioni. Stavi bene con quei pantaloncini. Ma voglio che la prossima volta tu ti copra le gambe, posso guardarle e leccarle solo io.

Rob: Anche a me piace questa zona. Dovremo tornarci. Presto.

Rob: Dovresti fare attenzione quando vai in autobus. Potrebbe guardarti chiunque.

Rob: Adoro quella camicia da notte azzurra che hai indossato ieri sera. Ti ho guardato dalla finestra del tuo appartamento. Dovresti tenere le tende chiuse, Elise. Guardarti dormire sarà molto meglio quando saremo insieme.

I messaggi andavano avanti all'infinito, era ovvio che quell'uomo aveva osservato Elise mentre era a Colorado Springs. A parte il tempo trascorso per tornare indietro e uccidere Ella, probabilmente era stato in Colorado per tutto il tempo.

Un pensiero colpì Ball. Elise aveva ragione. Qualcuno l'*aveva* guardata durante le escursioni. Non era solo paranoia.

Si sentì orgoglioso di lei, nonostante la paura.

"Mi dispiace tanto di non averlo trovato finora," gli disse Meat.

"Non è colpa tua," gli disse Ball. "Trovare quei messaggi ci aiuterà a seguire questo stronzo quando lo localizzeremo. Inoltre, non avrei dovuto essere così veloce nel respingere le sue preoccupazioni. E oggi sono arrivato tardi."

"Cosa?"

"Volevo essere qui da un po' di tempo. Ma avevo a che fare con cazzate di lavoro che potevano aspettare. Everly è uscita presto dal lavoro e mi ha preceduto a casa. E ora...sono sparite entrambe. Ho bisogno che mi aiuti a trovarle, Meat. Ci sono delle telecamere nel complesso. Guarda cos'è successo. Solo tu puoi riuscirci."

"Consideralo fatto. Chiamerò anche il resto della squadra."

"Grazie. Anche Rex?"

"Anche Rex, sì. Che cosa hai intenzione di fare?"

"Comincerò a parlare con i vicini. Non erano molto amici, alcuni probabilmente non erano in casa, ma da qualche parte devo pur iniziare."

"Bene. Non stupirti se Rex chiamerà presto."

"A dopo," disse Ball, che poi riagganciò la chiamata. Prese i cellulari delle sue ragazze e si infilò l'anello al mignolo. Gli stava perfettamente.

Ball chiuse gli occhi per un attimo e fece una preghiera silenziosa, poi si diresse immediatamente verso la porta. Qualcuno doveva aver visto qualcosa.

Quindici minuti dopo, gli squillò il telefono.

"Ball."

"Sono Rex," disse il suo capo, per la prima volta la voce alterata diede fastidio a Ball.

"L'ha presa," disse Ball.

"Lo so. Ma la troveremo."

Dopo aver interrogato i vicini e non aver appreso nulla

che lo aiutasse a trovare Everly ed Elise, Ball voleva sfogare la frustrazione. Come avrebbe fatto Rex a trovare Elise ed Everly se non riusciva nemmeno a trovare sua moglie?

Poi si sentì subito male per quel brutto pensiero. Non era giusto. Ma Ball si sentiva a disagio. Sapere con quanta facilità il rapitore era riuscito a smembrare e a sbarazzarsi del corpo di Ella Adams gli fece capire che poteva fare la stessa cosa a Everly ed Elise. Erano in Colorado. C'erano migliaia di acri di terra selvaggia dove poteva seppellire i loro corpi. Era sicuramente possibile che non sarebbero mai stati trovati.

"Io e Meat abbiamo guardato i filmati di sorveglianza e sappiamo come ha fatto a far uscire Elise dall'edificio. Le è arrivato alle spalle mentre entrava nel suo appartamento. Lei non l'ha sentito, ovviamente. L'ha portata via dall'appartamento mettendola in una valigia a grandezza naturale."

Ball si girò e tirò un pugno potente al muro. "Ha messo Elise in una maledetta valigia?" chiese.

"A quanto pare. Era un modo efficace per far uscire una persona priva di sensi senza sembrare sospetta. Elise è abbastanza piccola da poterci entrare facilmente, ed è abbastanza leggera da non far capire che la valigia fosse troppo pesante."

"Come ha preso Everly?" chiese Ball, estremamente ansioso. Everly era astuta. Era difficile per *lui* avvicinarsi di soppiatto. Non c'era modo che un estraneo potesse spingerla dentro l'appartamento, come aveva fatto con Elise.

"Per quanto possiamo vedere... non l'ha fatto. È uscita dal suo appartamento, senza chiudere la porta a chiave, tra l'altro, e ha sceso le scale. Ma ti ha lasciato un messaggio."

Prima che Ball potesse chiedere a Rex cosa intendesse, gli vibrò il telefono con un messaggio.

Guardò il breve video appena inviato dal suo capo. Era Everly. Era nella tromba delle scale, stava per uscire nell'atrio. Guardava la telecamera e comunicava qualcosa.

Imprecando, Ball guardò il video di nuovo. Si concentrò,

cercando di ricordare le sue lezioni. Gli mancava qualche parola, ma il significato era chiaro.

Ha rapito Elise, di nuovo. Forse ci sta guardando. Lo incontro per cercare di riprendermela. Cercaci nel bosco. Forse vicino al sentiero dei Sette Ponti. Ti amo.

Lei lo amava. *Dannato bastardo.* Lei lo *amava.*

Ball non la meritava, ma questo non significava che non l'avrebbe salvata. Lei era *sua.* Era riuscita a guardare oltre le sue stronzate quando si erano incontrati e si era liberata della sua fredda facciata, pezzo per pezzo. Era esattamente quello che lui stava cercando. Sia come compagna di lavoro che come compagna di vita.

Aveva lasciato l'appartamento per andare a cercare sua sorella, *sapendo* che c'era la possibilità che non ce la facesse e che potesse perdere la vita. Ma lo aveva fatto anche sapendo senza dubbio che lui sarebbe stato sulle sue tracce.

Cazzo, sì, ovvio che era sulle sue tracce!

Tirò fuori il telefono di Everly, inserì la password. Le avevano condivise la sera prima, decidendo che, dato che lui era stato letteralmente dentro il suo corpo, era giusto che conoscessero le rispettive password. Lui allora aveva riso, ma in quel momento non c'era proprio nulla di comico.

"Che cosa ha detto?" chiese Rex.

"Pensa che lo stronzo abbia portato Elise nel bosco vicino al sentiero dei Sette Ponti. Sto controllando il suo telefono, aspetta..."

Ball aprì i messaggi di Everly e vide l'ultimo, ricevuto da un numero sconosciuto. Quando vide la foto che le era stata inviata, sussultò udibilmente. Non c'era nessun testo di accompagnamento, ma d'altra parte, la foto parlava da sola.

Capì perché Everly pensava che Elise si trovasse nella zona di Broadmoor. Gli alberi intorno a Elise, nella foto, sembravano familiari. Sì, erano semplicemente alberi, ma qualcosa in loro gli ricordava quell'escursione. E se il rapitore l'aveva seguita allora, era probabile che l'avesse riportata in un luogo familiare.

Ball inoltrò la foto sia a Rex che a Meat, poi cliccò sulla cronologia delle chiamate.

Eccola lì. Aveva accettato una chiamata da un numero sconosciuto circa mezz'ora prima. Non era passato troppo tempo.

"Posso aiutarla?" chiese una donna in fondo al corridoio.

Ball si girò e vide una donna di mezza età, irritata e spaventata, in piedi sulla porta di casa sua. Non gli aveva risposto quando lui aveva bussato alla sua porta, prima. Sapendo che Rex era ancora in ascolto, Ball si rimise il telefono di Everly in tasca e si girò verso di lei.

"Sì, non riesco a trovare la mia ragazza e sua sorella. Everly ed Elise Adams. Vivono proprio laggiù." Indicò la loro porta. "Non erano in casa quando sono arrivato. Ha visto o sentito qualcosa?"

La donna sembrò sollevata. "Ora mi ricordo di te. Sei stato qui per un bel po' di tempo."

"Sì, signora."

"Non ho visto Elise questo pomeriggio, ma ho visto Everly. L'ho notata solo perché ho pensato che fosse strano che fosse tornata a casa, poi è uscita subito. Il mio appartamento è sul lato del parcheggio e la mia scrivania è proprio di fronte a una finestra. Lavoro da casa, sa, mi piace l'aria fresca quando fuori c'è vento. Comunque, l'ho vista tornare a casa e parcheggiare. Poi, dieci minuti dopo, stava camminando molto velocemente verso la sua Jeep."

"Da che parte è andata?" chiese Ball, con l'adrenalina che gli pulsava nelle vene.

"Giusto. Ha girato a destra. Ha anche fatto stridere le gomme, cosa che ho pensato fosse strana, perché Everly è normalmente una guidatrice molto attenta. Sa, perché è un'agente di polizia e tutto il resto."

"Grazie mille. Allora vado a vedere se riesco a raggiungerla," disse Ball alla signora.

"Quindi sta bene?"

"Presto starà bene, sì. Grazie ancora." Ball si girò e si diresse verso le scale, riportando il telefono all'orecchio. "Hai sentito?"

"Sì. Andando a sinistra l'avrebbe portata sull'interstatale, da lì non si sa dove sarebbe andata. Ma svoltare a destra significa che si è diretta verso la zona della Broadmoor. Non ci sono molti posti dove andare, lassù."

"Giusto. Ci penso io. Di' agli altri di incontrarmi al sentiero dei Sette Ponti. Se troverò qualcos'altro sulla mia strada, mi terrò in contatto."

"Sarà fatto. Passo e chiudo."

Ball mise via il telefono e corse verso la sua Mustang. Moltitudini di scenari spaventosi gli attraversarono la mente, mentre si dirigeva verso la sua auto, ma lui li costrinse ad andarsene. Everly non era una sprovveduta. Non era contento che lei si fosse messa volontariamente in pericolo, ma la capiva. Arrivare a Elise era stata la sua prima preoccupazione, ovviamente lei pensava di poter reggere il confronto con chi l'aveva presa... almeno fino al suo arrivo.

Everly contava su di lui.

E non l'avrebbe delusa, come Riley Foster aveva deluso lui una volta.

Nel giro di due minuti, stava uscendo dal parcheggio e si stava dirigendo nella stessa direzione in cui era andata Everly. Guidò lentamente, cercando tutto ciò che potesse essere un indizio. La sua macchina, un furgone come quello in cui era stata rapita Elise. Qualsiasi cosa che potesse aiutarlo.

Per un pelo non la vide.

Dovette fare un'inversione a U e tornare al supermercato. Era affollato, le macchine entravano e uscivano continuamente. Ma sul retro del parcheggio vide una Jeep Grand

Cherokee bianca, così unica che doveva fermarsi a controllare.

Quando si avvicinò, vide che *era* la sua macchina. Il rapitore aveva scelto bene il punto d'incontro. Era il più lontano possibile dall'edificio, quindi ogni video di sorveglianza sarebbe stato praticamente inutile. Inviò un breve messaggio a Rex, facendogli sapere che aveva trovato l'auto di Everly e dove si trovava, poi si diresse verso il sentiero.

"Per favore, fa' che sia questo il posto dove le ha portate," disse Ball, stringendo il volante così forte che le sue nocche diventarono bianche. "Sto arrivando, Everly," disse. "Tieniti forte, piccola. Tieni duro."

CAPITOLO 17

Everly inciampò per quella che sembrava essere la millesima volta, ma non le importava. Voleva che Tylor Tuttle la sottovalutasse. Sì, faceva fatica a camminare con le infradito. Stava ancora combattendo gli effetti del taser, la pistola elettrica con cui l'aveva stordita. Ma stavano andando da Elise, era l'unica cosa che le importava. Aveva bisogno di assicurarsi che sua sorella stesse davvero bene. Tylor era matto da legare, per quanto terribile, c'era sempre il rischio che lui l'avesse già uccisa e che non si ricordasse di averlo fatto.

Mentre camminava, i dettagli dell'incontro con Tylor si riprodussero in loop nella sua testa.

Everly era entrata nel parcheggio e aveva visto subito il furgone bianco sul ciglio della strada. C'era un cartello da due soldi con la scritta TUTTLE IDRAULICA sul lato, proprio come le aveva detto. Scesa dalla macchina, si era avvicinata al lato del passeggero e l'uomo al volante si era spostato verso la porta posteriore.

Sentendosi come una bambina che accettava caramelle dal proverbiale sconosciuto, aprì la porta laterale scorrevole e guardò dentro.

Non c'erano posti a sedere nel retro, solo un sacco di attrezzi dall'aspetto strano appesi a ganci su entrambi i lati. Guardò meglio e notò una valigia che assomigliava in modo sospetto a quella che avrebbe dovuto essere nel suo appartamento, in fondo all'armadio, aperta.

"Entra e chiudi lo sportello dietro di te," le aveva detto l'uomo.

Senza possibilità di scelta, Everly aveva fatto come ordinato, il suono del portellone che si chiudeva le aveva fatto pensare subito al coperchio di una bara.

"Sono felice di incontrarti, finalmente," aveva detto l'uomo. "Sono Tylor Tuttle. Sarò il tuo nuovo cognato, ma è un peccato che saremo parenti solo per poco tempo."

Everly non avrebbe abboccato a quell'esca, ma non era riuscita a fermare la domanda. "Perché?"

"Perché non appena celebrerai la cerimonia che farà di Elise mia moglie, ti ucciderò."

Lei aveva sbattuto le palpebre. "Sto per celebrare la cerimonia?" Era arrabbiata anche solo all'idea, ma confusa sul perché fosse convinto che lei avrebbe potuto o voluto far sposare qualcuno.

"Sei una poliziotta. Hai l'autorità di unirci come marito e moglie."

C'erano così tante cose sbagliate in quello che Tylor aveva appena detto, che Everly non sapeva da dove cominciare. Ma non aveva tempo, comunque, perché lui aveva continuato a parlare.

"E se ci sposerai, Elise saprà che ci darai la tua benedizione per stare insieme per sempre. È spaventata e ha bisogno di sapere che sua sorella la sostiene. È nervosa."

"Certo che è spaventata," aveva detto Everly. "Forse dovresti sposare me, invece?" Aveva pensato che il suggerimento valesse un tentativo.

Tylor aveva arricciato il naso. "Sei vecchia. Ho già una moglie vecchia, non me ne serve un'altra."

"Se hai già una moglie, come puoi sposarti di nuovo?" non le interessava la definizione 'vecchia'. A trentaquattro anni non si era

vecchi, ma in effetti per la mentalità di un pedofilo, oltre i vent'anni era tutto da buttar via.

"Oh, mi sbarazzerò di lei non appena tornerò a casa con Elise. Ho solo una stanza appropriata in cui tenerla, e non voglio che Elise sia gelosa."

Everly si era sentita male alle parole di quel pazzo. Sembrava un tipo normale all'apparenza, ma non lo era. Aveva capelli castani pettinati in modo ordinato, i suoi vestiti erano relativamente puliti. Non era grasso. In realtà, era un po' magro, ma non così tanto da far sì che qualcuno lo guardasse due volte. Era assolutamente ordinario. Poteva essere il vicino di casa di chiunque, dettaglio che lo rendeva spaventoso. Se teneva in ostaggio qualche altra povera donna, nessuno avrebbe sospettato di lui.

Aveva iniziato a tremare. "Elise sta bene?"

"Certo. Non voglio farle del male. Se lo faccio, è perché se l'è cercata o perché tu hai fatto qualcosa di stupido. Imparerà a obbedirmi. Imparerà a prendere più mosche con il miele che con l'aceto. Ho sempre amato questo detto. È carino, vero?"

Everly aveva digrignato i denti. Il bastardo aveva già fatto del male a Elise una volta e dava la colpa a lei? Oltre ad essere pazzo, era anche uno stronzo. Se avesse lavorato come amministratore, sarebbe stato il tipico coglione che incolpava la sua dipendente per la perdita di un cliente. Stronzo misogino.

"Anche se apprezzo che tu abbia seguito le mie indicazioni, facendo come ti è stato detto, sono davvero scioccato che tu l'abbia fatto. Non è stato molto intelligente."

"Sto cercando di assicurarmi che mia sorella sia al sicuro e illesa," gli aveva risposto.

"Ti ho già detto che vivrà una lunga vita con me," ripeté Tylor irritato.

"E mi hai anche detto che se non avessi fatto quello che hai detto, l'avresti uccisa," gli aveva ricordato Everly.

Lo stronzo si era messo a ridere. "Come se volessi uccidere la mia bella Elise. Te l'ho detto solo per essere sicuro che saresti venuta a cercarla da sola. Devo assicurarmi che tu non vada in giro a rovinare tutto, continuando a cercarla. Quando sarai morta, potremo vivere la nostra vita in pace, senza doverci guardare alle spalle."

Everly voleva dirgli che si sbagliava, che Ball e i suoi amici non avrebbero mai smesso di cercarla, ma aveva tenuto la bocca chiusa.

"Spero davvero che la mia Elise sia più intelligente di te," aveva detto Tylor.

Poi, senza preavviso, si era lanciato.

Everly aveva alzato un braccio per bloccarlo, ma lui le aveva già infilato il taser nel fianco sinistro.

Lei era caduta immediatamente sul fianco. Tylor aveva continuato a stordirla. Everly era già stata colpita da un taser, gli effetti di quello storditore non erano così gravi come quelli della sua pistola, ma faceva comunque il suo lavoro.

Era disorientata e non riusciva a far funzionare correttamente i muscoli. Non era stata in grado di fermarlo, quando Tylor le aveva ammanettato un polso a un grosso anello sul lato del furgone e le aveva stretto la caviglia con un altro paio di manette penzolanti da una catena attaccata alla parete opposta del veicolo.

Poi le aveva dato una pacca sulla guancia (più uno schiaffo, in realtà) e si era appoggiato su di lei.

"Carina, ma non così intelligente," le aveva detto, poi si era girato e si era rialzato per raggiungere il posto di guida.

Everly aveva chiuso gli occhi e aveva lasciato cadere la testa sul fondo del furgone. Aveva ignorato il dolore al fianco e fatto del suo meglio per far sì che il corpo collaborasse con il cervello. Aveva bisogno di essere al massimo della forma.

Tylor Tuttle poteva averla sorpresa una volta, ma non avrebbe avuto una seconda possibilità.

Forse aveva pensato che sarebbe stata un'uccisione facile, ma si sbagliava. Everly aveva molto di più per cui vivere: la sorella, i nonni, e Ball. Il suo uomo stava andando a prenderla. Sperava solo che la trovasse in tempo.

. . .

Avevano lasciato la strada principale da po' di tempo e si stavano inoltrando tra i cespugli. Everly era contenta di indossare i jeans, mentre i rami e le radici facevano del loro meglio per pungerla e graffiarla. I piedi invece erano esposti, ma non sentiva il dolore. Aveva le mani legate davanti a lei, bloccavano alcuni dei rami che le arrivavano al viso. Fece del suo meglio per spezzare quanti più rami possibile mentre camminavano, per lasciare una traccia a Ball e agli altri.

Ovunque Tylor avesse nascosto Elise, non poteva essere troppo lontano, perché non avrebbe avuto tutto quel tempo per metterla al sicuro, per poi tornare al suo furgone a incontrare Everly nel parcheggio del negozio di alimentari. Il pensiero la confortava. Non che il parcheggio per il sentiero escursionistico fosse proprio il massimo, ma era meglio che essere in mezzo al nulla, come in quel momento.

Iniziarono a salire una collina piuttosto ripida ed Everly sentì una stretta allo stomaco.

Poteva resistere a molte cose. Ferite da coltello, cattivi che le sputavano addosso, inseguimenti ai piedi, persino essere colpita da un proiettile, purché non fosse in testa... ma una cosa che sicuramente non le piaceva erano le altezze. Mai piaciute. Più si arrampicavano in salita, più diventava ansiosa.

Ingoiando il disagio, si rifiutò di lasciare che avesse la meglio su di lei. Non avrebbe lasciato che Tylor l'avesse vinta. Proprio no, cazzo.

Dopo aver arrancato a lungo, giunsero in una radura in cima a un pendio. Sarebbe stato bellissimo, se Everly non fosse stata così fottutamente pietrificata.

"Bello, vero?" chiese Tylor, come se le leggesse la mente.

Lei annuì, dato che non riusciva a parlare, aveva la bocca secca.

"Qui è dove lo farai."

"Qui?"

"Sposerai me e la mia Elise."

"Dov'è mia sorella?" gli chiese.

"Da questa parte," rispose Tylor, mentre le voltava le spalle e si dirigeva verso un piccolo spazio alla loro sinistra.

Lei fu molto tentata di attaccarlo proprio in quel momento. Avrebbe potuto buttarlo a terra e ucciderlo. Ma non sapeva ancora dove fosse sua sorella. Prima di vedere con i propri occhi Elise viva e vegeta, non avrebbe fatto nulla per inimicarsi il loro sequestratore. Doveva essere paziente.

Tylor la condusse giù per la collina, in un piccolo boschetto.

E lì, seduta per terra e incatenata a un albero, c'era Elise.

Everly gridò dalla gioia nel vedere Elise viva e illesa. Corse in avanti e cadde in ginocchio accanto a lei, gettandole le braccia legate sopra la testa e tenendola stretta. Everly sentì Elise piangere contro di lei, ma poiché aveva le braccia legate dietro la schiena, non poteva toccarla.

Chiudendo gli occhi per un secondo, Everly fece del suo meglio per tenere sotto controllo le sue emozioni. Poi fece un respiro profondo. Non erano fuori pericolo. Neanche lontanamente. Sapeva perfettamente che Tylor l'avrebbe uccisa. O almeno ci avrebbe provato. Non era questione di *se*, ma di *quando*. Everly aveva solo bisogno di temporeggiare abbastanza a lungo per dare a Ball e agli altri la possibilità di trovarle.

Decidendo di provare ad essere sottomessa il più possibile, perché sembrava essere quello che piaceva a Tylor, lei lo guardò. "Posso parlarle?"

Tylor la guardò un attimo, prima di dire: "Sì, ma le dirai quello che ti dico io. Nient'altro. Se provi a fare qualche scherzo, ucciderò te *e* lei, capito?"

Everly annuì, anche se era abbastanza sicura che il tizio *non* avrebbe ucciso Elise. Aveva dei piani per lei. O era estremamente stupido, ma non era quello il caso, dato che era riuscito a non farsi notare per così tanto tempo, oppure era troppo presuntuoso e pensava che nulla potesse andare storto, dato che credeva di avere tutte le carte in mano.

"Ho bisogno delle mani per farlo." Lei sollevò le braccia.

Tyler si avvicinò a lei e tirò fuori un coltellino. "Se fai qualcosa per cercare di scappare, la uccido," disse, annuendo alla sorella.

"Non lo farò," gli disse Everly, mentendo spudoratamente. Non appena si fosse presentata un'opportunità, avrebbe usato tutto quello che aveva imparato sulla legittima difesa nell'accademia di polizia per farlo fuori. Ma per il momento le servivano le mani per poter comunicare con Elise.

Finalmente libera, Everly si voltò verso Elise. Mise le mani sulle guance della sorella e le strofinò i pollici sotto gli occhi, asciugandole le lacrime. Elise aveva un graffio sulla tempia, un labbro spaccato e un occhio nero. Tutto sommato, anche se la vista delle sue ferite la faceva incazzare, Everly sapeva di essere stata fortunata fino a quel momento. Se Tylor avesse avuto più tempo, tra il portare lì Elise e andare a prendere Everly, avrebbe potuto farle molto più male.

"Dille come mi chiamo," ordinò Tylor.

"Come si scrive? "chiese lei.

"Che importanza ha?"

Resistette all'impulso di alzare gli occhi al cielo. "Perché devo compitare le lettere con le dita."

Tylor le scrisse il proprio nome, Everly non poté fare a meno di pensare che forse era così pazzo perché aveva dovuto sillabare il suo nome ad ogni singola persona con cui era venuto a contatto. Sapeva che quel pensiero era irrazionale, ma non poteva fare a meno di odiare ogni singola cosa di lui.

Passando ad Elise, le comunicò, il suo nome è T-y-l-o-r T-u-t-t-l-e. Ricordatelo, dillo a Ball e ai ragazzi quando ci trovano.

"Di sicuro hai fatto un sacco di movimenti della mano solo per il mio nome," disse Tylor, sospettoso.

"Nel linguaggio dei segni ci vuole molto di più, per dire la stessa cosa con i movimenti delle mani, rispetto alle parole sai." Mentiva, certo, ma quel cretino non lo sapeva.

"Ok. Dille che mi è mancata."

Quando te lo dico io, tu scappi. Dico sul serio. Corri come il vento, non voltarti indietro.

"Che è bella e che avremo una vita meravigliosa insieme. Ma lei deve obbedirmi. Se non lo fa, dovrò punirla."

Everly sentì la pelle d'oca, ma annuì a Tylor e si rivolse alla sorella. *Dobbiamo tenerlo calmo finché non ti toglie la catena intorno alla gamba. Alza lo sguardo e annuisci.*

Elise fece come richiesto, Tylor si illuminò. "Dille che mi dispiace che ci sia voluto così tanto tempo per stare insieme. Ho dovuto occuparmi di alcune cose a Los Angeles."

Everly lo guardò. "Quali cose?"

Senza preavviso Tyler le tirò un calcio proprio nel punto dove l'aveva colpita con lo storditore. Affranta dal dolore Everly cadde, ma si rialzò subito in ginocchio. Non pensava di essersi rotta una costola, grazie al cielo. Il calcio l'aveva solo stordita, tolto il dolore lancinante si sentiva bene.

Con la coda dell'occhio, Everly vide Elise scattare per la paura, ma non distolse lo sguardo da Tylor.

"Pensi che te lo dirò?" le chiese in modo calmo.

Everly annuì lentamente. Sapeva che si stava spingendo un po' oltre, ma lui non le avrebbe accennato ad altre cose, se non voleva farglielo sapere.

"Dille quello che ti ho detto."

Everly si rivolse alla sorella. *Sto bene. Niente panico. Ball sta venendo a cercarci. Dobbiamo solo essere coraggiose fino al suo arrivo.*

Elise annuì. Era facile vedere quanto fosse frustrata per non poter rispondere. Legarle le mani dietro la schiena era come imbavagliare una persona che parlava.

"Ora dille che mi sono preso cura di quella buona a nulla della madre drogata."

Everly fissò Tylor. "Cosa? Che cosa hai fatto?"

"L'ho uccisa. Stava rendendo triste la mia Elise. Non potevo permetterlo. Quindi doveva morire."

Tylor aveva un tono di voce monotono, era più che evidente che non aveva un briciolo di rimorso per aver ucciso qualcuno. Everly sentì le lacrime pungerle gli angoli degli occhi, ma si rifiutò di lasciarle cadere. Non le era importato molto di Ella, ma *era* pur sempre sua madre. Anche se era stata una madre orribile, non meritava di essere uccisa da quello stronzo.

Non c'era modo che dicesse alla sorella cosa aveva fatto Tylor. Elise doveva pensare alla fuga, e nient'altro. *Il suo piano è che io faccia una cazzata, tipo cerimonia di matrimonio. Stai al gioco finché non ti dirò di scappare. No, non distogliere lo sguardo, guardalo con occhi spalancati.*

Everly non avrebbe potuto essere più orgogliosa di sua sorella. Doveva essere spaventata a morte, ma faceva quello che le diceva senza la minima esitazione.

Tylor sorrise. "Questa è la mia brava bambina." Si avvicinò a loro e le passò la mano sui capelli, accarezzandola. Si voltò verso Everly, ma tenne la mano sulla testa di Elise. "È giunta l'ora," le disse. "È ora di unirci per tutta la vita."

———

Ball giunse all'ingresso del sentiero dei Sette Ponti e parcheggiò davanti al furgone bianco, in modo che il furgone non potesse semplicemente uscire e andarsene. *Tuttle Idraulica*. Scuotendo la testa, rimase scioccato nel rendersi conto di averlo riconosciuto. L'aveva visto il giorno in cui erano andati a fare un'escursione con l'Outdoor Club, ma allora non c'era il cartello magnetico dell'impresa idraulica. C'erano così tanti veicoli nel parcheggio che quello non si era particolarmente distinto, non aveva alcun motivo di associarlo al misterioso furgone bianco che era stato usato per il rapimento di Elise a Los Angeles.

Sbirciando all'interno dal finestrino sul retro, vide una valigia che riconobbe come appartenente a Everly. Il pensiero che Elise fosse lì dentro lo fece imbestialire. Facendo qualche respiro profondo per controllare la rabbia, Ball aspettò impaziente l'arrivo dei suoi compagni di squadra. Sarebbe potuto andare da solo, ma aveva bisogno di organizzare uno schema di ricerca con gli altri.

Ci vollero altri cinque minuti, ma alla fine vide un veicolo che arrivava dalla collina ad alta velocità. Ball era l'autista più abile del gruppo, ma anche gli altri se la cavavano. In pochi secondi, i suoi migliori amici furono di fronte a lui.

"Hai sentito qualcosa?" chiese Gray.

"Meat ha detto che probabilmente anche Elise è qui fuori?" chiese Ro.

"Sappiamo già il nome di questo tizio?" chiese Arrow.

"La mia ipotesi è Tuttle," disse Black, alzando gli occhi e facendo un cenno al furgone davanti a loro.

Proprio in quel momento giunse un Humvee a tutta velocità lungo la strada. Ball fu sorpreso di vedere Meat, ma soprattutto contento. Gli serviva tutto l'aiuto possibile. A quel punto, non importava cosa ci fosse sulle telecamere di sorveglianza o sul telefono di Elise. Aveva più bisogno di Meat *lì* che seduto a casa dietro a un computer.

"Sapete tutto?" chiese Ball.

"Ne sappiamo abbastanza," disse Gray. "Qual è il piano? Qualche idea su dove si trovino?"

"Non esattamente. Penso che dobbiamo percorrere il sentiero e vedere se riusciamo a trovare qualcosa che ci dica da che parte sono andati. Everly si è fatta prendere da quello stronzo, quindi occhi aperti, avrà lasciato degli indizi."

"Pensi che sappia che stiamo arrivando?" chiese Black.

"Non solo lo sa, ma conta su di noi," rispose Ball.

Gli altri annuirono.

"Qualcuno ha avvisato la polizia?" chiese Arrow.

"Rex ci ha suggerito di aspettare di avere prove certe che siano qui," informò Gray.

"Buona idea. L'ultima cosa di cui abbiamo bisogno sono decine di persone che trotterellano e spaventano questo stronzo," disse Ball. "È ossessionato da Elise. Se qualcuno cerca di portargliela via, andrà fuori di testa."

"Andiamo," disse Ro. "Prima la troviamo, prima la riportiamo a casa con Everly."

Senza dire un'altra parola, Ball si diresse verso il percorso principale. Presto sarebbe stato buio e il sentiero sarebbe stato inagibile, al crepuscolo. Non c'erano molte altre auto nel parcheggio. A ogni persona che passava, Ball chiedeva se avesse visto Elise o Everly, o se avesse sentito qualcosa fuori dall'ordinario. Nessuno seppe aiutarlo.

Stavano camminando da dieci minuti quando Ball si bloccò sul sentiero.

Inclinò la testa e studiò la vegetazione alla sua destra.

Gray si avvicinò a lui. "Che succede?"

"Ti sembra normale?" chiese Ball al suo amico, con gli occhi incollati sul lato destro del sentiero.

"Sembra che ci siano passate un paio di persone. Recentemente," disse Gray.

"Speriamo che non ci sia un *geocache* da queste parti," borbottò Ball. "Se seguiamo un gruppo di cacciatori di tesori nascosti, mi incazzo."

I sei uomini si fecero strada a ventaglio, nel sottobosco. Ogni tanto uno di loro indicava un ramo rotto o un graffio nel terreno.

"Brava ragazza," mormorò Ball. Non aveva dubbi che ci fosse Everly dietro quei segnali. Aveva fatto tutto quello che le era venuto in mente per condurlo dritto da lei.

La salita non fu difficile per gli ex componenti delle forze speciali, ma si stava rapidamente facendo buio. Dovevano sbrigarsi a trovare Elise, Everly e lo stronzo che le aveva prese. Ball non voleva pensare a cosa sarebbe successo, al tramonto.

In precedenza, aveva detto a Everly che non succedeva mai niente di buono, dopo le due del mattino. In quel momento non era ancora così tardi, ma sospettava che potesse applicare tranquillamente la stessa linea di pensiero. Non sarebbe successo nulla di buono, al buio.

CAPITOLO 18

EVERLY CERCÒ di non andare in iperventilazione. Tylor aveva sbloccato la catena intorno alle caviglie di Elise (ma non ai polsi) e l'aveva accuratamente aiutata ad alzarsi da terra. L'aveva baciata, lo stomaco di Everly si era messo a ronzare come se contenesse mille api arrabbiate. Elise faceva del suo meglio per non fare nulla che facesse perdere la testa al loro sequestratore, ma era davvero troppo.

Non doveva sopportare quel tocco. O quelle labbra. O qualsiasi altra parte di lui. L'odio si diffuse così velocemente dentro Everly che lei dovette trattenersi per non attaccare Tylor in quel momento. Doveva aspettare, dato che aveva un piano. Non aveva armi, a parte se stessa. Lui era stato furbo, le aveva fatto indossare le infradito di proposito. Il terreno era accidentato, senza calzature adeguate l'aveva messa in svantaggio. Inoltre, lui era molto alto, e pazzo da legare. Nella sua esperienza, la follia era spesso la ragione per cui le persone potevano sopraffare qualcuno più grande e più pesante di loro. Follia *e* droga.

Everly non pensava che Tylor si drogasse. Non si comportava come gli uomini e le donne con cui aveva avuto a che fare in servizio. Era solo ossessionato.

Tenendo la mano sul braccio di Elise, lui la condusse su per la collina fino alla scogliera panoramica. Tylor non si era preoccupato di legare di nuovo Everly. Era sicuro al cento per cento che sarebbe stata accondiscendente, finché lui teneva le mani sulla sorella. In effetti, aveva ragione.

Una volta in cima al precipizio, alzò un dito per puntare direttamente davanti a lui. "Tu vai lì," disse a Everly.

Lei non voleva. Lo stronzo stava indicando un punto che l'avrebbe messa troppo vicina al bordo della scogliera, e non solo... di spalle. Sapeva senza dubbio quale fosse il suo piano. Voleva che li "sposasse" e poi l'avrebbe spinta nel precipizio.

Non poteva biasimarlo, però, perché aveva elaborato proprio lo stesso piano, anche se sarebbe stato Tyler a precipitare di sotto.

Deglutendo la propria paura e cercando di non sembrare completamente fuori di testa, Everly andò lentamente a posizionarsi dove indicato. Il terreno era roccioso, lanciò uno sguardo dietro la schiena prima di volgere rapidamente la sua attenzione a Tylor ed Elise. Il dirupo era profondo, con grandi massi e rocce lungo tutto il pendio. In fondo c'era un piccolo ruscello pieno di rocce e detriti della foresta. Era improbabile sopravvivere alla caduta, se Tylor fosse riuscito a prenderla alla sprovvista e a spingerla giù. Ma era altrettanto improbabile che lui sopravvivesse *quella* caduta. Si concentrò su quel pensiero.

Tylor spinse leggermente Elise e le aprì le manette intorno ai polsi. Poi la girò verso di lui ed Everly ebbe quasi un attacco di cuore quando le afferrò di nuovo le mani. Poi tirò un sospiro di sollievo quando lui si limitò ad ammanettarle di nuovo le mani.

Per un secondo terrificante, Everly aveva pensato che si

sarebbe ammanettato il polso a quello di Elise. Sarebbe stato un disastro.

"Ok, puoi cominciare," disse Tylor, voltandosi a guardare Everly.

Non aveva idea di cosa avrebbe dovuto dire. Era stata a un solo matrimonio in vita sua, e non aveva prestato molta attenzione al prete.

"Presumo che tu voglia che io comunichi anche con lei mentre parlo," gli chiese, cercando di guadagnare tempo.

"Certo," le rispose Tylor. "La mia Elise ha bisogno di sapere cosa sta succedendo. Alla fine, le insegnerò la nostra speciale lingua dei segni che capiremo solo noi."

Everly si schiarì la gola e parlò lentamente mentre gesticolava. Era difficile comunicare qualcosa di diverso da quello che diceva, ma fece del suo meglio.

"Siamo qui riuniti oggi per testimoniare l'unione di quest'uomo e di questa donna."

Ci siamo. Quando te lo dico, girati e corri più veloce che puoi.

"Il matrimonio è una promessa tra due persone che vogliono passare la loro vita insieme."

Devo finire questa farsa del matrimonio, ma non lascerò che ti tocchi di nuovo.

"Permette a due persone di vedersi attraverso le prove e le tribolazioni della loro vita, oltre a celebrare i tempi felici."

Sarà difficile correre con quelle manette, ma ce la puoi fare. Se lo senti dietro di te, nasconditi. Non uscire, qualunque cosa accada. Ti troverò.

"Per far funzionare una relazione, ci vogliono fiducia e dedizione."

Ti voglio bene. Più di quanto tu possa sapere.

"Ci stai mettendo troppo tempo!" sbraitò Tylor. "Sbrigati e arriva alla parte migliore!"

Deglutendo, Everly annuì e guardò sua sorella. "Prendi

quest'uomo come tuo sposo, per amarlo e onorarlo, in salute e in malattia, finché morte non vi separi?"

È quasi l'ora. Qualunque cosa accada, ricordati che ti voglio bene. Ora, guardalo e annuisci.

Sentendosi male, Everly guardò Elise mentre la sorella guardava coraggiosamente Tylor e annuiva.

Lui si illuminò di gioia. "Ora tocca a me," disse.

"Prendi questa donna per essere tua moglie, per amarla e onorarla, in salute e in malattia, finché morte non vi separi?"

Everly sapeva che Elise la stava osservando da vicino. Quando si china per baciarti, gli darò un calcio nelle palle. Questo è il tuo segnale. Corri e non voltarti indietro.

Elise iniziò a piangere, ma Everly si concentrò sulla sua determinazione e sul suo odio per Tylor.

"Di' il resto!" insistette Tylor dopo aver accettato con entusiasmo la sua parte dei voti.

"Ora puoi baciare la sposa," disse Everly con rispetto.

Tylor sorrise e si chinò per baciare Elise e suggellare i loro "voti matrimoniali".

Everly fece un respiro profondo, e mentre faceva partire il calcio, comunicò: *Ora! Corri!*

Elise si voltò e iniziò a correre. Scomparve dietro un gruppo di alberi ed Everly la sentì spezzare rami e arbusti nella sua fuga.

Tylor ululò di dolore e frustrazione. Era caduto in ginocchio quando Everly lo aveva preso a calci, ma in pochi secondi si era alzato e l'aveva raggiunta.

"È ora di morire, stronza!" le disse con una voce che lei non aveva mai sentito prima. Era oscura e spaventosa, per una frazione di secondo Everly pensò che appartenesse a un demone di uno dei programmi televisivi che le piaceva guardare.

Tylor si gettò su di lei ed Everly usò tutta la sua forza per afferrargli il polso e impedirgli di romperle tutte le ossa del viso.

"È mia! Ci hai appena sposati! Non mi scapperà mai! Ora è Elise Tuttle. *Mia!* Quando sarai morta, la troverò, e vivremo per sempre felici e contenti."

"Neanche per sogno," mormorò Everly mentre lottava disperatamente per evitare che le mettesse le mani alla gola, senza successo. Tyler aveva le pupille dilatate, con le braccia tremanti per l'adrenalina che gli scorreva in corpo. Cercava di soffocarla e di spingerla all'indietro allo stesso tempo.

Proprio verso il dirupo.

Per un attimo le tolse una mano dalla gola e lei ansimò in una boccata d'aria.

Ma non era pronta a ricevere quel pugno sul lato della testa.

Fu parecchio doloroso, ma Everly si abbassò e si allontanò dal bordo. Ma era proprio lì. Lui continuava a tirarle pugni, alcuni la colpivano, altri la mancavano del tutto. Everly sfruttò le sue mosse di autodifesa per sferrare alcuni colpi, ma lui incassò tutto.

Aveva dalla sua parte la rabbia, la lussuria e la pazzia pura.

Everly si stancò troppo in fretta. Se avesse indossato i suoi stivali con la punta d'acciaio avrebbe potuto usarli come armi, tanto quanto i suoi pugni. Aveva perso le stupide infradito dopo il primo calcio. Si era distrutta le piante dei piedi sulle rocce appuntite della montagna, ma quasi non ci fece caso.

Il dolore per i colpi di Tylor, però, stava facendo effetto. Non si era rotta nessuna costola con il calcio precedente, ma il dolore al fianco era quasi straziante. Tylor era rallentato dal colpo ricevuto preso nella parte posteriore del ginocchio, ma si lanciò comunque contro di lei.

Mormorò qualcosa sottovoce, Everly non capì. Non importava, non lo avrebbe lasciato vincere. Non era possibile, cazzo.

Tylor la sconfisse rapidamente. La prese per la vita e la lanciò a terra. Per un attimo, Everly restò senza fiato.

Quella momentanea perdita di concentrazione le costò cara. In un lampo, Tylor le mise ancora le mani intorno alla gola, stringendo sempre più forte.

Everly guardò nei suoi occhi scuri e non vide altro che odio. Cercò di strappargli le dita dalla gola, ma nessun tentativo fece la differenza, nemmeno l'avergli conficcato le unghie nella carne. Cercò di spingergli i pollici negli occhi, ma non riusciva a raggiungerlo.

Mentre Everly cercava disperatamente di allentare la presa su di lei, Tyler sibilò: "È *mia*. Imparerà a servirmi esattamente come voglio. Sono sicuro che all'inizio sarà una peste, ma alla fine farà tutto quello che le dirò. E la cosa migliore? Posso portarla fuori in pubblico e non devo preoccuparmi che *dica* qualcosa a qualcuno. Avrei dovuto sposare una ritardata molto tempo fa... anche se spero solo che i nostri bambini non siano *difettosi* come lei."

Quelle cazzate la fecero infuriare. Prima di tutto, Elise era intelligente come tutti gli altri, essere sorda non era un fottuto difetto. Secondo... bambini?

Cazzo, no.

Ma Everly non poteva protestare, perché iniziava a vedere nero. Guardò freneticamente alla sua sinistra, poi alla sua destra, finalmente capì dove si trovava.

Sintonizzando le offensive e orribili parole di Tylor su quella squallida prospettiva di futuro, strinse la presa sui polsi di lui.

Prendendo un secondo prezioso per visualizzare esattamente ciò che doveva fare, Everly si ricordò di quando era all'accademia di polizia, sdraiata su una stuoia sul pavimento. Il suo istruttore era più alto di lei. E ottantacinque chili più pesante. Indossava il giubbotto antiproiettile, la cintura dell'equipaggiamento e tutto quanto. Non pensava di riuscire a toglierselo di dosso in nessun modo, ma l'istruttore le aveva detto esattamente dove mettere mani e piedi e dove esercitare pressione, così poco dopo si era liberata.

Desiderando per la millesima volta di avere gli stivali, Everly aprì gli occhi e guardò il demonio dritto negli occhi. Piegando tutto il corpo in avanti, Tylor sorrideva mentre la soffocava, felice nella consapevolezza di aver vinto.

Capendo che c'erano buone possibilità che la uccidesse (e che non se ne importasse) Everly piantò i piedi a terra.

Improvvisamente, gli sbatté le ginocchia contro il culo, con tutta la forza possibile.

Lui cadde in avanti, perdendo subito l'equilibrio, perché aveva impegnato tutto il suo peso nel soffocarla.

Stringendogli la vita e usando la sua forza fino all'ultima briciola, lei lo spinse ancora più in avanti e inarcò la schiena.

Poi pregò intensamente.

———

Ball sollevò il pugno in aria, indicando agli altri di bloccarsi. Si fermarono e Ball girò la testa per sentire meglio. Qualcosa o qualcuno andava dritto verso di loro, senza preoccuparsi di quanto rumore stesse facendo.

Indicò agli altri di sparpagliarsi. Gray e Ro tirarono fuori le loro armi e le tennero puntate nella direzione del rumore. Qualunque cosa, o chiunque fosse, si avvicinava sempre più, e Ball era paralizzato dalla tensione.

Un attimo prima erano tutti immobili al loro posto, osservando la zona da cui proveniva il rumore, e quello dopo videro Elise correre a tutta velocità proprio verso di loro. Apparve attraverso una grande macchia di cespugli, come se i segugi dell'inferno la stessero inseguendo. Aveva i capelli in completo disordine, era ricoperta di graffi e lividi. Aveva le mani ammanettate davanti a sé e mentre correva comunicava goffamente.

Corse nella piccola radura e, non appena vide gli uomini lì in piedi, inciampò e cadde in ginocchio. Il terrore sul suo volto fece muovere Ball prima ancora di pensare. I suoni che emetteva gli gelarono il sangue.

Non aveva mai sentito l'adolescente fare altro che ridere, ma al momento si lamentava e piangeva con sufficiente disperazione da far gridare a Black: "Cristo, sta bene?"

Ball si inginocchiò davanti a lei e afferrò il viso di Elise tra le mani. La costrinse a guardarlo. Mormorò: "Calma, ragazza. Ti ho presa, sei al sicuro," anche se sapeva che lei non poteva sentirlo.

Lei ci mise circa un minuto a calmarsi, poi alzò le mani per comunicare.

Ball le prese le mani e la bloccò prima di rivolgersi agli altri. "Qualcuno ha una chiave per le manette?" Era una domanda stupida, perché tutti si portavano dietro quelle dannate chiavi. Arrow scattò per primo. Ball tenne le mani di Elise in alto, il suo amico scassinò rapidamente le manette. Poi le prese con il bordo della camicia e se le mise in tasca. Sapevano bene tutti di dover conservare le impronte digitali per assicurarsi che non ci fosse alcun rischio che la colpa di un'infrazione cadesse sulle loro spalle.

Ball lasciò andare le mani di Elise e le chiese: *Stai bene?*

Sì. Ha preso Everly.

Dove?

Elise indicò dietro di lei.

Dimmi di più. Cosa c'era intorno a te?

Un dirupo in cima a una grande collina. Lì gli alberi sono più spessi. Everly mi ha detto di correre.

Ball era orgoglioso di Everly e preoccupato come non mai, allo stesso tempo. Si rivolse ad Arrow. "Riportala al parcheggio e chiama la polizia."

"Non dovremmo farci mostrare dov'è quello stronzo?" chiese Arrow.

"Cazzo no," disse Ball immediatamente. "Non voglio che si avvicini mai più a lui."

"Giusto."

"Vengo con te," disse Black ad Arrow.

Ball si girò verso Elise. *Vado a prendere Everly.*

È pazzo. Ci ha fatto sposare da lei.

Ball si accigliò. *Non sei sposata con quello stronzo.*

Incredibilmente, Elise sorrise. *È strano vederti dire parolacce.*

Ringraziando Dio che la ragazzina non fosse sconvolta e sentendosi più orgoglioso di lei di quanto potesse esprimere a parole, Ball l'abbracciò con forza.

Lei lo strinse per un secondo, poi lo spinse via. *Vai a prendere Everly.*

Ball annuì e si mise in piedi. Tirò Elise in piedi e si voltò verso i suoi amici. "Lei sa mandare messaggi come un fottuto fenomeno" Dalle il tuo telefono, Arrow, e parlale in quel modo. Fatti dire da lei tutto quello che si ricorda, poi mandaci un messaggio con i dettagli."

"Sarà fatto," disse Arrow.

Ball si girò verso di lei. *Vai con Arrow e Black. Di' loro tutto quello che riesci a ricordare. Ti riporterò tua sorella.*

Elise annuì con gli occhi lucidi, ma non pianse. Era forte come sua sorella.

Ball la seguì con lo sguardo fino a quando fu fuori dal suo campo visivo, insieme ai suoi amici. Poi si girò e si lanciò nella direzione da cui lei era arrivata. Ora che Elise era fuori pericolo, Tylor si sarebbe incazzato. Anche se Ball sapeva che Everly poteva tenere testa a quel minchione, non significava che fosse invincibile.

Seguendo i rami spezzati e usando la sua intuizione, Ball guidò gli altri tre Mercenari nella direzione da cui Elise aveva detto di essere venuta. Il sole era scomparso dietro la montagna e il buio rendeva il cammino sempre più difficile.

Dopo cinque minuti, Ball cominciò a temere di aver girato nella direzione sbagliata, finché non sentì delle voci nelle vicinanze.

Correndo, vide la grande collina di cui aveva parlato Elise. Sulla sinistra c'era una catena che giaceva a terra, un'estremità attaccata a un grande albero. Volgendo di nuovo l'attenzione alla collina, vide che andava praticamente dritta verso l'alto. Sentì una stretta allo stomaco.

Doveva salire.

Per la prima volta, dopo tanti anni, Ball era spaventato. Non ha mai avuto paura durante una missione. Aveva sempre potuto contare su una mano, le volte in cui era stato vera- mente terrorizzato in vita sua, e una di quelle era quando era rimasto appeso al lato della barca della Guardia Costiera e non riusciva a staccare il braccio dalla corda. Quel giorno aveva visto la vita scorrergli davanti agli occhi.

Ma il pensiero che Everly stesse per essere uccisa era più terrificante di qualsiasi cosa avesse mai provato. Non poteva perderla. Non quando finalmente aveva trovato la donna con cui voleva passare il resto della sua vita. Lei era perfetta per lui. Bella, coraggiosa e leale. Ne aveva bisogno. Aveva bisogno di *lei*.

Meat, Ro, Gray e Ball si mossero contemporaneamente, grazie alle gambe muscolose salirono facilmente sulla collina.

Raggiunsero facilmente l'altipiano, scattando ancora di più non appena videro quello che li stava aspettando.

Tylor Tuttle sopra Everly.

Lei era per terra, lui le teneva le mani intorno alla gola, la testa di Everly oltre il bordo del dirupo.

Ball non fece nemmeno in tempo a urlare a Tuttle, per farlo scendere. Prima che lui o i suoi compagni potessero raggiungere il duo, Tuttle stava già volando in aria.

Il suo urlo riecheggiò intorno a loro, interrompendosi bruscamente quando atterrò centinaia di metri più in basso.

———

Everly si rese conto solo allora di penzolare, letteralmente, nel burrone. In quel momento si sentiva un po' intorpidita.

Ma nel secondo successivo, sentì forti mani che la tenevano per le caviglie.

Urlò in preda al terrore, cercando di risalire, senza successo.

"Sono io! Ball! Sei salva. Lui è morto."

Everly aveva spalancato gli occhi quando le erano state afferrate le caviglie, ma sentendo la voce di Ball li chiuse ancora una volta. Cercava di scavare nella sabbia e nelle rocce con le unghie, ma non riuscì ad afferrare nulla con fermezza. "Tirami su, per favore," sussurrò. La gola le faceva un male cane, ma comunque aveva sentito benissimo il tonfo di Tylor e il suo grido interrotto all'improvviso.

Invece di trascinarla all'indietro, Ball le mise le mani dietro la schiena e dietro le ginocchia, prendendola in braccio.

Lei gli si aggrappò come se fosse un fottuto salvagente. "Non farmi cadere!" squittì.

"Mai," promise Ball.

Lei udì i suoi passi e non aprì gli occhi finché non si sentì appoggiata a terra, al sicuro.

"Elise?" chiese subito.

"È al sicuro. Ci ha incontrato per caso sul sentiero. Black e Arrow l'hanno riportata al parcheggio e stanno chiamando i rinforzi."

Everly sospirò e sorrise. "Sapevo che saresti venuto."

"Shhhh, non parlare." Poi Ball si girò e gridò: "Meat!"

In pochi secondi, l'altro Mercenario stava già aprendo uno

zaino. Everly deglutì, sussultando per il dolore provocato da quella semplice azione.

"Dove sei ferita?" le chiese Ball.

"Onestamente?"

"Sempre."

"Dappertutto. È morto?"

"Sì, Everly, è morto," disse Gray da sopra di loro.

Everly alzò lo sguardo. "Sei sicuro?"

"Siamo sicuri," aggiunse Ro.

"Forse sta fingendo," borbottò Everly. "Deve morire. Ha ucciso mia madre e vuole Elise. Non si arrenderà."

Ro si accovacciò accanto a lei e le disse gentilmente: "È morto, Everly. Vuoi che ti porti in braccio, così puoi vedere?"

"No!" ansimò lei. "Odio le altezze!"

Gli uomini la fissarono increduli per un attimo, prima che Meat si mettesse a ridacchiare. "Tosta fino alla fine. Ti sei lasciata rapire per salvare tua sorella e hai fatto cadere un uomo da un precipizio quando hai paura delle altezze?"

"Vaffanculo," sibilò Everly, distrutta.

"È morto, tranquilla," ripeté Gray. "Ha sbattuto sicuramente la testa contro una roccia, cadendo al suolo. Il suo cervello è a circa sei metri da dove è atterrato il corpo. È sicuramente morto, non darà più la caccia a te o a tua sorella. Sei al sicuro."

Sentire che Tylor Tuttle non sarebbe più stato un problema fece sì che l'adrenalina che scorreva nel corpo di Everly si disperdesse, lasciandola debole e con più dolore. Sentiva la gola in fiamme, ogni muscolo del suo corpo le faceva male, per non parlare delle costole. Everly gemette e chiuse gli occhi.

Sentì qualcosa di fresco sulla gola, sollevò una mano per toglierlo, ma rimase impigliata in quella di Ball. "Lascia. So che fa male, ma farà diminuire il gonfiore."

All'inizio l'impacco di ghiaccio chimico le fece male, ma più a lungo stava sulla gola, meglio si sentiva.

Everly sentì la mano destra che veniva sollevata... e sorrise quando capì cosa stava facendo Ball. La sensazione dell'anello di Me-Maw sul dito fu un enorme sollievo.

Ball l'aveva trovata, era andato a salvarla.

Le parole che aveva trattenuto si precipitarono in superficie. Aprendo gli occhi, gli disse: "Ti amo."

Ball sorrise, si chinò in avanti e le baciò la fronte. "Molto bene, perché ti amo anch'io."

Everly sentì gli altri uomini parlare del modo migliore per portarla fuori, la necessità di avvisare le autorità per recuperare il corpo di Tylor, ma a lei non importava. In altre circostanze, sarebbe stata lei a prendere in mano la situazione, ma si fidò degli amici di Ball per fare ciò che andava fatto.

Fissava Ball e non riusciva a distogliere lo sguardo da lui. Elise era al sicuro. Il suo stalker era morto. Ball l'amava. Non poteva chiedere altro.

CAPITOLO 19

"EHI, BALL," disse Everly entrando in casa.

Ball alzò lo sguardo per vedere la sua ragazza sexy con la sua uniforme altrettanto sexy. Era ancora a metà giornata al dipartimento di polizia, assegnata a un tranquillo lavoro d'ufficio fino a quando il dottore non l'avrebbe autorizzata a tornare in azione. Era guarita molto velocemente, anche se le sue costole fratturate erano state molto dolorose per alcune settimane.

Era passato un mese e mezzo dall'incidente con Tylor Tuttle, quando Ball aveva riportato sia lei che Elise a casa sua; dopo che Everly era stata dimessa dall'ospedale, non se ne erano più andate. Non avevano avuto una grande e coinvolgente conversazione sulla loro permanenza, era successo e basta; lui ne era fottutamente entusiasta.

Per fortuna, Elise non si era fatta molto male. Aveva alcuni tagli e lividi dove Tuttle l'aveva colpita, ma nulla di che. Everly aveva dovuto restare in ospedale per due giorni, in osservazione. Aveva alcune costole incrinate, i suoi piedi erano un disastro per le rocce appuntite e la sua laringe era stata ferita quando Tuttle aveva tentato di strangolarla.

Ball avrebbe voluto ucciderlo una seconda volta, dopo che il dottore aveva finito di dire a entrambi quanto Everly fosse stata fortunata. La vista di quello stronzo che la strangolava era una cosa che non avrebbe mai dimenticato. Era stato a un passo da quello stronzo, a un passo dal piantargli il coltello nella nuca e paralizzarlo per tutta la vita, quando Everly l'aveva sollevato e lanciato oltre il precipizio, come se pesasse poco più di un bambino.

Ball aveva dormito all'ospedale con Everly, mentre Allye aveva portato Elise a casa sua. Aveva chiamato la terapista di Elise alle due del mattino per farla andare lì, le due avevano parlato fino all'alba, fermandosi solo quando Elise non riusciva più a tenere gli occhi aperti.

Anche se sembrava passato tanto tempo dalla scampata morte di Everly ed era quasi guarita del tutto, Ball non poteva fare a meno di arrabbiarsi ogni volta che pensava ai lividi che aveva intorno alla gola. Non aveva idea di cosa avrebbe fatto, se Tuttle fosse riuscito a soffocarla, o se l'avesse trascinata con sé oltre la scogliera.

"Cosa hai scoperto?" gli chiese Everly, mentre faceva cadere la sua roba sul pavimento e si avvicinava al punto in cui lui era seduto sul divano.

Quella mattina presto, Ball aveva avuto una telefonata con il resto dei Mercenari di Montagna e Rex. Il loro capo li aveva aggiornati su ciò che stava accadendo con il caso. Ci era voluto un po' di tempo perché venissero a galla tutte le malefatte di Tuttle, ma dopo aver recuperato tutto, Ball sapeva che erano stati fortunati. Molto fortunati.

Voleva risparmiare a Everly i terribili dettagli su Tuttle, ma lei era un poliziotto, era abituata a occuparsi sempre di cose terribili. Anche se quella volta era un po' diverso, considerando che era stata sua sorella a cadere in preda a quello psicopatico. Ma lui la rispettava abbastanza da non prevaricare.

"Dopo la sua morte, i poliziotti sono andati nel suo appartamento a Las Vegas e non hanno trovato molto. A quanto pare quella era la sua residenza di copertura. Non c'erano molti oggetti personali, assomigliava molto a una stanza di motel. Ma sono riusciti a recuperare il suo cellulare dalla tasca, dopo che è caduto dalla scogliera. Era un tesoro di informazioni. Aveva comunicato con una persona di nome Jean, le dava istruzioni esplicite su quando mangiare, quando poteva fare la doccia."

"Quella era sua moglie, giusto?" chiese Everly.

"Beh, se vuoi chiamarla così... sì. Era più la sua schiava. Rex ha indagato in anni di denunce di bambini scomparsi e ha trovato una dodicenne di nome Jean Sherry, scomparsa da Henderson, Nevada, quindici anni fa."

Everly sussultò e si mise una mano alla bocca. "Porca miseria! È scomparsa da così tanto tempo? Ed è stata sempre con lui? Ora ha ventisette anni?"

"Sì a tutte e tre le domande. Rex è riuscito a trovare l'indirizzo di una casa in una zona di merda di Las Vegas. Era fatiscente, nessuno nel quartiere sospettava che Tuttle fosse qualcosa di più di un tipo strano. I poliziotti sono andati a perquisirla."

"E Jean era lì? Viva?"

"Sì. Nel seminterrato... totalmente traumatizzata. I suoi genitori non riuscivano a credere che fosse stata trovata viva, ma finora non è pronta a vederli. Gli psicologi dicono che potrebbero volerci anni prima che si renda conto di ciò che le è successo. Tuttle ha abusato di lei così tanto che aveva paura di fare qualcosa che lo irritasse. Non mangiava nemmeno, senza che lui le dicesse che poteva farlo, non usciva mai dal seminterrato dove viveva da quindici anni, senza di lui."

"Rex mi ha inviato le trascrizioni delle sue dichiarazioni... è un miracolo che sia ancora viva, Ev. Ogni volta che restava incinta, Tuttle la picchiava a sangue, facendole abortire il bambino. Ha fatto innumerevoli trucchi mentali con lei. Le faceva fare la doccia solo se prima faceva sesso con lui. Non festeggiava il suo compleanno, ma le comprava una torta enorme e le faceva regali nell'anniversario del suo rapimento. La picchiava regolarmente, quasi uccidendola, e poi la curava amorevolmente, dicendole che nessuno la amava come lui."

Everly si portò entrambe le mani alla bocca, sconvolta.

Ball si pentì di aver parlato. Non avrebbe dovuto dirle così tanto. Era un idiota. Naturalmente Tuttle aveva pianificato le stesse crudeltà per Elise. Sarebbe stata proprio come Jean, con una vita d'inferno, finché Tuttle non l'avrebbe uccisa, cercandosi una "moglie" più giovane.

Ball le massaggiò la schiena fino a quando lei disse: "Scusa. Sto bene."

"No, *mi* dispiace," le disse immediatamente. "Non avrei dovuto dirti niente."

"Sì, invece," insistette Everly. "È solo che... Mi dispiace molto per Jean. Possiamo fare qualcosa per lei? Iniziare una campagna di raccolta fondi, o qualcosa del genere?"

"Parlerò con Rex."

"Poteva... Poteva essere Elise. Considerando anche che lei non ci sente, non riesco a immaginare che inferno sarebbe stato per lei. Non posso credere che nessuno abbia capito quanto Tylor fosse pazzo. Nessuno lo sospettava?"

"A quanto pare, no. Nel corso degli anni aveva ricevuto alcuni richiami per essersi comportato in modo inappropriato, soprattutto nei confronti di alcune donne, ma niente di così grave da giustificare il licenziamento o una denuncia. Naturalmente, il suo capo lo aveva fatto togliere dal libro paga di recente, dato che in pratica è scomparso per un mese per venire qui a pedinare Elise, ma in generale, a quanto pare, era solo un tizio dall'aspetto normale che viveva una vita normale."

"Il suo capo?" chiese Everly. "Pensavo che avesse un'attività in proprio, con l'insegna *Tuttle Idraulica* sul suo furgone."

"Era falsa. Ha solo comprato un cartello magnetico per dargli un motivo legittimo per trovarsi in alcuni quartieri quando li stava ispezionando. Spiegava anche perché nessuna delle ragazze rapite aveva mai menzionato un nome commerciale sul furgone. Poteva metterlo e toglierlo a suo piacimento."

"Santo cielo," esclamò Everly. "Siamo stati davvero fortunati."

"Sei la donna più straordinaria che conosco," le disse Ball.

Everly abbassò le sopracciglia e scosse la testa.

"Ti dico di sì. Quello stronzo ti ha detto a chiare lettere che ti avrebbe ucciso, ma tu sei salita lo stesso su quel furgone. Avrebbe potuto tirare fuori una pistola e spararti, proprio lì, o mentre stavi camminando verso il luogo dove teneva Elise. O un centinaio di altre volte." Ne avevano parlato un paio di volte, ma quel pensiero aveva ancora il potere di terrorizzare Ball.

Everly scosse di nuovo la testa. "No. Voleva farmi sapere cosa aveva pianificato per Elise. Voleva che li sposassi, pensando, credo, di convincere Elise che io approvassi il fatto che stessero insieme, probabilmente per poterle sbatter in faccia che li avevo sposati di mia spontanea volontà. Chissà cosa gli passava per la testa? Ad ogni modo sapeva che se non mi avesse uccisa, non avrei smesso di cercare Elise."

"Possiamo metterci d'accordo sul fatto di non parlare più di te che vieni uccisa?" chiese Ball, sentendo ancora una volta dentro di sé il dolore e il terrore che aveva provato tutte quelle settimane prima. Aveva pensato che sarebbe stata Everly a svegliarsi nel cuore della notte con gli incubi, invece era stato *lui*. Anche dormire con lei tra le braccia non aveva bandito quei brutti sogni. Sognava di camminare sulla collina, guardare oltre il bordo e vedere Everly, che giaceva scomposta e deceduta sul fondo del precipizio. O di vederla diventare blu mentre Tuttle la strangolava.

Come se sapesse cosa stava pensando, Everly gli mise una mano sul braccio. "Basta, è finita," gli disse dolcemente. "Sto bene."

Ball la prese in braccio e la cullò dolcemente. Aveva avuto paura di fare qualcosa di più che abbracciarla per molto tempo, per paura di farle male dopo che era uscita dall'ospedale, ma lei gli diceva da un po' di tempo che si sentiva bene. Che *stava* bene.

Elise era a scuola. Era sempre stata con Ball ed Everly la prima settimana dopo il rapimento, lui voleva farla stare a casa con loro per almeno un'altra settimana, ma lei aveva deciso che si annoiava e voleva tornare a casa. Tutto sommato se la stava cavando benissimo. Ball ne era certo, in parte grazie alla rapidità con cui Allye aveva fatto in modo che la sua terapista la vedesse subito, in parte grazie a quanto era fantastica.

Più a lungo stavano seduti sul divano accoccolati insieme, più Ball si eccitava. Da settimane si era trattenuto dal fare qualcosa di più che baciare Everly, visto che era stata appena dimessa dall'ospedale, ma la sera precedente era stata quasi la sua rovina. Lei era uscita dal bagno senza vestiti, con i capelli sciolti intorno alle spalle, e si era messa a strisciare sul loro letto.

L'aveva quasi ucciso, ma lui l'aveva raccolta tra le braccia e le aveva detto di essere esausto. Lei era scontenta, ma non gli aveva fatto pressioni. Ball aveva passato tutta la notte con un'erezione, ricordandosi che era quasi morta.

Ricordare quanto era stata bella la sera prima, e come si era sentita tra le sue braccia, non aiutava certo la sua eccitazione. Aveva un profumo delizioso, Ball dovette sforzarsi per tenere le mani a posto.

Proprio quando ricorreva a recitare le statistiche del baseball per cercare di calmarsi l'uccello, Everly si divincolò. Ball pensò che si stesse alzando per prendere qualcosa da mangiare o da bere, stava per insistere per darle tutto quello che voleva, quando lei si inginocchiò davanti a lui.

"Cosa stai..." Inspirò profondamente quando gli slacciò il bottone dei jeans e tirò giù la cerniera. "Everly, no."

"Ball, sì," insistette lei. "Mi hai trattato come se fossi un fragile pezzo di vetro, ne ho abbastanza. Era proprio quello di cui avevo bisogno in quelle prime settimane, ma è passato troppo tempo. Le mie costole sono quasi tutte guarite. Ti amo, Ball. Ho *bisogno* di te."

"Oh, cazzo," imprecò Ball, sollevando i fianchi per farsi sfilare i jeans e liberare l'uccello.

Everly sorrise e si mise praticamente a fare le fusa quando lo vide già così duro e pronto.

"Tutto questo per me?" chiese, ma non aspettò che lui rispondesse. Non ci girò intorno, si limitò ad afferrargli la base dell'uccello e lo prese in bocca.

Gemendo, Ball le mise le mani dietro la testa, unendo le dita in modo da non afferrarla e non costringerla a scendere su di lui. La sua bocca era fantastica, calda, bagnata, e quando lei lo succhiava, lui non riusciva a fermare i fianchi dal premere verso l'alto.

Lei tossì leggermente, Ball imprecò di nuovo. Si ricordò che Tuttle l'aveva quasi strozzata ed eccolo lì, poche settimane dopo, che infieriva proprio su quella parte.

No. Non l'avrebbe fatto. L'amava troppo per farle del male.

Everly emise un gridolino di sorpresa quando Ball la prese per la vita e la tirò via dall'uccello. Ne aveva abbastanza del fatto che lui si preoccupasse di farle del male. Apprezzava il fatto che lui non volesse metterle fretta. Ma vaffanculo. Aveva bisogno di lui. Aveva bisogno che lui la scopasse di brutto, dimostrandole nel modo più carnale e basilare possibile che era viva e vegeta. Il modo più veloce che le era venuto in mente per farlo accadere era stato quello di succhiargli l'uccello.

Era ovvio che Ball non avrebbe fatto la prima mossa. Everly non si era mai sentita a suo agio a camminare nuda, ma l'aveva fatto la sera precedente nella speranza che lui potesse capire.

Ma dannazione, stava ancora cercando di essere nobile. Fanculo.

In parte per scacciare i pensieri di quella povera donna prigioniera e torturata per più di un decennio da Tuttle, in parte per soddisfare i propri bisogni, aveva cercato di ottenere ciò che voleva.

Everly amava giocare con Ball. Amava la sensazione di potere che le dava. Amava sentire i suoi gemiti e sentire le sue cosce che si stringevano quando cercava di trattenere l'orgasmo.

Aveva a malapena cominciato, però, quando lui l'aveva tirata su e presa in braccio.

"Ball!" protestò. "Ero nel bel mezzo di..."

"E ora non lo sei," le disse, camminando velocemente verso la sua camera da letto.

"Se pensi di mettermi a letto e andartene, è meglio che ci pensi due volte, " lo minacciò. Era un bluff, però. Se lui era davvero in grado di metterla a letto e andarsene, lei non era sicura di cosa avrebbe fatto.

Ball non rispose. Diede un calcio alla porta e si avvicinò al letto. Non la fece cadere, ma la depositò gentilmente sul materasso, strisciando sopra di lei nel momento in cui non era più tra le sue braccia. Si mise a cavalcioni e si tolse la camicia sopra la testa. Poi le infilò le mani sotto la camicia ed Everly alzò felicemente le braccia per aiutarlo a togliersela. Le aprì la zip dei pantaloni e lei alzò il sedere per aiutarlo. Li fece scendere fino alle cosce, poi lei li scalciò via da qualche parte.

Everly sorrise alla reazione di Ball quando le vide la biancheria intima. Era stata eccitatissima quella mattina dopo aver dormito nuda tra le braccia di Ball tutta la notte, così aveva pianificato di sedurlo una volta tornata a casa dal lavoro. Si era messa un perizoma sexy in pizzo, nella speranza che lui le desse un'occhiata e non riuscisse a trattenersi dal prenderla.

Finora i suoi piani andavano alla perfezione.

Piegandosi in avanti, Ball raggiunse il cassetto accanto al letto e tirò fuori un preservativo. Everly spinse rapidamente il perizoma verso il basso. Quando lui indossò il preservativo, Everly allargò le gambe avidamente e fu pronta per lui. Il materiale grezzo dei jeans di Ball le sfregava contro l'interno coscia, perché lui non si era preso il tempo di toglierli. Era estremamente eccitante essere completamente nuda sotto di lui, quando lui era ancora in parte vestito. Sapere che era così eccitato da non potersi preoccupare di togliersi i jeans era un'enorme soddisfazione.

"Scopami, Ball," gli sussurrò, facendogli scorrere le mani su e giù per il petto.

Lui fece un respiro profondo e premette la punta dell'uccello contro la passera. "Dovrei assicurarmi che tu sia pronta per me," le disse, senza muovere i fianchi all'indietro.

"Sono pronta," lo rassicurò Everly.

Digrignando i denti, Ball buttò la testa indietro mentre continuava a lottare per il controllo.

Everly non ne poteva più di aspettare così si abbassò, gli afferrò il sedere e lo spinse verso di lei.

Sbilanciato, Ball mugugnò mentre cadeva in avanti e puntava le mani per appoggiarsi. L'uccello spinse leggermente dentro di lei, entrambi gemettero per la deliziosa sensazione.

"Dannazione, Ev, avrei potuto farti del male!" la rimproverò.

Si contorse contro di lui, cercando di portarlo più in profondità. "Ma non l'hai fatto. Ho *bisogno di* te, Ball. Scopami."

"Sei sicura?" le chiese.

"Sono sicura." Everly gli prese il viso tra le mani e lo fissò negli occhi. "Fammi sentire viva, Kannon."

Ecco le parole magiche.

Senza preavviso, Ball spinse dentro di lei ed Everly gli lasciò il viso per afferrargli le braccia. Lui iniziò a scoparla come non l'aveva mai fatto prima. Non si preoccupò di sapere se lei stesse godendo o meno. Si prese quello che si era negato nelle ultime settimane.

Era fuori controllo, ed Everly lo amava. Non poteva fare altro che stare sdraiata e prendere quello che lui le dava. Era troppo eccitante vederlo perdere il controllo a cui si aggrappava da settimane. Everly non avrebbe voluto essere presa così ogni volta, ma in quel momento era perfetto.

"Sì," ansimò lei, incoraggiandolo. "Proprio così. Fammi tua."

"Tu *sei* mia," ringhiò Ball ferocemente. "Ogni fottuto centimetro di te è mio."

Ficcando una mano tra di loro, Everly iniziò a stimolarsi il clitoride mentre lui la scopava. Si sentiva benissimo, i jeans le strusciavano contro ad ogni spinta, la lucentezza del sudore che copriva il petto di Ball era sexy da morire. Cercò di sollevare il sedere, ma non riuscì ad ottenere la trazione di cui aveva bisogno con il modo in cui lui la stava prendendo.

Ball notò la mossa, ma non rallentò. La sollevò da sotto con una mano, come se sapesse esattamente di cosa avesse bisogno. Everly supponeva che lui lo sapesse.

Le spinte non rallentavano, lei lo guardava in tutta la sua bellezza. Ad ogni colpo le rimbalzavano le tette, si capiva che questo lo eccitava ancora di più. Si strofinò più velocemente e lasciò che il mignolo gli stimolasse l'uccello, ogni volta che lui lo tirava fuori.

In pochi secondi, Everly sentì il suo orgasmo avvicinarsi. Mosse le dita sempre più rapidamente sul clitoride, conficcandogli le unghie dell'altra mano nella carne.

"Così, Ev. Segnami. Fammi tuo. Vieni sul mio cazzo."

Lei obbedì. Il suo nome le cadde dalle labbra in un gemito. "Kannon!"

Sentì Ball grugnire e stringerle le natiche mentre si spingeva dentro di lei il più possibile, il materiale dei suoi jeans la graffiava, ma aumentava la carnalità del momento.

"Merda," borbottò, pochi secondi dopo essere venuto. "Mi gira la testa, cazzo, e penso che tu mi abbia prosciugato, ma voglio farlo di nuovo. E di nuovo... E di nuovo."

Everly ridacchiò, sentendo come i muscoli interni si stringevano intorno all'uccello, ancora dentro di lei.

Ball lasciò delicatamente andare il suo culo e si mise una mano in tasca.

Senza dire una parola, le prese la mano sinistra e le infilò un anello al dito.

Poi si sdraiò dolcemente sopra di lei, la avvolse tra le braccia e si rotolò finché non fu sopra di lei.

Everly alzò la testa e fissò il bellissimo diamante che aveva al dito. "Ehm... Ball?"

"Hmmmm?" rispose lui in modo assente.

"È quello che penso che sia?"

"Sì."

Everly si accigliò. "Non me lo chiedi nemmeno?"

"No."

"Ball!" protestò lei.

"Cosa?" le chiese, con gli occhi ancora chiusi.

Sospirando ma segretamente contentissima, Everly posò la testa sulla spalla di Ball e fissò l'anello di fidanzamento.

Dopo qualche minuto, lui le disse: "Non te lo chiedo perché non ti do la possibilità di dire di no. Sei mia, Everly. Dovresti sapere che ho già parlato con Elise, e lei è d'accordo. Oh, e ho chiamato Me-Maw e Pop, anche loro mi hanno dato la loro benedizione. Mi hanno anche detto che vogliono trasferirsi qui per essere più vicini a te ed Elise."

Gli occhi di Everly si riempirono di lacrime. Ball sapeva quanto fosse preoccupata per i suoi nonni. Erano stati tristi nel sentire parlare di Ella, ma neanche troppo sorpresi. Avrebbe voluto chiedere loro di trasferirsi in Colorado, ma era stata troppo fifona per suggerire loro di sradicare le loro vite.

"Ti amo, Ball."

"Bene. Perché ci sposiamo tra una settimana."

Lei si sedette, sorpresa. "Cosa?"

"Ci sposiamo. Tra una settimana. Ho un appuntamento in tribunale sabato. Mia madre e mio padre arriveranno in auto giovedì. Le ragazze hanno detto che nei prossimi due giorni verranno con te per trovare un vestito. Elise ha già ordinato un vestito che personalmente penso sia troppo corto, ma sono stato messo in minoranza. Io indosserò uno smoking o solo un completo. O dei jeans. Quello che vuoi."

Everly era scioccata. Faceva sul serio? "Sei serio, dici davvero?"

"Everly, ti amo. Nient'altro nella mia vita ha importanza. Quando mi sono reso conto di quello che è successo e che ti eri messa in pericolo di proposito, avrei dovuto incazzarmi. Lo sai bene. Avresti potuto trovare un modo per metterti in contatto con me, anche se quello stronzo aveva detto che ti stava guardando. Ma non l'hai fatto. Sei andata dritta tra le fauci del demone."

"Ma quando mi sono davvero seduto a pensarci e mi sono messo nei tuoi panni, sapevo che avrei fatto la stessa cosa. Se fossi stata tu a essere presa, avrei fatto la stessa dannata cosa.

Siamo una buona squadra. La migliore. Ho quarant'anni e sto male per aver perso tanto tempo senza di te, ma ho intenzione di sfruttare al meglio i prossimi cinquant'anni che ci aspettano."

"Ti è permesso indossare la divisa della Guardia Costiera, anche se ti sei congedato?" gli chiese. "Mi piacerebbe vederti con quella addosso, quando ci sposeremo."

Ball sorrise, le linee che gli avevano solcato la fronte scomparvero.

Everly non riusciva a crederci, lui aveva davvero pensato che lei potesse protestare contro il matrimonio.

"Sì, Ev. Posso farlo."

"E i tuoi amici possono esserci tutti? E le ragazze? Posso invitare alcuni dei miei amici della centrale?"

Ball ridacchiò. "Ma certo. Spero che il tribunale abbia una grande stanza del cazzo."

Appoggiandogli la testa sul petto, Everly non poté fare a meno di ammirare di nuovo l'anello. Il diamante centrale non era troppo grande, tutto intorno alla fascia c'erano diamanti più piccoli. Poteva indossare quell'anello al lavoro senza preoccuparsi di impigliarlo da nessuna parte.

"Ball?"

"Sì?"

"Sono abbastanza sicura che dovresti rimuovere il preservativo prima che ti si rizzi."

Lui ridacchiò "Non voglio lasciarti."

"Che ne dici di alzarti, toglierti i pantaloni, occuparti del preservativo e poi tornare a letto?"

"Questo posso farlo. Sono stato troppo veloce, mi hai fatto eccitare troppo. Dammi due secondi e tornerò a farmi perdonare."

Everly non si preoccupò di rispondere, mentre lui si tirava gentilmente fuori dal corpo di lei e si toglieva jeans e boxer. Si diresse verso il bagno e tornò in meno di un minuto.

Senza una parola, si inginocchiò tra le sue gambe di lei, aprendole le cosce e abbassando la testa.

Everly aveva sempre pensato che a volte le cose peggiori della vita si rivelassero essere le migliori. Aveva odiato Ball quando l'aveva incontrato per la prima volta, ma lentamente lui le aveva dimostrato che sotto la sua spacconeria c'era un uomo dannatamente bravo. In cambio, lei gli aveva insegnato che quando si era con la donna giusta, tutto funzionava.

Poi non riuscì a pensare più a niente, se non a quanto la faceva sentire bene Ball. Aveva il sospetto che lui avrebbe fatto qualsiasi cosa, in un futuro prossimo ma anche remoto, per farla sentire sempre bene.

EPILOGO

I Mercenari di Montagna camminavano in silenzio per i vicoli sul retro in un quartiere malandato di Lima, in Perù. La squadra aveva con sé due membri della Prima Brigata delle forze speciali dell'esercito peruviano, per aiutare a tradurre e dare legittimità alla loro missione. Anche se a volte si recavano in paesi stranieri sotto copertura per svolgere le loro missioni, dato che quel lavoro coinvolgeva cittadini peruviani e non americani, lavoravano in tandem con il governo.

Meat si guardò intorno e pensò tra sé e sé che quel posto non era assolutamente da visitare. Sicuramente non era il tipo di posto che il governo pubblicizzava nei suoi opuscoli turistici.

L'odore di piscio e vomito era forte, ma Meat lo ignorava, concentrato sulla missione. C'erano baracche allineate una accanto all'altra in un'area di circa tredici chilometri quadrati, tra le case scorreva una stradina percorribile solo da una piccola macchina. Le catapecchie erano costruite con qualsiasi materiale la gente potesse trovare... cartone, latta, persino pneumatici. Erano per la maggior parte piccole, composte da una sola stanza, il fiume che serpeggiava nello squallore era l'unica fonte d'acqua per la maggior parte delle famiglie.

Meat e i suoi compagni Mercenari avevano visto la povertà da vicino e personalmente più volte di quante ne potessero contare, ma quella visione era orribile e deprimente a un livello completamente nuovo.

Individuarono il loro obiettivo: una baracca leggermente più grande che aveva un lucchetto vero e proprio sulla porta (a differenza della maggior parte delle altre case intorno). Gray e Ro andarono a sinistra, Arrow e Ball andarono a destra, Black e Meat si insinuarono nel vicolo dall'altra parte della casa. Avevano circondato l'intera baracca, nel caso in cui uno dei pedofili tentasse di scappare.

Il piano era di fare irruzione in quella catapecchia di merda e prendere i rapitori di sorpresa.

Rex aveva lavorato con il governo peruviano per cercare di capire il numero di bambini scomparsi, soprattutto nelle zone più povere della città. Aveva accettato di partecipare a una missione congiunta con i militari per salvare dai quattro agli otto bambini, tra i cinque e i dodici anni di età, sottratti alle loro famiglie, bambini che stavano per essere venduti.

Il fatto che non sapessero esattamente quanti ragazzini stessero salvando avrebbe dovuto essere un enorme segnale di allarme, ma dopo averne discusso, nessuno desiderò tirarsi indietro.

La soffiata che avevano ricevuto diceva che erano *già* stati venduti, in realtà, e che i loro nuovi proprietari sarebbero andati a prenderli nei due giorni successivi. La missione non prevedeva solo di salvare i bambini e restituirli alle loro famiglie, ma anche di eliminare la feccia responsabile del loro rapimento.

Meat sospirò. Voleva salvare i bambini, ma sapeva che c'erano centinaia, migliaia di bambini come loro che sarebbero scomparsi nell'anno successivo.

C'erano momenti in cui il lavoro sopraffaceva Meat. Per ogni bambino o donna che salvavano, ce ne erano troppi altri che non erano salvati. Era almeno felice di essere in prima linea, in missione. Passava sempre più tempo dietro lo schermo del computer, rintracciando i vili uomini e le donne che non avevano problemi a vendere carne umana. C'erano momenti in cui aveva la sensazione che i suoi compagni di squadra avessero dimenticato che lui era stato un soldato della Delta Force. Si erano talmente abituati al fatto che lui fosse il genio del computer che quando bisognava intervenire di persona, spesso era l'ultimo a cui chiedevano aiuto.

Ma quella notte (o meglio, quella mattina) avevano bisogno di tutto l'aiuto possibile sul campo. C'erano un sacco di incognite sul raid. Non erano sicuri di quante persone ci fossero all'interno della casa obiettivo. Non sapevano nulla delle persone che vivevano nelle baracche intorno... erano coinvolti anche loro nel giro del contrabbando? I bambini erano ancora lì?

Era un cazzo di casino. Rex era furibondo per il fatto che dopo aver ottenuto le informazioni iniziali, tutto fosse cambiato improvvisamente, e apparentemente nessuno sapesse più nulla. La squadra era già in Sud America in quel momento e aveva deciso, contrariamente al consiglio di Rex, di procedere con la missione congiunta.

Il compito di Black e Meat era quello di sorvegliare il retro della baracca. Dovevano assicurarsi che nessuno stronzo scappasse, per contenere il raid in un'unica casa.

Non sapendo come avrebbero reagito i vicini all'incursione, i Mercenari si erano insinuati nella zona nel cuore della notte. Erano le tre e mezza del mattino, dormivano quasi tutti.

Come da programma, Gray e Ro entrarono in casa usando una grossa pietra per rompere il lucchetto con un solo colpo; entrarono nella stanza, con Arrow e Ball alle spalle. Si scatenò il caos all'istante. Si levarono urla di bambini, urla di uomini, colpi di arma da fuoco.

"Attenti a ore sei!" urlò Arrow attraverso l'auricolare della radio che indossavano tutti.

"Prendete quel ragazzino!" ordinò Gray mentre uno dei bambini spingeva la porta sul retro e scappava.

"Lo prenderò!" disse Black, lasciando il suo posto per inseguire il bambino. L'ultima cosa che uno di loro voleva era che uno dei bambini scappasse per nascondersi e venisse ricatturato più tardi.

"Camera sinistra, libera!" dichiarò Ball.

"Merda, ci sono due donne qui dietro," aggiunse Arrow.

"Quanti anni?" abbaiò Ro.

"Adolescenti. Sembrano spaventate a morte," disse Arrow.

"Mettete tutti al sicuro," disse Gray alla squadra. "Finché non sappiamo chi è amico e chi è nemico, restano tutti qui."

Meat ascoltava il caos attraverso la sua radio e teneva gli occhi incollati sulla porta sul retro. Black si era lanciato dietro il ragazzino, si aspettava che tornasse in pochi secondi.

Ma dato che non accadde, Meat imprecò a bassa voce. Non voleva lasciare il suo posto ma, dannazione, non poteva lasciare Black da solo. Non in quel quartiere. Prendendo una decisione in una frazione di secondo, Meat accese il microfono della sua radio e disse: "Black insegue il bambino che è scappato. Non è ancora tornato. Lo raggiungo." Poi corse nella direzione in cui il suo compagno di squadra era scomparso. Sembrava che la squadra avesse tutto sotto controllo in casa, quindi sperava di doversi allontanare solo per un secondo.

Corse per tutta la lunghezza del vicolo e, una volta giunto al limite, si guardò intorno.

Vide una bambina, non più di sei anni, che gli indicava un altro vicolo.

Meat non ebbe nemmeno il tempo di chiedersi cosa

diavolo ci facesse una bimba sveglia a quell'ora del mattino. Era troppo grato per l'assistenza per fare più di un cenno con la testa.

Corse verso il punto indicato e cominciò a scendere nel vicolo vicino.

Vide Black combattere contro tre uomini.

Meat si precipitò nella lotta e tirò fuori il coltello KA-BAR che portava sempre con sé. Senza rimorsi, tagliò tranquillamente la gola all'uomo che stava facendo del suo meglio per prendere la pistola di Black.

L'uomo cadde a terra con un tonfo, Meat si rivolse immediatamente a uno degli altri.

Ma prima che potesse fare qualcosa di più che dare qualche pugno, all'improvviso furono circondati da almeno un'altra dozzina di persone.

"Cazzo," disse Black.

Meat aprì bocca per informare il resto della squadra su dove si trovavano lui e Black, e sulla tempesta di merda in cui si erano trovati, quando gli uomini si scagliarono contro di loro. Non avevano armi convenzionali, ma le mazze da baseball, i bastoni e le rocce che avevano erano sufficienti per fare un sacco di danni.

Quegli uomini strapparono le cuffie dei Mercenari e le calpestarono sotto i loro piedi. Scalciarono, presero a pugni e picchiarono Meat e Black fino a che non li videro rimanere immobili a terra. Li spogliarono delle loro armi e delle loro scarpe, prendendo persino i loro pantaloni tattici e le loro camicie.

L'intero attacco era avvenuto in meno di tre minuti.

Meat gemeva di dolore e guardò il suo amico. Il volto di Black era quasi irriconoscibile. Entrambi gli occhi erano gonfi, il suo corpo era coperto di lividi che si stavano già gonfiando, sanguinava da diversi tagli del suo stesso coltello.

Lui sapeva di non stare molto meglio. Riusciva a malapena

a vedere e sapeva di avere almeno una costola rotta, forse di più. Gli pulsava la caviglia, si ricordò che uno dei suoi aggressori l'aveva calpestata nella mischia.

Mentre stava per perdere i sensi, Meat fissava la radio rotta che giaceva a tre metri di distanza. In lontananza, poteva sentire grida e pianti provenire dalla fila di case successiva, ma poteva anche essere a chilometri di distanza.

Cercò di gattonare (avrebbe strisciato sui carboni ardenti per trovare i soccorsi per Black, se necessario) ma cadde praticamente subito sul viso, quando il dolore gli trafisse la spalla. Era sicuramente lussata.

Sentendosi frustrato, Meat non poté fare a meno di pensare ad Harlow. Avrebbe avuto il cuore spezzato se fosse successo qualcosa a Black. Erano follemente innamorati, Meat sapeva che Black stava pianificando la proposta perfetta per quando sarebbero tornati a casa. Harlow e Black erano fatti l'uno per l'altra e si amavano in tutto e per tutto, proprio come gli altri Mercenari amavano le loro donne.

Lui era l'unico ancora single. Se qualcuno doveva morire in missione, doveva essere lui. Non c'era nessuno ad aspettarlo. Nessuno che lo amasse.

Determinato a chiedere aiuto per Black, Meat si mise in ginocchio ancora una volta. Faceva un male cane, ma lentamente cominciò a strisciare in avanti, con le rocce e il terriccio che gli scavavano nelle ginocchia nude a ogni centimetro di strada che percorreva.

La distanza sembrava infinita, ma non sentiva più il dolore. Il suo unico obiettivo era quello di arrivare alla fine del vicolo, girare l'angolo e tornare alla baracca dove stava avvenendo il raid.

Meat si spostò di una ventina di metri circa, ma il dolore alle costole e alla spalla, per non parlare di tutti gli altri tagli e lividi, ebbe la meglio su di lui. Cadde sulla schiena e non riuscì ad andare oltre.

Non pensava di aver fatto rumore, ma doveva averlo fatto, perché un attimo prima era solo, quello dopo era circondato da tre figure vestite di nero.

Due gli afferrarono le braccia, la terza si librava dietro di loro, controllando che gli aggressori fossero spariti.

Meat cercò di combattere la gente che lo trascinava, ma non servì a niente. Era completamente indifeso nelle loro mani, del tutto fuori uso. Iniziò a non vedere più niente, sapeva che sarebbe svenuto.

Fece del suo meglio per rimanere cosciente, ma il nero insidioso era implacabile. L'ultima cosa che Meat vide mentre veniva trascinato lungo lo stretto vicolo dietro l'angolo, in una delle case malandate nelle vicinanze, fu Black, sdraiato immobile e apparentemente morto nella sporcizia in mezzo al vicolo.

Aveva deluso il suo amico. Harlow. E i Mercenari di Montagna.

Rex si sarebbe incazzato.

———

Il caos regnava sovrano nella casa dell'obiettivo, con la squadra che controllava e ripuliva la baracca. Per una piccola e malandata abitazione come quella in cui si trovavano, c'era un numero sorprendente di posti in cui uomini e bambini potevano nascondersi.

Passarono ben dieci minuti prima che Gray si rendesse conto di non aver sentito un rapporto di Black o Meat da quando uno dei bambini era scappato dalla porta sul retro.

"Black? Meat? Fate rapporto," disse attraverso le cuffie.

Il silenzio fu la risposta alla sua richiesta.

Gray fece un cenno a Ro per fargli controllare il vicolo sul retro della casa.

"Qui non ci sono," disse Ro qualche secondo dopo. "Meat

stava inseguendo Black, che a sua volta stava inseguendo uno dei bambini in fuga."

"Cazzo. Ok, Ball, vai con Ro a dare un'occhiata," ordinò Gray. "Qui abbiamo sistemato tutto."

Ball annuì e scivolò dalla porta sul retro.

Passarono altri cinque tremendi minuti prima che Gray e gli altri sentissero qualcosa.

"Abbiamo trovato Black," disse Ro.

"E?"

"È in cattive condizioni. Sembra che sia stato aggredito. Lo hanno spogliato," riferì Ro.

"È cosciente?"

"A malapena". Non riesco ancora a tirargli fuori niente."

"E Meat?" chiese Arrow.

"Scomparso," riferì Ball.

"Cosa intendi con 'scomparso'?" urlò Gray.

"Non c'è. Gli stronzi che li hanno aggrediti hanno distrutto entrambe le cuffie. Ma non c'è traccia di Meat."

"Cazzo!" imprecò Gray. "Riporta qui Black! L'ultima cosa di cui abbiamo bisogno è che chi li ha attaccati torni indietro e si prenda anche voi due."

"Negativo," disse Ball. "Ro porterà Black in casa, ma io andrò a cercare Meat."

"No, cazzo, *non lo farai,*" disse Gray con voce bassa e letale. "Se sono riusciti a far fuori Black e a sparire con Meat, non hai alcuna possibilità da solo. Pensa a Everly ed Elise. Hanno bisogno di te. Riporta subito qui il tuo culo. Aspetteremo che faccia giorno e chiameremo rinforzi. Non è che qualcuno in questo quartiere abbia una cazzo di macchina che lo possa portare via. Metteremo un perimetro e perlustreremo ogni singola cazzo di casa, una per una, finché non lo troveremo."

"Ricevuto," disse Ball dopo un attimo.

Gray fece un sospiro colmo di frustrazione. Quella missione, ovviamente, avrebbe richiesto più tempo del previsto, e la cosa lo infastidiva perché Allye era molto vicina alla data del parto. Era preoccupato di non tornare in tempo, come le aveva promesso.

Era una promessa che forse non avrebbe mantenuto, però, perché non c'era modo di lasciare lì un compagno di squadra. Sarebbe rimasto tutto il tempo necessario per trovare Meat, anche se ciò significava perdersi la nascita di suo figlio.

Avrebbero dovuto ascoltare Rex, quando aveva deciso di interrompere la missione. Ma erano tutti troppo preoccupati per i bambini e troppo concentrati sulla possibilità di salvarli.

Le cose erano andate male così in fretta da far quasi venire un capogiro a Gray.

Avevano a che fare con una mezza dozzina di ragazzini spaventati, lo stesso numero di sospetti, Black gravemente ferito e Meat sparito nel nulla.

Fu colpito da un pensiero. Meat era il loro esperto di computer. Aveva iniziato a insegnare a Black un po' della sua arte... ma anche Black era fuori uso. Rex avrebbe certamente fatto quello che poteva, ma era a migliaia di chilometri di distanza, in Colorado, o dovunque diavolo vivesse veramente.

Gray si passò una mano tra i capelli in agitazione. "Dove sei, Meat? Dove cazzo sei?"

———

Ritira il libro 6, *Difendere Zara*, Prossimamente!

NOTE

CAPITOLO 2

1. *Ball* in inglese significa palla; *Kannon* (*cannon*) significa cannone. [NdT]

Proteggere Caroline
Proteggere Alabama
Proteggere Fiona
Il Matrimonio di Caroline
Proteggere Summer
Proteggere Cheyenne
Proteggere Jessyka
Proteggere Julie
Proteggere Melody
Proteggere il Futuro
Proteggere Kiera
Proteggere i figli di Alabama
Proteggere Dakota

In inglese:
Delta Force Heroes Series
Rescuing Rayne
Rescuing Aimee (novella)
Rescuing Emily
Rescuing Harley
Marrying Emily (novella)
Rescuing Kassie
Rescuing Bryn
Rescuing Casey
Rescuing Sadie (novella)
Rescuing Wendy
Rescuing Mary
Rescuing Macie (novella)
Rescuing Annie (Feb 2022)

Delta Team Two Series
Shielding Gillian
Shielding Kinley
Shielding Aspen

Shielding Jayme (novella)
Shielding Riley
Shielding Devyn (May 2021)
Shielding Ember (Sep 2021)
Shielding Sierra (Jan 2022)

Badge of Honor: Texas Heroes Series

Justice for Mackenzie
Justice for Mickie
Justice for Corrie
Justice for Laine (novella)
Shelter for Elizabeth
Justice for Boone
Shelter for Adeline
Shelter for Sophie
Justice for Erin
Justice for Milena
Shelter for Blythe
Justice for Hope
Shelter for Quinn
Shelter for Koren
Shelter for Penelope

SEAL of Protection: Legacy Series

Securing Caite
Securing Brenae (novella)
Securing Sidney
Securing Piper
Securing Zoey
Securing Avery
Securing Kalee
Securing Jane

SEAL Team Hawaii Series

Finding Elodie (Apr 2021)
Finding Lexie (Aug 2021)
Finding Kenna (Oct 2021)
Finding Monica (TBA)
Finding Carly (TBA)
Finding Ashlyn (TBA)
Finding Jodelle (TBA)

Ace Security Series

Claiming Grace
Claiming Alexis
Claiming Bailey
Claiming Felicity
Claiming Sarah

Mountain Mercenaries Series

Defending Allye
Defending Chloe
Defending Morgan
Defending Harlow
Defending Everly
Defending Zara
Defending Raven

Silverstone Series

Trusting Skylar
Trusting Taylor (Mar 2021)
Trusting Molly (July 2021)
Trusting Cassidy (Dec 2021)

SEAL of Protection Series

Protecting Caroline
Protecting Alabama
Protecting Fiona

Marrying Caroline (novella)
Protecting Summer
Protecting Cheyenne
Protecting Jessyka
Protecting Julie (novella)
Protecting Melody
Protecting the Future
Protecting Kiera (novella)
Protecting Alabama's Kids (novella)
Protecting Dakota

BIOGRAFIA

L'autrice best seller del *New York Times*, *USA Today*, e *Wall Street Journal*, Susan Stoker ha un cuore grande come lo stato del Texas, dove vive, ma questa tipica ragazza americana ha trascorso gli ultimi quattordici anni vivendo nel Missouri, in California, in Colorado, e nell'Indiana. È sposata con un ex militare dell'esercito, che ora la segue in tutto il Paese.

Ha debuttato con la sua prima serie nel 2014, seguita dalla serie SEAL of Protection, che ha consolidato il suo amore per la scrittura, e la creazione di storie in cui i lettori possono perdersi.

Se ti è piaciuto questo libro, o qualsiasi libro, per favore considera di lasciare una recensione. Gli autori lo apprezzano più di quanto tu possa immaginare.

www.stokeraces.com
susan@stokeraces.com

www.ingramcontent.com/pod-product-compliance
Lightning Source LLC
Chambersburg PA
CBHW060231100726

47907CB00003B/588